玉村警部補の巡礼

海堂尊
Kaido Takeru

宝島社

玉村警部補の巡礼

玉村警部補の巡礼　目次

装画　赤津ミワコ
装幀　中川まり(SINN graphic)

阿波　発心のアリバイ

弘法大師《こうぼうだいし》・空海《くうかい》は宝亀《ほうき》五年（西暦七七四年）、讃岐《さぬき》（香川《かがわ》県）の屏風《びょうぶ》ヶ《が》浦《うら》に生まれた。

幼名を真魚《まお》といい、父母に慈しまれて育った。

父・佐伯直田公善通《さえきのあたいたきみよしみち》は讃岐地方の豪族だった。真魚が七歳の時、「将来、我が衆生を救えるなら我が身を助けたまえ」と言って捨身《しゃしん》ヶ《が》嶽《たけ》から谷底めがけて身を投げた。すると釈迦《しゃか》如来《にょらい》と天女が現れ、真魚を天女の羽衣で受け止めてくれたという。朝廷から派遣された役人が、真魚をひと目見て拝礼したのもその頃だ。天蓋を差して真魚を守護する四天王の姿が見えたという。

十五で叔父を頼り京都《きょうと》へ行き、十八で大学の明経道《みょうぎょうどう》に入学するも大学の堕落を見て失望し中退、二十で仏門に入り、勤操大徳《ごんそうだいとく》を師とし出家し四国で修行に励む。二十二の時、土佐《とさ》の室戸《むろと》岬《ざき》で修行中、虚空蔵菩薩《こくうぞうぼさつ》の化身である明けの明星が口中に飛び込んできて以後、空海と名乗る。

延暦《えんりゃく》十六年（七九七年）、二十四歳の時、仏教の素晴らしさと出家の動機を「聾瞽《ろうこ》指帰《しいき》」という、全三巻の漢文体の寓話《ぐうわ》的戯曲で執筆した。これは後に「三教指帰《さんごうしいき》」と改題され、朝廷に献上され当時の知識人必読の書となる。

延暦二十三年（八〇四年）、三十一の時、私費留学生として遣唐使と共に入唐、皇帝徳宗《とくそう》に拝諷する。中国密教第七祖の恵果和尚《けいかおしよう》を長安《ちようあん》・青龍寺《せいりゆうじ》に訪ね異例の速度で習得、大日如来の別名の遍照金剛《へんじようこんごう》の名を授与され真言《しんごん》密教第八祖となる。空海は大同元年（八〇六年）、二年の留学を終え密教の経典、仏画等を携え帰国する。帰国後、九州に一年間留まり布教し大同二年（八〇七年）、父から土地を寄進され、父の名を冠した善通寺《ぜんつうじ》を建立した。

その後、四国を布教し弘仁《こうにん》六年（八一五年）、四国霊場八十八カ所を開創する。

嵯峨《さが》天皇と親交を持った空海は真言宗開祖の勅許を得、弘仁七年（八一六年）、高野山《こうやさん》に金剛峯寺《こんごうぶじ》を建立する。空海が唐から帰国する前に明州《めいしゆう》の浜で、「布教にふさわしい地があれば教えよ」と唱えて投げた三鈷《さんこ》が雲に乗り飛び去ったが、高野山はその三鈷が松の枝に引っかかっているのが見つかった地であったという。

弘仁十二年（八二一年）、県令が三年掛けて完成しなかった満濃池《まんのういけ》の治水を、唐で学んだ築堤術を用い、住民の協力を得て三カ月で完成させる。この功により弘仁十四年（八二三年）、嵯峨天皇より京都・東寺《とうじ》を拝領し以後、真言密教の根本道場とする。

承和《じようわ》二年（八三五年）三月二十一日午前四時、自ら予言した通り、高野山金剛峯寺にて入定。

享年六十二歳。

延喜《えんぎ》二十一年（西暦九二一年）、没後八十六年に醍醐《だいご》天皇より弘法大師との諡名《おくりな》を賜る。

そんな歴史ある四国霊場一番札所に二人の男性が姿を現したのは、怪物・空海が遍路を開創して千二百年という節目に当たる年、二〇一四年の初春のことだった。

高徳線《こうとく》・板東駅《ばんどう》に降り立った大柄と小柄の対照的な二人の男性は、満開の桜には目もくれず、鄙《ひな》びた駅舎の前で言い争っていた。大柄な男性はスーツにネクタイ姿だが、小柄な男性は白装束に菅笠《すげがさ》、そして金剛杖という完璧な行者姿だ。

「お前が切望した遍路の、最初の駅にしては何だかしょぼすぎるぞ、タマ」

スーツ姿の大柄な男性に詰《なじ》られ、白装束の小柄な男性が言い返す。

「遍路に何を期待していたんですか、加納《かのう》警視正。遍路とは弘法大師さまと道行き二人で自分を見つめ直す歩行禅の修行です。たとえ最寄り駅がどんなにしょぼくても関係ないです」

加納警視正と呼ばれた大柄な男性は、むっとした表情で言う。

「だが四国最大の観光資源、遍路の最初の駅にしてはあんまりだろう。せめて、でかいばかりでどこか物寂しい、観光名所的な『ようこそお遍路へ』みたいな、投げ遣りな看板の一枚や二枚くらいあってしかるべきだろう。それに最初に阿波《あわ》県警に顔出しして義理を果たそうというのを、タマの言い分を聞いて遍路を優先したんだから、少しはありがたく思ってもらいたいものだ」

輪袈裟《わげさ》を整えた玉村《たまむら》は、背広姿の加納警視正に言う。

「恩着せがましくおっしゃいますが、そもそもこれは私のリフレッシュ休暇なので、阿波県警に顔出しする義務なんてありませんから」

「タマにはなくても俺にはある。俺は休暇ではないから、地方県警の状況視察という大義名分でもなければ、タマに同行できなかったんだぞ」

「ですからね」と玉村は、砂利道に金剛杖をどん、とついて言った。

「私は警視正に同行を依頼した覚えはありません。付いてきたいなら黙っていてください」

加納は天を仰ぐ。

「着いたとたん、忠犬タマが上司に嚙《か》みつく野良犬になってしまうとは、おそるべし四国遍路」

玉村はもうそれ以上相手にせず、杖をついて歩き出す。その後を長身の加納警視正が大股で付いて行く。そんなふたりの出達を祝福するように、さくらの花びらが舞っていた。


落魄《らくはく》した駅前通りを抜け、細い路地を十分ほど歩くと、交通量の多い国道に出た。大きな石柱に一番札所・霊山寺《りようぜんじ》とでかでかと書かれており、門前通りと名付けられた土産物屋が軒を連ねていた。その側に広い駐車場があり、大型バスが数台停車している。

「これだよ、これ。遍路の道順図とか遍路の格好をしたマネキンとか、やはりこうでなければいかん。今は自動車文化だから鉄道駅ではなく、国道沿いの駐車場がメインの入口になるわけか」

うなずく加納の隣を、大型バスから降り立った人たちがぞろぞろと通り過ぎていく。ジャージやシャツの上に白装束を羽織り、その背には墨痕鮮やかに「南無大師遍照金剛」と書かれていた。みな手に数珠《じゆず》を持ち、菅笠を背負い、杖をついている。

その集団の後ろを、カラフルな布張りの冊子を抱えた添乗員が追いかけていく。

「みなさん。まず本堂で念仏を唱えてください。お線香とロウソクも忘れずにお願いします」

加納警視正は玉村の白衣の袖を引き「何なんだ、あの連中は?」と訊《たず》ねる。

「団体で霊場を回る、遍路のツアー客のようですね」

「遍路は歩かず、車で回ってもいいのか?」

「もちろん、徒歩で回る歩き遍路が基本なんですが、自動車で回る車遍路も認められています。大師さまはおおらかな方で、お参りするのであれば車だろうが徒歩だろうが、ジェット機を使おうが構わぬとおっしゃっていたそうですから」

「タマ、それは商売上手な坊主に騙《だま》されているぞ。空海の時代にジェット機があったはずがない。現代の生臭坊主がでっち上げたエピソードだ」

「それが喩《たと》え話だってことくらい、私だってわかりますよ。でも遍路寺のお坊さんが商売上手なのは認めます。寺が積極的にアピールしているので、最近ではいろいろなツアーがあるようです。ほら、見てください。あんなのまでありますよ」

ミニバスのフロントガラスに「多忙なビジネスマンのための遍路八十八カ所四日間弾丸ツアー」と貼られていた。加納は、社殿に吸い込まれていく団体客の姿を眺めながら言う。

「それなら俺たちも彼らを見習って車を使うか。阿波県警にパトカーを出させれば、あの弾丸ツアーより速く回れるだろうから三日で済むかもしれないぞ」

玉村は慄然《りつぜん》とする。常識外れの加納は有言実行しかねない。

「いえ、結構です。私は効率よく遍路をしたいわけではありませんので」

「そういえばまだ、タマが遍路を発心《ほっしん》した理由を聞いていなかったな」

玉村は吐息をつく。この人には自分の発言の影響力に対する自覚がまったくないようだ。

「それは加納警視正のおかげです。ことあるごとに、ドジしたら遍路送りだと脅《おど》され続けたせいで、遍路の〝へ〟という響きにも過剰反応してしまうようになり、思い悩んでいたある日、はたと気がついたのです。私が遍路をここまで恐れるようになってしまったのは、遍路のことをよく知らないからだ、それならいっそ遍路に飛び込んでしまえば恐怖心はなくなるのではないか、と。折良く勤続十五年目のリフレッシュ休暇を四日もらえたので、これ幸いと阿波の決め打ちをすることにしたんです。ですから邪魔しないでくださいね」

「タマは金剛杖に書いてある文字の、真意がわかっていないようだな。同行二人《どうぎょうににん》、とは一人では淋《さび》しいから二人で行こう、ということだ。そのために俺が付き添ってやるんだぞ」

「わかってないのは警視正の方です。同行二人というのは大師さまと二人という意味で、警視正と二人、というわけではありません。警察庁で〈デジタル・ハウンドドッグ〉（電子猟犬）と呼ばれる情報通の警視正がそんな基礎的なことも知らないとは驚きましたね」

だが加納はまったく動揺する素振りも見せず、あっさり答えた。

「宗教とファッションは俺の管轄外なんだ」

そこに車三台分くらいの長さの大型リムジンが滑り込んできて、その中からブランドで身を固めた七名の人々が降り立った。

「セレブのゆったり遍路周遊弾丸ツアー十日間」というツアー名を見た玉村は、目眩《めまい》がした。

売店に入ると、棚には布張りの錦織の表紙のものも並んでカラフルだった。玉村が言う。

「これは納経帳《のうきょうちょう》です。お参りの時に本尊名と寺名を毛筆で書いてもらいご朱印をいただくという、遍路の必携品ですよ」

玉村は鞄《かばん》から財布を取り出し、売店のおばちゃんに札を手渡し一冊購入した。

「何だ、タマは。一番肝心の納経帳を現地手配するとはまだまだだな」

すると支払いを受け取った老婆が雷のような怒号をあげた。

「このバチ当たりめが。ここの納経帳には一番さんの朱印がもう押してあるから、遍路さんはここで納経帳を買うのが礼儀なのや。あんたときたら何も知らんくせに偉そうなことを言いおって。そんなハンチクなヤツが立派なお遍路さんに文句を垂れるとは言語道断や」

「はん、俺がその気になれば遍路装束なんぞ、完璧に着こなしてみせるさ」

「口では何とでも言えるがな。やれるもんならやってみいや」

売り言葉に買い言葉、加納警視正はむっとして言い返す。

「ならば俺の実力を見せてやろう。今からアドバイスなしに完璧な遍路装束になってみせるぞ。俺が必要なものを選んでいくから、その目を見開いて見ているがいい」

「へえへえ、ほな、お手並み拝見とまいりましょ」

加納は店に並んだ遍路グッズを選択していく。鈴のついた金剛杖、白い納め札に納経帳、白衣《びゃくえ》は長袖でズボンとペア、輪袈裟に経本、持鈴に菅笠に数珠を次々に買い物籠に放り込み、最後に御影帳を手にして、しばし考えた後で棚に戻した。

「とまあ、ざっとこんなもんだ」と後ろをついて歩いていた老婆を振り返る。

隣で成り行きを眺めていた玉村は「完璧です」と呆然《ぼうぜん》と呟《つぶや》く。

老婆はにいっと笑い、「惜しいのう。線香と蠟燭《ろうそく》とライターが落ちとるで」と言う。

「抜けているのはそれだけか？　それなら問題はない。消耗品は同行二人の相方が持っている」

と加納は隣の玉村警部補を顎で指す。

「同行二人という言葉の使い方が間違うとるわ」とぶつぶつ呟きながらも電卓をぱぱっと打った老婆は、「〆《しめ》て一万と八千五百七十五円になります。まいどあり」と言ってにまりと笑った。

気がつけば加納は商売上手の遣り手婆さんの口車に乗せられてしまっていたのだった。


トイレで着替えた加納が白装束姿で現れると、境内がざわめいた。

「何と男前の大師さまやこと」「ああ、ありがたや、ありがたや」

通りすがりの老婆やツアー客が加納に両手を合わせ念仏を唱える。加納は玉村に言う。

「こういう格好をすると、なんだか気力が漲《みなぎ》ってくるぞ。ではタマ、いざ遍路ロード千四百キロ疾走ツアーに出発しようか」

「冗談言わないでください。千四百キロを疾走したら死んでしまいますよ」

そう言い返した玉村に、とことこと幼児が歩み寄り、金剛杖にぺたり、とシールを貼った。

流行のゆるキャラ「大師クン」で、目前の人の鞄にも同じ絵柄のシールが貼られていた。

例のセレブ弾丸ツアーの一行は、同じ絵柄の旗を掲げた添乗員の後についていく。

玉村はシールを剝がそうかと思ったが、せっかくなので思いとどまる。玉村は加納に言う。

「お遍路は、ただお寺を巡ればいい、というわけではありません。参拝にはお作法があるので、私のやる通り真似《まね》をして覚えてください」

「わかった。とりあえず一番寺では師匠に従ってみるよ」

「では早速、今から一番さんを打ちましょう」

「打つ、だと？　何だ、それは。参拝はしないのか？」

「昔は参拝の時に木札を寺の柱や扉に打ち付けたことから、遍路の寺を参拝することを〝打つ〟と呼ぶんです」

「なるほどな、タマは実に博識だな」

珍しく加納に褒められた玉村は嬉《うれ》しくなって、この日の遍路のために学んできた知識の数々を次々に披露《ひろう》する。

「その昔、神仏習合し神社と寺は一体化していたところが多く、明治の初め頃までは寺と神社が共存していて、神社の別当寺が神社の儀式を仕切ったり、双方が納経札を出していたところもあったそうです。ところが、明治政府の神仏分離政策により神道と仏教が分離され、廃仏毀釈運動という仏像の破壊活動になってしまったんです」

「明治政府が天皇を現人神《あらひとがみ》とするために神道を推進した政策のせいで、大らかな遍路にきしみが出たわけか。古今東西、宗教に政治がからむとロクなことがないな」

話がきな臭くなりそうだったので、玉村は話題を変える。

「遍路寺は女人禁制の寺も多かったんですが、明治時代に廃止されたんです。それまで室戸の金《こん》剛頂寺《ごうちょうじ》とか総本山の高野山は女人禁制で、女性は遠くから拝むしかできませんでした。明治政府の政策のおかげで今では遍路は女性もすごく増えたんです」

加納は周囲を見回して言う。

「というより、今お参りしているのはおばさんや婆さん連中が圧倒的に多いぞ。男女同権にいち早く取り組むとは明治政府もなかなか革新的な面もあったわけか」

「その意味では開祖弘法大師も先進的です。阿波十八番札所の恩山寺《おんざんじ》なんて、大師のお母さまの玉依御前《たまよりごぜん》が大師を訪ねていらした時は女人禁制だったために、大師が女人解禁の秘法を修めて、お母さまを迎え入れたくらいですから」

「なんと。空海というおっさんも大概だな。自分の母親を寺に迎え入れるために女人禁制の法を解くだなんて、脱法行為を平気でやる身勝手で強引なヤツにしか見えないぞ」

加納の、峻烈《しゅんれつ》な弘法大師批判の言を聞いて、玉村がくすりと笑う。

なぜならそれはまさに加納の態度にそっくりに思えたからだ。

「御託が長くなりましたが、とりあえずお参りにいきましょう」

「一番札所を〝打つ〟わけだな」

加納は早速、覚えたての遍路用語を得意げに使ってみせた。

玉村は一番札所・霊山寺の仁王門の前に立ち深々と一礼する。加納も真似てお辞儀をする。続いて手水場《ちょうずば》で手を洗い口を漱《すす》ぐ。このあたりは寺の一般的な作法なので加納も難なくこなす。

それから二人は境内の休憩所の椅子に座り、白い納め札を取り出した。

「納め札に日付、住所、名前を書きます。他の寺でも使うので十枚くらい書いてください」

「住所はどこまで書けばいいんだ?」

「好き好きです。番地まで書く人もいますが、東京だけでも構いません」

「それなら日本国とでもしておくか」

笑い飛ばそうと思ったが、案外本気かもしれない、と思ってやめた。

玉村が鞄から一枚の紙を取り出すと、「何だ、それは」と加納が訊ねる。

「般若心経《はんにゃしんぎょう》の写経です。本来、納経所というのは写経を納める場所ですからね」

「八十八寺全部にそれを納めるつもりか?」

「そうしたいのは山々ですが、さすがに大変なので一番さんだけはやろうかと思いまして」

「そういうことは事前に伝えておいてもらわないと困る。俺も書くからちょっと待て」

加納は鞄から紙を取り出し写経を始める。加納が字を書くところは初めて見たが、なかなかの達筆だ。だが警察庁の会議書類の裏に書くとは、ひどく殺伐とした写経ではある。

「さあ、これで参拝の準備ができました。では本堂をお参りしましょう」

玉砂利を踏んで本堂に行く。手前の香炉で線香を三本あげる。小さなロウソクが多数燃えているガラスケースにロウソクを一本、供える。続いて本堂にお参りをした。本尊が安置され、鈴の下に賽銭箱《さいせん》があるのは普通の寺と同じだが、賽銭箱の隣に納経箱と書かれた銀色の箱がある。

二人はその箱の中に先ほど書いた納め札を納めた。

「なるほど、今は札を箱に入れるだけか。だが、どう考えても木の札を門や扉に打ち付ける、昔のやり方の方が風情がある。八十八カ所もあるから、そのうちどこかで一回くらい、オリジナルのやり方での納経に挑戦してみるかな」

玉村はぎょっとする。そんなことをされた日には、遍路札所のブラックリストに載ってしまいかねない。もっとも、そんなものがあるかどうかは知らないが。

納経箱の中をのぞき込んだ加納が言う。

「タマ、俺たちと同じ白札以外にカラフルな札もあるぞ。緑に赤、銀色のヤツもある。俺も銀札にしてみたいんだが」

「札の色は、参拝した回数で決まるので、勝手に選べないんです。五回以上結願《けちがん》すると緑、八回以上で赤、二十五回以上で銀色なんです」

「何だと、あの銀札を納めたヤツは四国を二十五周以上も回っているのか。ヒマ人だな」

「銀の上に金札と錦札というのもあるんです。金札は五十回、錦札は百回以上ですよ」

「ひゃ、百回だと」と加納が素っ頓狂な声を上げると、玉村は更に続ける。

「金札と錦札はお守りになるので、納経箱の中で見つけたら頂戴していいという暗黙のルールがあるんです。残念ながらここには見当たりませんでしたが」

「窃盗を公然と容認するとは、空海というおっさんは、一筋縄でいかない腹黒いヤツと見た」

加納の言葉に、お参り中の遍路が何人か振り返る。玉村はあわてて加納の口を塞ぐ。

「一番寺でなんてことを口走るんですか。とにかくまずお参りを済ませてしまいましょう」

玉村は賽銭を上げて合掌し「恭しくみ仏を奉る」と言い、おもむろに懐から経本を取り出すと、念珠をすりながら般若心経を唱える。隣で加納が退屈そうに玉村の様子を眺めている。

最後に「南無大師遍照金剛」と三度唱え、玉村は深々と拝礼した。

「終わったようだな。さ、次の寺へ行こう」という加納を玉村は制する。

「まだです。弘法大師を祀《まつ》っている大師堂でもお経を上げないと」

「もう一回、同じことを繰り返すのか」と加納は不満げに呟いた。


加納と玉村は、押印された納経帳を購入済みなので納経所に立ち寄る必要はなかったが、何事も経験なので、玉村は加納を納経所に連れて行った。

納経所では三百円のお代と引き替えに、毛筆で本尊名と寺の名前を書いてくれる。

加納は、目の前で次々に納経帳に朱印が押されていく様子をしみじみと眺めて言った。

「素晴らしいシステムだ。三百円の安さで肉筆の直筆で署名をするパフォーマンスが見られるのに加えて、コンプリート欲を刺激するから取りっぱぐれがないだろうからな」

筆記者は手を止め、啞然《あぜん》とした顔で加納を見て、呆《あき》れ声で言う。

「あんさんは妙なことを口走っておられるが、納経はもう済ませたのかね?」

「売店の婆さんが、押印済みのお得な納経帳を売ってくれたから、ここに用はない」

加納が胸を張ると、「それはどんな売り子でした？」と聞かれたので、売り子の姿形を描写すると、納経所の担当者は舌打ちする。

「また足立《あだち》さんや。ええかげんなこと言うてからに。あんさん、押印がある納経帳でもちゃんと納経所に寄らないとごっつう後悔しまっせ。ちょっと貸しなはれ」

加納が素直に納経帳を渡すと、担当者は納経帳に、もうひとつ印を押した。他の三つの朱印とは趣が異なる青い丸印は、にこにこ笑う仏さまの絵が描かれていて妙にフレンドリーだ。

「今年は遍路開創千二百年なので、今年に限ってはオリジナルの寺印も押してますのや。なのに売店の売り子にはそのことを客に知らせん者がおりましてな。次の極楽寺《ごくらくじ》で事情を聞いて、あわてて引き返してくる遍路さんが後を絶ちませんのや」

続いてご本尊の御姿が描かれている御影札と、真っ赤な御札の二枚を手渡された。

「その赤札も今年だけの限定特別サービス、お寺の梵字《ぼんじ》札でっせ」

「同じ値段でハンコを一個、御札を一枚、余分にもらえるのか。何だかトクした気分だな、タマ」

うきうきはしゃいでいる加納の隣で、玉村は今後の先行きに暗澹《あんたん》たる予感を抱いていた。

二番札所、極楽寺に到着した。玉村は入口にそびえる杉を指さした。

「これは弘法大師お手植えの長命杉で、幹に巻いた紅白の紐《ひも》を握ると、パワーをもらえるんです」

「ほう、空海お手植えとすると樹齢千二百年か」と加納は即座に言う。玉村は加納の頭の回転の速さに舌を巻きつつ、境内にある鐘楼の下に立つ。

そして賽銭を投げ、鐘を撞く。ごおん、と伸びやかな音が境内に響いた。

「勝手に鐘を撞いて怒られないのか？」と加納が驚き顔で尋ねたので、玉村はうなずく。

「鐘を撞くのを許可している寺もあるんです。一応、お賽銭はあげますけど」

加納は賽銭箱に小銭を入れ、撞木《しゅもく》を揺すり極限まで引き絞ると、勢いよく鐘にぶつけた。

落雷のような大音響が境内に響き渡る。鳩《はと》の群れが飛び立ち社務所から袈裟姿の僧侶がわらわら姿を現したその時には、加納はすでに境内に歩を進めていた。呆然と鐘の下に佇《たたず》む玉村が大音響の衝撃で動けずにいたので、下手人と誤認されたのは間違いない。

逃げるようにして四十一段の石段を登り、本堂と大師堂に着く。そこは静謐《せいひつ》で、別世界のようだった。本堂の前では白装束姿の初老の女性が、翡翠《ひすい》の数珠を手に、一心にお経を唱えていた。

加納たちが社殿への階段を上ると、お経を唱え終えた女性は振り向いた。涼やかな瞳が一瞬合い、女性は会釈して階段を降りていく。ちりん、と金剛杖についた鈴が鳴った。

しばらく女性の後ろ姿を目で追った加納は、玉村にうながされ、玉村に続き読経を始める。お参りする以上は、せめて読経くらいはきちんとすべきだ、と玉村にたしなめられたのだ。

朗々と般若心経を唱え終えると、加納は納札箱をのぞき込む。

「きっちり番地まで書き込んである札があるぞ。個人情報保護法の観点からは大問題だな」

「お参りでそんな不埒《ふらち》なことを考える人なんていませんよ」

「何を言う。この境内の駐車場でも車上荒らしに注意だの、貴重品は各自でお持ちくださいだの、注意書きがべたべた貼られていたぞ。悪党にとっては遍路も飯の種にすぎん」

「お願いですから遍路改善指導なんていう、物騒な視点は忘れてくれませんか」

「心配するな。せいぜい阿波県警の訪問時にちょっと触れるくらいだから」

玉村は本堂のお参りを済ませて出て行こうとする加納を呼び止めた。

「警視正、大師堂のお参りを忘れてます」

「いちいち面倒だな。同じ寺で二回も経文を唱えるのは不合理だ。一カ所にまとめれば一度で済んで、すっきりすると思わんか、タマ?」

「いいえ、思いません。そういうことを考える人は、そもそもお遍路に行かないと思います」

「たった二カ所、札所を回っただけで、俺は遍路の改善点を十以上も見つけたぞ」

「千二百年の歴史を持つ遍路に対し、なんと畏れ多いことを……」

玉村がぼそりと言い、納経所に向かった。


三番札所の金泉寺《こんせんじ》の境内には、大師が黄金を見つけた黄金井《こがねい》の霊泉がある。井戸の水面に顔が映らないと三年以内に死ぬと言われているが、のぞき込むと、二人の顔がくっきり映っていたので玉村は安堵《あんど》した。だがそこで、ついに玉村が恐れていた事態が起こった。二番までで遍路の基本を理解した加納が持ち前の合理性を発揮し、参拝改革案を滔々《とうとう》と語り出したのだ。

「本尊と大師堂をダブルで参拝するのはムダだが、歴史的産物だから仕方がないと諦める。だが本尊と大師堂をお参りする時は同じ動作をひとつにまとめればかなり時間を節約できるぞ」

相手にしてはいけない、と思いつつ、人のいい玉村は「どうするんですか」と訊ねてしまう。

「大師堂と本堂の中間で、身体をぐるぐる回転させながら読経すれば一度で済むだろ」

「冗談じゃありませんよ。それではお参りしたことになりません」と唖然とした玉村は、自分が抱いていた遍路のイメージが、がらがらと音を立てて崩れていくのを感じていた。


午後二時、二時間ほど歩いて着いた四番札所・大日寺《だいにちじ》の山門は白アリが巣くっていて、近いうち修復に入るという予告の紙が貼られていた。だがその紙は変色して端が破れ、本当に修復する気があるのか、わからなかった。本尊も前回修復したのは慶長《けいちょう》五年（一六〇〇年）だというから、関ヶ原《せきがはら》の戦いの頃からほったらかしだ。本堂を参拝し納経所にいくと、紺絣《こんがすり》の作務衣の老婆二人が並んで納経書きをしていた。

左側の老婆は大型バスでやってきた団体客が山のように積み上げた遍路着と納経帳への記帳でてんてこまいだ。一冊記帳を終えるたびに、髪留めについている鈴が、ちりん、と鳴る。

右側の老婆は個人客の担当らしく、ひとり分を書き終えるたびに、手首に巻いた水晶の数珠をじゃらっと鳴らし、「南無大師遍照金剛」と呟く。玉村が右側の担当者に記帳してもらっていると、そこに手ぬぐいを首に掛けた老婆が顔を出した。個人客担当の老婆が顔を上げて言う。

「豊田《とよだ》さん、よう戻ってくれはったな。先週から中野《なかの》さんが入院したんで、大変やったんやで。ほんま、助かったで。なあ、立川《たちかわ》さん、これで一安心やな」

団体客担当の立川は書き込みの手を休めず言う。

「日野《ひの》さん、そんな人にお愛想なんぞ言う必要ないで。仕事の始まりは午前七時と決まっているのに今頃ご出勤とは、いい気なもんや」

何やら剣呑《けんのん》な雰囲気になりかけたが、手首に数珠を巻いた日野がのんびりした口調で言う。

「立川さん、そうつっかからんときなはれ。春は遍路の季節、これからもっと忙しくなるから、猫の手も借りたいところや。豊田さん、早速やけどこちらさんの記帳をやってくれへんか」

「ワテは猫かいな」

豊田という老婆はにっと笑うと、ふたりの間に座る。玉村の次に並んだ加納を手招きすると、ぐい、と手を差し出す。まずはお代をよこせ、ということらしい。

加納が銀貨を三枚手渡すと、豊田はさらさらと納経帳を書き上げ、ぽん、ぽん、ぽんとリズムよく三つの朱印を押した。それから、「おっと忘れるところやった」と言い、四角く青い特別印を押した。なかなかの達筆で書き上げられた納経帳を受け取り、しばし眺めていた加納は何かに気がついたようで、玉村を振り返り、「納経帳を見せろ」と言う。自分の納経帳と玉村の納経帳を交互に見比べていたが、つかつかと記帳者のところに戻った。

「ちょっと伺いたい。俺の納経は犬日寺になっているようだが、気のせいか？」

団体客の記帳をしていた立川と、個人客担当の日野は顔を見合わせる。

「あんた、またやりおったな」と立川が詰ると、豊田はにやにや笑う。

「大したもんや。一発で見破られたのは一年ぶり二度目や」

「申し訳ありません。この人は以前もいたずらをしたんで記帳係から外したんです。でも先週、係の者が大病で入院したところに、前回のことは反省していると言うんで戻したんです。なのにまたやるとはお詫びのしようもありません。記帳代はお返ししますので、このことはご内密に」

立川が平身低頭する隣で、豊田は悪びれた様子もなく、言う。

「記帳の中身を吟味しないでありがたがる、いい加減な遍路が多すぎるから、ワテは遍路さんも油断せずお気張りや、いう意味でいたずらしとる。記帳をしたら、ありがたい寺印をじっと見て、信心を深くするのが遍路の作法や。ただし誰でも構わずこんないたずらを仕掛けるわけやないで。ひと目見て信心が薄そうやと思ったヤツにだけやっとる。あんさんはここ数年でワテが見た中でも飛び抜けて信心薄そうに見えるで」

「いたずらを謝罪するどころか、お客はんを不信心者だと決めつけて、失礼に失礼を重ねるとはどういうつもりや」と言い、立川が豊田をにらみつける。

豊田は手ぬぐいで顔をぬぐいながら続けた。

「せやな。いたずらを見抜かれたらワテの負けや。責任を取り、ここを辞めたる。けど立川さん、本当に辞めてええんか？　そしたらまた、ろくにお昼も食べられないくらい忙しゅうなるで」

立川はぐっと詰まる。髪留めの鈴がちりん、ちりん、と鳴る。

「納経代を返す必要はない。あんたが言う通り、俺の信心は紙よりも薄い。それにいくらでも言い訳ができるのに、それをしない心意気に惚れた。この勝負、信心の薄さを見抜かれた時点で俺の負けで勝負は一勝一敗、痛み分けとしよう。だがひとつ聞きたい。なぜ犬日寺と書いたんだ？」

加納の質問に、豊田はにいっと笑う。

「あんさんからは警察のイヌの臭いがぷんぷんするでな。因《ちな》みにデブのおっさんには、太日寺と書くんや。こっちはまだ気づかれたことは一度もあらへんけどな」

言われた加納は、購入したてで白い色が目に痛い、遍路着の袖をくんくんと嗅いだ。

「まったく、あんたって人は……」と生真面目な立川が詰るのを遮り、加納が尋ねる。

「いたずら書きは犬日寺と太日寺の二通りだけか？」

「うんにゃ、もう一種類ある。そっちは、遍路の鑑《かがみ》やと思えるような立派な人に敬意を込めて、一画加えるのや。納経所に勤めて十五年、これまで三人だけやが」

「ええ加減になさい。お遍路さんに向かってバチ当たりなことをダラダラと……」

立川の叱責《しっせき》の声が響く。仲介役の日野が水晶の数珠をじゃらじゃら鳴らしながら言う。

「南無大師遍照金剛。まあ、今回はお遍路さんがお赦《ゆる》しくださったので、ことを荒立てるのはやめようや。ただし豊田さん、次やったら私もかばいきれんで」

「本当に反省しているのか、わからんで。日野さんは人が好《よ》すぎるで」

そこに、大量の記帳を依頼した団体客の添乗員がおそるおそる顔を出す。

「あのう、記帳は済みましたでしょうか」

立川は、はっとした表情であわてて記帳を再開する。

「豊田さん、あんたのせいで遅れたんだから、手伝えや」

へえへえ、と言いながら豊田も筆を執った。その様子を見た加納と玉村は納経所を後にした。

五番札所の地蔵寺《じぞうじ》の樹齢八百年のたらちね銀杏を通り過ぎ、参拝を済ませた二人は、奥之院の羅漢堂に向かう。弥勒堂から入り釈迦堂を通り大師堂で出る、立派な回廊に五百羅漢が並ぶ。

ここには自分の知り合いの顔が必ずあると言われている。入場料を取るのか、などとぶつくさ言っていた加納だが、お、アレは知り合いの厚生労働省の技官に似ているぞ、などとご機嫌になる。回廊の終点の弘法大師像の前で、加納が言う。

「ミニチュア版の四国霊場八十八カ所のご本尊が並んでいるぞ。ここを百回ぐるぐる回れば、納経札を金札にしてもいいのかな」

「ダメに決まっているでしょう」という玉村の回答は、加納には織り込み済みだったようだ。

意外に見るところが多く時間を大幅にロスしてしまい、六番の安楽寺《あんらくじ》に到着した時には、納経所は閉まっていた。

「おい、まだ五時十分だぞ。何でこんなに上がりが早いんだ。コンビニも二十四時間営業だから、せめてセブン・イレブンくらいにせんと遍路は時代に取り残されるぞ」と加納が怒鳴り散らす。

「お言葉ですが納経所の始まりは七時だから、セブンですよ、警視正」

すかさず玉村が言い返すと、加納はむっとして言う。

「朝早く開くよりも、夜遅くまでやる方が重要だ。多忙なビジネスマン向けにクリニックですらそうした対応をしている所もある。ビジネスマンが短期間で一気に回ろうという、例の弾丸遍路ツアーも、納経所がそういう対応をすれば四日のツアーを三日に短縮できるだろうが」

「でも、郷に入れば郷に従え、と言います。遍路の改善策だなんて不埒なことを考えていたら大師様がお怒りになります。この安楽寺の宿坊は温泉で有名ですので、せっかくですから今夜はここに泊まりましょう。そうすれば明日の朝一番に記帳できて合理的です」

「む、温泉か。それなら我慢するか。明日は朝一番で阿波県警に顔出しするから同行しろよ」

「あのう、私はたった四日しかない、リフレッシュ休暇の最中なんですけど……」

「公僕たる警察官は、二十四時間三百六十五日、常に公僕としての立場を忘れてはならんのだ。リフレッシュ休暇に阿波県警の視察を組み込んだことにすればいいだろ」

「そんなことしたって、私には何のメリットもありません」

「同行すれば警察庁から出張費と交通費が出る。つまりロハで遍路に来られるんだが」

玉村は、加納に向かって敬礼をした。

「明日は喜んでお供させていただきます」

かくして二人は六番札所・温泉山《おんせんざん》瑠《る》璃《り》光院《こういん》・安楽寺の宿坊に草鞋《わらじ》を脱いだのだった。


夕食は食堂で食べた。他には遍路姿の客が三名、食事を取っていた。宿坊や遍路宿では食事を提供する時間が六時から七時までと時間が早い。食事の時間に間に合わなければ夕食抜きだ。だが納経所は四国一律に午後五時に閉まるので、決して無理な時間設定ではない。

加納はビールを飲みながら、大声で玉村に言う。

「〈弘法の湯〉が休湯とはあんまりだ。宿を決めた時からそれだけを楽しみにしていたというのに、これでは詐欺ではないか。温泉は自然にお湯が湧くから休みなんてありえないだろう」

「でもまあ、ごくたまにそういうこともありますよ」

玉村が左右を見回し、小声で応じる。加納は自分と玉村のコップにビールを注ぎながら言う。

「これは絶対、客が少ないからだ。そっちがそういう心づもりなら、こっちにも考えがあるぞ。ここが本当に温泉かどうか徹底的に調査し、不当表示なら温泉法違反で告発してやる。温泉成分に改竄《かいざん》がなかったとしても、〈秘湯ミシュラン〉に反映させてやる」

「え？　警視正は〈秘湯会〉のメンバーだったんですか？」と玉村は驚いて訊ねる。

〈秘湯会〉は正式名称「秘湯評価を適切に実施する市民団体」といい、秘湯情報をネット上に提供している非営利団体だ。全国各地の秘湯の格付け情報を発信する〈秘湯ミシュラン〉の信頼度は絶大だ。だが、食のミシュラン同様、評価者の実態は謎に包まれている。

「俺は〈秘湯会〉の創設メンバーでコードネームは〈スパ・ドッグ〉（温泉犬）というんだ」

「えええ？　〈スパ・ドッグ〉ですって？」

〈秘湯会〉の構成メンバーは公表されていない。メンバーと知られると温泉宿が過剰接待するので公平厳正な評価ができなくなってしまう。なのでリサーチャーはメンバーであることを人前で公言してはならないという暗黙のルールがある。だからコメントは会員ネームで掲載する。

実は玉村も〈秘湯会〉リサーチャーで〈ストレイ・シープ〉（迷える子羊）という会員ネーム

を持っていたが、加納にそのことを告げなかったのは、それが〈秘湯会〉の掟《おきて》だからだ。

加納がそんなことをぽろりと漏らしたのは、今は活動停止している幽霊会員だからだろう。

〈スパ・ドッグ〉の提供情報は、評価の峻烈さ的確さが相俟《あいま》って〈秘湯会〉の伝説《レジエンド》として今なお語り継がれている。だが事を荒立てたくなかった玉村は、加納が安楽寺の湯に横暴に振る舞うようなら、会則に基づき〈スパ・ドッグ〉の除名を申請しよう、と密かに決意していた。

そんな玉村の叛気《はんき》を感じる様子もなく、加納は声高に言う。

「だいたい、お遍路という厳粛な行事を仕切る寺院の宿坊で、夕食に麦酒《ビール》が出るなんて、真言密教の修行を何と考えているんだ」

玉村は左右を見回す。他のテーブルに座る同宿者が三名、ちらちらとこちらを横目で見ている。

玉村は身を縮めて、加納に言う。

「警視正、お願いですから大声で遍路の問題点をあげつらわないでください。だいたい一警部補のリフレッシュ休暇につきあうなんて、警察庁のお偉いさんってヒマなんですか？」

「タマ、お前は、俺が単にお前のお遍路に同行するためだけに阿波に来たと思っているのか？これは極秘捜査の一環だ。いや、まだ事件かどうか不明ゆえ、極秘捜査とは言えないかな」

玉村は左右を見回し、小声で言う。

「でしたらここではまずいです。お部屋でお話を伺います」

加納は「わかった」と言ってビールを飲み干し立ち上がる。玉村はほっとした。これで加納の遍路批判を周囲の人に聞かれるという危険が回避できたからだ。

食堂を出て行く二人を、残った遍路客は胡散臭《うさん》そうな視線で見送っていた。


部屋に戻っても、加納の文句たらたらの状態は続いた。

「遍路寺の宿坊なのに普通に個室だし、エアコンはあるし、備え付けの冷蔵庫の飲み物の価格が通常価格の二倍だ。これでは市中のビジネスホテルと変わらんではないか」

加納の文句を聞いていた玉村は、夕食後に本堂で行なわれる「お勤め」に出るのを諦めた。ご本尊の前で般若心経を唱え、住職のありがたいお説教を聞くというお勤めを体験したかったのだが、そこで加納が滔々と遍路批判を始めたりしたら目も当てられない。

吐息をついた玉村は、本題に水を向ける。

「ところでさっきの極秘捜査について、もう少しお聞きしたいんですけど」

加納は宿坊批判をぴたりと止め、おもむろに口を開く。

「先月、阿波港で腐敗した水死体が上がった。阿波県警が歯形を照合したところ、全国指名手配のテロリストと判明した。二十年以上足取りが摑《つか》めなかったテロ組織の親玉が、突然水死体で四国の港に浮かんだもんで、公安も泡を食って上を下への大騒ぎだ」

玉村は数日前に目にした新聞記事を思い出しながら言う。

「その記事は読みました。二十五年前の企業連続爆破事件の主犯の宮野《みやの》浩史《ひろし》ですね。でも事件性があるとは書いてありませんでしたが、遺体に内ゲバ総括の痕跡でもあったんですか？」

「いや、単純な土左衛門だったそうだ。だがその瞬間、俺が引っ掛かった小事件がかちりとつながった。ここ一年の間に、四国界隈で犯罪者が立て続けに水死体で見つかっているんだ」

「立て続けって、どのくらいですか」

「今回の案件で四人目だな」

玉村は微妙な表情になる。多いと言えば多いが少ないと言えば少ない。加納は淡々と続ける。

「引っかかるのは、誰でも街角の手配書で一度や二度、顔を見たことがある有名手配犯ばかりが連続して見つかった点だ。長年行方知れずの連中がこの一年で四人立て続けに四国で水死した。しかもみんな半ば腐敗状態で発見されている。第一例は一年前の四月に讃岐で次が八月に伊予、十二月に土佐、そして先月の阿波と時間も場所もバラバラだ。更に調べると二〇一一年に讃岐で、一二年には阿波で一例ずつ類似ケースが見つかった。だが所管が違うから各県警から見れば一年に一件で、誰も注目していない。これは警察庁で全都道府県の変死体の動向をトータルで見ている俺だから気づいたんだ」

「四国は犯罪者の入水天国なんですね。四方を海で囲まれているから、逃げ場がないのかもしれません」とのんびりした口調で言って加納に睨《にら》まれた玉村は、あわててつけ加える。

「でも、その程度なら偶然とも言えるのでは？」

「いや、この案件は桜宮《さくらのみや》の指定暴力団・竜宮組《りゅうぐうぐみ》壊滅事件の〈人生ロンダリング〉システムが再稼働したのではないか、と俺の第六感が叫んでいるんだ」

「例の組織は、加納警視正の厳正な捜査で壊滅させたはずです」と玉村は驚いて声を上げる。

〈人生ロンダリング〉は無縁仏を犯罪塗《まみ》れの悪党と誤認させ死んだことにする非合法行為だ。

人物同定に歯形が用いられていることを逆手に取り、体型の似た無縁仏を見繕い、ヤミ歯科医の〈ネクロ・デンティスト〉（死体歯科医）が歯の治療痕を一致させた後、顔がわからなくなる程度に遺体を焼く。こうすれば悪党は死んだと誤認され、新しい人生をやり直せる。

加納と玉村は五年前、桜宮でその非合法ビジネスを叩《たた》き潰していた。

「死人の歯に細工をしたヤミ歯科医は逮捕したが、気になっていることがある。果たして死体の歯に細工していた人物は一人だけだったのかということだ」

「つまり〈ネクロ・デンティスト〉は複数いた、と？」という玉村の問いに、加納はうなずく。

「竜宮組幹部連続自殺事件は、ひと目で細工とわかる下手な治療痕だったので尻尾をつかめたが、大部分は自殺とされた。だが短期間に竜宮組の幹部が立て続けに自殺したのに、数名だけがあのシステムを使ったと考えるのは不自然すぎるだろう」

「確かにおっしゃる通りですが……。では警視正は真相はどのようにお考えなのですか」

「竜宮組の幹部連中は仲良しこよしだったから、全員があのシステムを使い、第二の人生を南国の楽園でやり直そうと考えた。だが〈ネクロ・デンティスト〉も一流の担当者は当然報酬が高いのでケチって二流も併用したため露見したのでは、と思いついたんだ。俺たちが叩き潰した組織の深奥に、警察がどれほど精査しても治療痕を見抜けない、死体歯科の達人がいたのではないか。ソイツが四国に流れ着いて、再びあのシステムを稼働させている、というのが俺の仮説だ。だがさすがに四件の土左衛門では警察庁のウルトラ・フリーランスと陰口を叩かれる俺も動くに動けない。悩んでいたところに、タマが遍路に行くという朗報が降って湧いたというわけさ」

加納は手元の納経帳をパラパラと眺める。まだ白いページの方が圧倒的に多い納経帳に書かれた『犬日寺』の文字を眺めて、加納は苦笑した。そんな加納に玉村が訊ねる。

「確かに〈ネクロ・デンティスト〉さえ生き残っていれば、〈人生ロンダ〉はどこでも再開できますね。私の遍路に同行したのは、四国の地取り捜査という遠大な狙いがあったんですか？」

「ザッツ・ライト（その通り）。システムが四国全体で展開していたら、四国全域を隈無く歩き倒す遍路は、地取り捜査にはまさにうってつけだ。我々は公務員だから四国霊場八十八カ所を一気に回る〝通し遍路〟は難しいが、一週間弱で一県ずつ潰す〝区切り遍路〟なら自然で、隠密捜査にぴったりだ。タマはそんな素晴らしいチャンスを俺に与えてくれたわけだ」

珍しく正面切って加納から褒められた玉村は照れ隠しに言う。

「警視正が予測されたように四国で〈人生ロンダ〉システムを再開されたとしたら、その連中は遍路に無理解な人たちでしょうね」

「なぜそう思う？」と聞かれて、玉村は手元の遍路地図を示しながら言う。

「今回の全国指名手配犯四国連続水死事件（仮）で死体が発見された順番です。讃岐に始まり、伊予、土佐、阿波というのは通常と逆回り、つまり〝逆打ち〟で縁起が悪いんです。逆打ちをしている時点で遍路の素人と思われます」

「なるほど、一理あるな。この〈人生ロンダ〉システムは、一件当たりの単価はべらぼうに高いはずだから、非合法ビジネスに手を染めた大組織の一部門としてならかろうじて成立すると考えられる。全国組織なら遍路のことを詳しく知らなくても不思議はない」

「なるほど、巨悪組織が陰に控えているんですね」と相づちを打つ玉村に、加納は言う。

「すべてはまだ仮説だ。明日は阿波県警に顔出しして午後は遍路に復帰するから、もう寝るぞ」

自分が言いたいことを言うと、次の瞬間には、加納はいびきをかき始めた。

初回は吉野川《よしのがわ》北岸に点在する阿波十里十寺《じゅうりじゅうじ》を打ち、遍路ころがしの焼山寺《しょうさんじ》まで打ちたかったが
この調子では厳しそうだ。だがこんな内幕を聞かされては、もはや拒否はできない。

金剛杖に書かれた同行二人の相手は弘法大師だ、という。そして大師はこの世の森羅万象に姿を変え、修行者に寄り添ってくれるという。

ひょっとしたら自分の場合は大師は加納の姿を借りて降臨なさったのかもしれないと、隣で豪快にいびきをかいている加納の横顔を見ながら、玉村はふと思った。


翌朝。白装束姿で気合い満点で朝食会場に現れた加納は、拍子抜けしたような表情をした。

「宿坊で朝のお勤めがないとは、真言宗総本山、高野山金剛峯寺に告げ口をする必要があるな」

玉村は、やはりゆうべのお勤めに出なかったのは正解だったと胸をなで下ろす。幸い、今日は県警本部への表敬訪問を控えているので、加納の遍路批判はこれだけで終わった。

朝食後、六番札所・安楽寺の納経所で朝一番に納経を済ませた加納は、パープルで寺の風景が描かれている遍路開創千二百年記念スタンプを見て、ご満悦だった。

「そうそう、やはり遍路はこうでなくてはならん」

宿坊を出る前に一悶着《ひともんちゃく》があった。玉村は七番・十楽寺《じゅうらくじ》、八番・熊谷寺《くまだにじ》、九番・法輪寺《ほうりんじ》、十番・

切幡寺《きりはたじ》を打って阿波川島《かわしま》駅から午後、県警に行きたいと言ったが、加納は最寄りの牛島《うしじま》駅から朝一番で県警に行こうと主張した。大方の予想通り、任務優先を唱える加納に玉村は押し切られた。

「絶対にこっちの方が合理的なのに」とぼやく玉村に、加納は言い放つ。

「国民の安寧を守護するためには、時に合理性を犠牲にしなくてはならんのだ」

警察の本懐を持ち出されたら、玉村に反駁《はんばく》できるはずもなかった。


阿波県警は川端のベージュ色の十階建ての建物で、屋上にはヘリポートもある。

「県警が県庁と同じくらい豪勢な場合は要注意なんだぞ」と加納がぼそりと言う。

阿波県警の受付に訪問を告げると、警察庁のお偉いさんがアポなしでやってきたため、すっかり動揺した県警の刑事部長が、おずおずと顔を見せた。

「半月前に着任された本部長は現在、鳴門《なると》の渦潮の様子がおかしいという市民の通報を受けて、昨晩から泊まりがけで現地調査に行っておりますので、私が代理で対応します」

加納は片頬を歪《ゆが》めて笑う。

「福武《ふくたけ》の野郎、就任早々、鳴門の渦潮見学に出掛けやがったな。地方の署長に就任すると、何を置いても真っ先に土地の観光スポット巡りをするので有名なヤツだからな」

「あ、いいえ、決してそのようなことは……」

額の汗を拭きつつ、人の好さげな刑事部長の目が泳ぐ。加納の名刺を見て訊ねる。

「ところで警察庁の電磁なんとか室の室長さまは、今日はどういったご用件でこんな田舎の県警本部にお越しになったのでしょうか？」

「うむ、実は我々は現在、リフレッシュ休暇で遍路している最中だが、最近は警察庁も勤務管理と予算拠出が厳しくなり、どうせ四国にいるならついでに直近の案件の情報を収集してこい、というお達しでね。伺いたいのは一昨日、阿波港で上がった水死体の件についてだが……」

「指名手配犯七千六百五十二号、宮野浩史が水死した案件ですね。その件に関しましては公安の方からもせっつかれておりますが、現在、報告書を鋭意作成中でして……」

「俺は公安とは無関係だ。単に発見状況と遺体の検視報告を知りたいだけだ」

刑事部長は汗を拭きつつ、ほっとした表情を浮かべた。

「かしこまりました。でしたら現場の担当者を呼びますので、彼にお訊ねください」

「もうひとつ、四国の遍路に関する重大な疑義がある。最近の遍路システムは若干緩んでいるのではないか。これは最近、六番札所の安楽寺で見聞したことだが……」

すると隣の玉村が加納の袖を思い切り引いて、咳払いをする。

「その件は水死事件の報告の精査後に、改めてお話しします」

隣でむっとしている加納の背を押すようにして、玉村は応接室を出た。

刑事課では武藤《むとう》と名乗る老刑事が対応した。五分刈りの武藤刑事は、加納と玉村を別室に案内する。机の上には今回の水死事件に関する捜査資料がきちんと揃《そろ》えられていた。

「阿波港埠頭に釣りにきた住民が、水面に浮かんでいる水死体を見つけ、通報しました。遺体は腐敗しており顔貌は不明でしたが、埠頭に遺書があり、過去の犯罪を悔いる文面で身元はすぐに割れまして、かかりつけの歯科医から歯形を取り寄せ照合した結果、宮野と人定でき、遺書に長い逃亡生活に疲れたと書かれていたために、自殺と判断しました」

現場写真をしばらく眺めていた加納は、立ち上がる。

「捜査は誠実に行なわれたようだ。職務に忠実な貴君の協力に感謝する」

加納が敬礼すると、老警部もあわてて背筋を伸ばし返礼する。加納は大股で部屋を出て行く。

「何か手がかりは摑めましたか？」という玉村の問いに、加納は振り返りもせずに言い放つ。

「俺の仮説では、遺体は別人なんだから、手掛かりなどあるはずがない」

それがわかっているなら、なぜわざわざ県警本部に顔出ししたんだ、と玉村は憮然《ぶぜん》とする。そんな玉村の憤懣《ふんまん》を気にする様子もなく、加納はあっさりと言う。

「これで仕事は済んだから、さっさと遍路に戻ろうか」


阿波県警本部のトイレで着替えた二人は、白装束姿に戻った。電車で牛島に戻って、駅の近くで着替えればいいのでは、という玉村の提案を加納は即座に却下した。

「ならん。公務が終われば直ちに全身全霊、身も心も直ちに遍路に復帰すべきだ」

加納と玉村はターミナル駅で一時間以上待たされた。

白装束姿の玉村は気恥ずかしかったが、通り過ぎる人たちはまったく気にしていないようだ。ここでは、遍路姿は日常の風景に溶け込んでいるんだな、と玉村は実感する。

待合室の壁に貼られた地図を、腕組みして眺めていた加納はぽつりと言う。

「十一番札所の藤井寺《ふじいでら》は、遍路転がし焼山寺の麓《ふもと》にあるわけか」

「そうなんです。今日中に藤井寺に着かないと明日、明後日の遍路ころがし、焼山寺と大日寺の足かけ二日コースが踏破できなくなります。なので急がないと」

「大日寺は昨日行ったばかりではないか。なんでわざわざ引き返すんだ？」

「昨日行ったのは四番札所、黒巌山遍照院《こくがんざんへんじょういん》大日寺で、これから向かうのは十三番の大栗山花蔵院《おおぐりざんけぞういん》の大日寺なんです」

「こんな近くに同じ名前の寺がふたつあるなんて、ややこしいな。全然別の名前にした方が寺のキャラも立つのにな。空海坊主はネーミング・センスが悪すぎる。いや待てよ、あの婆さんは区別するために、わざわざ犬日寺と書いたのかもしれないな」

はたと手を打つ加納に、玉村はあわてて両手を振る。

「いや、それは絶対違うでしょう。四国は寺だらけで、同じ名前がかぶっても仕方がないです。たとえば四国全体では国分寺《こくぶんじ》というお寺は四寺ありますから」

玉村の発言に、加納は即座に言い返す。

「国分寺は国ごとに天皇陛下が建立された由緒正しい寺だから、名前を変えたら不敬罪に当たる。犬日寺ごときと一緒にするな」

「申し訳ありません」と玉村は反射的に頭を下げたものの、なんで自分は謝っているんだろうと、その不当性に気づいて憮然となる。加納は委細構わず話を続ける。

「そもそも四国霊場は八十八カ所あり、四国のブランドとして確立しているが、最近は新・四国霊場八十八カ所だの阿波霊場二十四カ所、伊予霊場二十二カ所だの二重や三重にダブっている寺も多い。看板を出しておくと霊場と勘違いした遍路が立ち寄ったりするらしいぞ」

「人気ラーメン店がひしめく激戦地に出店する無名のラーメン屋みたいなものですかね」

玉村の喩え話は盛大な空回りだったようで、加納にはスルーされた。


半日遅れで遍路に戻った二人は、捜査で鍛《きた》えた健脚で七番十楽寺から八番熊谷寺、九番法輪寺までの平地寺を猛スピード参拝し、吉野川北岸の阿波十里十寺を今日中に打ち切る目処がついた。十番札所・切幡寺は遍路初の山寺で手強かったが、加納は三百三十三段の石段を箱根駅伝よろしく一気に駆け登り、瞬時に参拝を済ませて駆け下りた。その後を息も絶え絶えの玉村が追う。

リフレッシュ休暇のはずが、いつの間にか加納のトレーニングみたいになっている。

どこでどう間違えたんだろう、と悩み深き玉村の隣で、加納はぶつぶつ文句を言う。

「明日は焼山寺しか打てないなんて、効率が悪すぎる。もう少し寺の配置を考えればいいものを。空海坊主は何を考えていたんだろう」

「警視正、お願いですからこんなところで大師の批判はやめてくださいってば」

「おんころころ、せんだり、まとぎ、そわか」

加納は、真言密教の念仏を唱えた。わかったわかった、と言っているつもりらしい。

十二番札所、焼山寺への道は遍路ころがしと呼ばれ、発心した遍路が最初に遭遇する難所で過去、幾多《いくた》の遍路初心者が挫折した場所だ。徒歩十二時間とあっさり書いてある遍路手帳を読んで、「これは朝五時出発だな」と指摘したのは他ならぬ加納だった。

だから、できるだけ早く十一番藤井寺をクリアしたいという思いは、二人一緒だった。

アスファルトの道を黙々とたどっていると、小鳥が、ちち、と鳴き、木漏れ日が射す。

そんな長閑《のどか》な雰囲気とかけ離れた殺気だった形相で、競歩並みの速度で二人は先を急いだ。

おかげで札所が閉まる五時直前、奇跡的に十一番藤井寺にすべり込めた。

参拝を済ませ、今夜の宿をどうするか思案していた二人の耳に、パトカーのサイレンの音が響いた。遠目に見えた白黒二色塗りのパトカーが、どんどん近づいてきて藤井寺の下のベンチに座っている二人の前にぴたりと止まった。そこから降り立ったのは、でっぷり肥えた警察官だった。

胸元の階級章を夕陽に金色に光らせた巨漢はふうふう言いながら加納と玉村の前に立つと、流れ落ちる汗をぬぐおうともせず、加納と玉村に向かって敬礼した。

「わたくし警察庁捜査第一課から阿波県警本部長の大役を拝命いたしました福武、と申します。加納警視正とは初のお目通りですが、以後お見知りおきのほどを」

加納は、ち、と舌打ちをすると、傍らの玉村の耳元で小声でささやく。

「五期下の後輩で、おべっか使いの福武という、サッチョウではかなりの有名人だぜ」

玉村は加納の仮借ない他己紹介に、本人に聞こえていないか、とびくびくしながら、なぜこんな場所に公務のパトカーがサイレンを鳴らして現れたのか、というしごくもっともな疑問で頭がいっぱいになっていた。すると福武本部長は平身低頭して言った。

「加納警視正、どうか窃盗事件の事件捜査にお力添えいただけないでしょうか」

捜査協力と言われればワーカホリックの加納が断るはずがない。玉村も本日の義務の藤井寺の参拝を済ませていたので遍路から離脱しても影響がない。そんな奇跡的なタイミングだったので、白装束の二人は躊躇《ちゅうちょ》せずパトカーに乗り込む。サイレンを鳴らさず、パトカーが発進する。

「実は昨日、四番大日寺で賽銭泥棒が発生しまして」と福武県警本部長が車中で説明を始めた。

「賽銭泥棒？　そんなちゃちな事件で俺たちのリフレッシュ休暇をおしゃかにするつもりか？」

いきなり加納が不機嫌になるが、福武本部長は汗を拭き拭き、平身低頭を続ける。

「お二人のお手を煩わせるべき理由が二つあります。ひとつは賽銭額が百万円と高額なこと、それから容疑者を聴取しているうち、お二人が同じ時間帯にその近辺を徘徊《はいかい》、ではなく遍路していた間接的な目撃者でもあらせられる可能性がある、ということがわかりまして」

「それなら我々に捜査協力を依頼したくなる気持ちはわかる。だがひとつ疑問がある。賽銭の額は、普通わからないものなのに、なぜ窃盗額が百万円とわかったんだ？」

「不景気の昨今、百万円の賽銭は大事件で、セレブ遍路弾丸ツアーなる団体旅行の参加者がすべての寺に百万円の賽銭をあげたという情報はたちまち遍路寺の共有情報となりました。でも四番の大日寺だけ賽銭がなかったことに住職が気づいて通報し、近辺を捜査したところ、遍路が百万円入りの茶封筒を所持しているのを職質で見つけ、任意同行し事情聴取しているところです」

事件の舞台は例の犬日寺か、と加納は小声で言い、含み笑いをした。

「四番札所は俺も知っている。山門も本尊も修復せずにほったらかしだし、納経所の婆さんたちもたるみ切っていた。で、被疑者は何と言っているんだ？」

「百万円は自分が持ってきた遍路の費用だと言うのです」

「歩き遍路なら百万円くらい手持ちがあっても不思議はないだろう。だがその証明は簡単だな。賽銭を寄進した奇特なセレブを見つけて指紋を採取し、封筒を確認すればフィニッシュだろ」

「それはそうなんですが、目立つツアーなので所在はすぐわかりまして、今朝は十七番の井戸寺《いどじ》という、阿波市街のお寺さんから始めるところだったので捜査協力をお願いしたのですが、指紋提供をしていただけなかったのです。ツアー責任者が賽銭を上げた本人の聴取を拒否しまして。事件の被疑者ならともかく、そうでないのならお客さまに不愉快な思いをさせることはできない、と言うのです。ただ当時の状況は責任者から一応聴取はしたんですが」

「ええ？　初日で焼山寺を打ち終えて井戸寺まで行くんですか、あのツアーは？」

素っ頓狂な声で的外れなコメントを口にした玉村は、加納に睨まれて身を縮めた。

「ふむ。ソイツの言うことは理には適っているが、それなら非合法な商売で一山当てた、後ろ暗い金だから警察に協力できないのだと判断するぞと脅せば指紋提供なんて一発だろう。それでも抵抗するようなら、公務執行妨害でしょっぴけばいい」

福武県警本部長は額ににじみ出る汗を拭き拭き、ぼそぼそと言う。

「お噂はかねがね伺っておりましたが、つくづく評判通りのお方ですねえ。あいにく阿波は徳治《とくち》の国でしてそのような横暴な、いや、強引な、あ、いえ、過激な捜査手法はなじまないのです」

賢明に言葉を選んで波風を立てまいとしている努力は認めたいが、それだけ形容詞を羅列したらむしろ逆効果だろう。だが加納は気にする様子もなく、腕組みをして目を閉じる。

「要するに被疑者が持っている百万円入りの封筒が大日寺の賽銭かどうか、わかればいいんだな。ふむ。簡単なようでいて、なかなかの難題だな……」

後部座席に深々と沈み込んだ加納は、阿波県警本部に到着するまで口を開かなかった。


二日がかりで踏破した藤井寺までの道のりも車で小一時間で、つくづく自動車の機動力の高さを思い知らされる。文明の利器が世界を縮めたことを、玉村は実感した。

取り調べをしていたのは、昨日加納に水死体の情報を提供した武藤刑事だった。

マジックミラー越しに被疑者を見た加納は福武県警本部長に言う。

「貴様の捜査依頼はビンゴだ。俺はあの被疑者と面識がある」

「ええ？　そうなんですか、警視正？」と玉村が驚くと、加納はあきれ顔で言う。

「俺に面識があるということは、タマも面識があるということだぞ。二番札所で俺たちの前に念仏をあげていた女性ではないか」

玉村の記憶の中には通り過ぎた女性の面影はなかった。加納は福武県警本部長に言った。

「確かに我々は捜査の役に立てそうだ。彼女のある時間帯のアリバイを証明できるからな」

取り調べ室では武藤刑事と白装束姿の老婦人が差し向かいで座っていた。白装束姿の加納と玉村が姿を現すと武藤刑事は立ち上がり、背後の県警本部長に敬礼をした。

「そのままそのまま。武藤君は知っているだろうが、警察庁から派遣されたお二人は事件当時、近くを遍路なさっていたので、捜査協力していただくことになった。よろしく頼むよ」

はあ、と生返事が返る。警察庁のお偉いさんに捜査協力など、ありがた迷惑だと愚直な老刑事の顔には書いてあった。だが加納は逡巡《しゅんじゅん》の欠片《かけら》も見せず、武藤刑事の隣に腰を下ろす。

「お遍路さん。俺のことを覚えているかい？」

品のいい老婦人は加納を見つめていたが、やがてこくりとうなずいた。

「二番はんで行き合った、威勢のいいお方どすね」

「そうだ。あんたは賽銭泥棒の疑いを掛けられている。だがそれはやむをえない状況だ」

老婦人はうつむいて、ぽつりと言う。

「でも、うちは泥棒なんて、やってまへん」

「それを証明したいので、正直に質問に答えてもらいたい」

机の上に老婦人の所持品が並べられていた。遍路一式と問題の茶封筒のみと質素だ。加納は手袋をして茶封筒の中身を改めた。ごくありきたりの茶封筒だった。

「ふむ、ぴったり百万あるな。この金はどうしたんだ？」

「先月身罷《みまか》った夫の引き出しの中から出てきたんどす。うちは年金だけで食べていけますので、お参りにいって、どこかにお納めしようと思ったんどす」

「旦那さんの遺産か。では昨日のあんたがどんな行動をしたかを伺おう」

「昨日は一番はんからお参りし、二番はんでお二人とすれ違った後、安楽寺はんに泊まりました」

「それは俺たちとまったく同じ経路だな。だが安楽寺では姿を見かけなかったようだが」

「宿についた時はお食事の時間は終わっていて、素泊まりになったんどす。でも夜のお勤めには出ましたが、お二人のお姿はお見かけしませんでしたなあ」

「夜のお勤め？　何だ、それは？」

加納の過激な遍路批判を住職の前で展開されるのを恐れた玉村が、あえて加納に言わなかった行事なので、玉村はあわてて話に割り込んだ。

「つまり午前中に二番札所の極楽寺でご一緒し、夜は同じ安楽寺に宿泊したことになりますから、私たちがあなたを追い越したのは二番から六番の間のどこかということになりますね」

女性はうなずく。

「そうどすな。うちはゆっくり歩いて道端の道祖神や地蔵にもお念仏を唱えたので、時間は相当かかっています。なのでたぶん二番はんと三番はんの間やと思います」

「路傍の無名仏にまでお経を唱えるとは熱心だが、時間がかかりすぎだ」と加納が言う。

「でも、あの道にはふりそで地蔵はんや、千手院宝国寺《せんじゆいんほうこくじ》はん、三番はんの奥之院の愛染院《あいぜんいん》はんなどありますし、ひとつのお寺さんをお参りするのに一時間はかかりますでしょう？」

「一時間？　俺なら三分で済ませるが」

するとと玉村警部補が小声で言う。

「正式なお参りは、開経偈《かいきょうげ》から始まり懺悔文《さんげもん》、三帰《さんき》、三竟《さんきょう》、十善戒《じゅうぜんかい》、発菩提心真言《ほつぼだいしんしんごん》、三摩耶戒《さんまやかい》真言、そして般若心経、本尊《ほんぞん》真言、光明《こうみょう》真言、大師《だいし》宝号《ほうごう》　回向文《えこうもん》を唱えて一通りで、これを本尊と大師堂で繰り返しますから、きちんとお参りしたら一時間はむしろ早い方です」

「ばかばかしい。死んじまった空海坊主をそこまで崇め奉って何になるというんだ」

「それはお遍路の基本どす。あんさんもお遍路なら、気持ちはわかりますやろ」

老婦人の穏やかな口調に玉村はうなずき、加納は首を捻《ひね》る。

「俺は成り行きで遍路を始めた、いわば成り行き遍路だ。空海坊主の助けなぞいらん。俺は俺のやり方で四国霊場八十八カ所を制覇してやるさ」

「ほな、あんさんは一体、何のためにお参りをなさっておるのどすか?」

老婦人の素朴な質問は加納の虚を衝いたようだ。しばらく黙っていたが、やがてきっぱり言う。

「俺が俺であり続けるために、かな」

加納の顔を穴があくほど凝視した老婦人は、女性の係員に付き添われ部屋を出て行った。

彼女の今夜の宿坊は留置場になりそうだ。その姿を見送った加納はパイプ椅子に座ると、女性の所持品チェックを始めた。手始めに手書きの手帳をぱらぱらとめくり始める。

「賽銭を盗むのは簡単ではない。最近の賽銭泥棒は棒の先にトリモチをつけて小銭を盗むなどという古典的な可愛らしい手でなく、賽銭箱を他の場所で壊し中身をごっそり奪うというやり方にシフトしているそうだ。このご婦人はどうやって賽銭を盗んだんだ?」

「今回の賽銭は賽銭箱の側に百万円の札束入りの茶封筒を置き、茶封筒の上に小さなお地蔵さまの陶器を置いたそうですので、盗むのは簡単でしょう」と武藤刑事が答える。

「そういえば高額な賽銭を出したヤツはセレブツアーの参加者だったな。俺たちは一番札所でそいつらとすれ違い、後を追うように参拝したが、賽銭箱でお供えの茶封筒なんて見なかったぞ」

「一番さんで、お坊さんに高額のお賽銭をしたいが札束が厚すぎて賽銭箱に入らない、と訊ねたところ、賽銭箱の側に置いても賽銭を上げたことになると言われたそうです。また家で信奉している地蔵さんもお供えしたいと訊ね、好きなようにしてもらって構わないとも答えたそうです。ただしそんな高額のお賽銭が誰でも手に取れる場所に置かれたら大変ですので、一行がお参りを済ませて境内から姿を消した瞬間、直ちに僧侶が回収したそうです」

「なるほど、一番札所で茶封筒のお賽銭が見当たらなかった理由は理解できた。だがそれは二番以降で見当たらない説明にはならん。二番以降は高額なお賽銭があると思いもしなかっただろうからな」

「遍路寺には大師通信というファックス緊急連絡網がありまして、問題行動をする遍路や百人超えの大人数ツアーが到着すると連絡網に情報が流れるのです。今回の高額賽銭の件もその連絡網で情報共有されており、どの寺でも待ち構えてツアー客が姿を消すやいなや回収したそうです」

「どうしてネットじゃなくて、ファックスなんだ？」

「札所には電波が届かない山中にある寺も多いので、一斉通信はファックスが基本になるんです。連絡網は大日寺の住職の自宅に入ったんですが、住職は所用で外出していて連絡に気がついたのは今朝方だったそうです。急いで本殿を調べ、賽銭がないとわかり、警察に通報したわけです」

「なるほど。だがあの婦人の話では、かなりゆっくり参拝していたようだから、セレブ連中が四番大日寺を参拝してから彼女が到着するまで相当の時間がある。札所に到着した時にはとっくに盗まれていたのではないか」

　すると武藤刑事は首を振る。

「それなら彼女がもっと早く到着していた可能性も否定できません。遍路にはお接待という制度がありまして、通り道なら車に乗せてもらえる車接待というのもあるんです。ですから歩き遍路でゆっくりお参りしたということはアリバイには結びつかないのです」

　武藤刑事の説明を聞きながら納経帳をぱらぱらとめくった加納の手が、あるページでぴたりと止まった。顔を上げ、老刑事に言う。

「あの女性はウソを言っていない。今から裏付けを取る。県警本部は遍路寺との間にホットラインがあるだろう。一番から五番までの電話番号のリストを持って来い」

　武藤刑事は、引き出しから一枚のメモを取り出し手渡した。加納はちらりと視線を走らせると、携帯の番号をプッシュし始める。相手が出ると納経所係に代わってもらうように言う。

「昨日の『犬日寺』の参拝者だが、例のいたずら婆さんの昨日の勤務時間を正確に教えてくれ」

　加納はさらさらとメモを取り電話を切った。そして武藤刑事に言う。

「これであの婦人の無実は証明された。失礼をお詫びして、お帰りいただくように」

　驚いたように目を見開いた武藤刑事は、むっとして言う。

「警察庁のお偉いさんの横車は現場には通用しません。特に阿波では大師さまに恥ずかしく思うようなことはできません」

「納得できなければ、不当な命令に逆らうのは警察官として当然だし、警察庁幹部にすら楯突《たてつ》こうというその意気も天晴《あっぱ》れだ。では貴君の心意気を尊重して、今から釈放理由を説明してやろう。タマ、お前の納経帳をここに持て」

玉村は飛び跳ねるようにして立ち上がると、納経帳を加納に手渡した。加納は玉村の納経帳の隣に自分の納経帳を並べ、まず玉村の納経帳を開く。そして隣に自分の納経帳を並べた。

参拝の時に一騒動があった、今回の事件の現場となった大日寺のページだ。

「玉村の納経帳のが通常の大日寺の揮毫《きごう》だ。こっちは俺の納経帳だ。違いがわかるか？」

しばらくの間、二つの納経帳を見比べていた武藤刑事が、あれ、と声を上げる。

「警視正の納経帳は『犬日寺』になっているように見えます」

「正解だ。ではこの婦人の納経帳を拝見してみよう」

そのページを開くと武藤刑事と玉村が「あれ？」と同時に声を上げる。

「こちらは『天日寺』になっています」と玉村が言う。

「その通りだ。『大』の字に一画を加え字を変えてしまう不良婆さんが、大日寺の納経所にいた。久々に職場復帰した婆さんの一発目の仕事が俺の納経書きだ。だからこの婦人の納経帳が書かれたのは俺たちの参拝後だ。この婦人はセレブツアーの後に到着した俺たちよりさらに後に到着したわけだが、先に来た俺たちは賽銭箱で地蔵の供え物も茶封筒の高額賽銭も見ていない。つまり俺たちの到着前に賽銭は盗まれていたことになる。これであのご婦人の容疑は晴れただろ？」

腕組みをして、三冊並んだ納経帳を眺めていた武藤は、やがてきっぱり首を振る。

「説得力はありますが、状況証拠ですので、容疑者を無罪放免するほどの力はありません」

加納は目を細める。玉村は一瞬、やばい、と危惧するが、加納は片頬を歪めて微笑した。

「安心しろ。これは俺がこの女性の無罪を確信した素材だ。これから貴様を納得させる証拠を示してやる。昨日賽銭を受け取った寺に連絡し、今から白装束姿の刑事が向かうから全面協力せよ、と連絡してくれ」

「ひょっとして私も行くんですか?」と玉村が泣き声で言う。

警察庁の加納ならまだしも、桜宮市警という同レベルの地方警察の警官が、他の県警の捜査に首を突っ込めばメンツ問題になり、阿波県警と桜宮市警の関係がこじれかねない。

武藤刑事も、自分が同行できない不満をありありと顔に出していたが、彼の中では抗議した時のシミュレーションは完了していた。本部長に、部外者が滅茶苦茶な捜査介入を申し出ていますとご注進しても、腰抜けで観光好きの新任本部長は、警察庁のお偉いさんの指示に従え、と答えるだけだろう。加納がぼそりと言う。

「そんな顔をするな。俺の行動が犯人逮捕につながれば、手柄は貴君のものだ。それに遍路寺は阿波県にとって大切な存在だ。そんなところに地元警察がどかどか土足で踏み込んだら関係が悪化する。悪いようにしないから、ここは部外者の俺たちに任せておけ」

しばらく考えていた武藤刑事は、「わかりました。寺に連絡を取ります」とうなずく。

「それが事件解決の一等の早道だ。貴君にはその後に、真犯人の逮捕という重要な仕事が待っている。あとパトカーを一台、貸してもらいたい」

もはや加納に白旗を揚げた武藤刑事は、諦め顔でもう一度うなずいた。

「地元県警の刑事さんのメンツまで考えてあげるなんて、加納警視正は優しいんですね」

サイレンを盛大に鳴らしパトカーが阿波県警の敷地から道路に出ると運転手の玉村が言う。

助手席で腕組みをしていた遍路姿の加納はふん、と鼻先で笑う。

「物は言い様だ。思い込みの激しい老いぼれ刑事を同行させたら仕事の邪魔になるだけだ。これは簡単な仕事だが、地元の顔なじみの刑事がやるとこじれる可能性が高いんだ」

それこそ物は言い様、違う言い方があるだろうと思ったけれど、玉村は黙っていた。


昼間は遍路初心者でごった返す一番札所、霊山寺も、夜は訪れる人もなく森閑としていた。

パトカーから降りた加納は、勝手知ったる様子で社殿に向かう。待機を指示された玉村は加納の後ろ姿を見送った。加納が玉村に別行動を命じるのは珍しい。自分を捜査に同行させないのは頑固一徹の老刑事のように、連れて行くのが足手まといだと思ったからだろうか、などと思いは千々に乱れた。すると、こんこん、と窓ガラスをノックする音がした。

スモークの窓を下ろすと、若い女性二人が車中をのぞき込んだ。彼女たちは、

「あのう、これってひょっとして映画かドラマの撮影か何かですかあ?」

きゃぴきゃぴした声で尋ねられた玉村は一瞬呆然とするが、あわてて首を振る。

「映画でもドラマでもありません。実務です」

「遍路のお寺にサイレン鳴らして入ってくるということは、さては殺人事件ですかあ？」

「きゃあ、遍路殺人事件ですねっ？」と隣の女性も嬉しそうに言う。

「違います」とぴしゃりと言うと、玉村はスモークの窓ガラスを上げた。その時、バックミラーに戻ってくる加納の姿が映ったのでエンジンを掛ける。恐れ知らずの女子たちは加納にも声を掛けたが、当然邪険にされた。加納が車に乗り込むと玉村は赤色灯を回し車を発進させた。

車が走り出すと、加納は不機嫌な声で言った。

「タマの甲斐性なしめ。ぴちぴちの女子大生にナンパされたら、もう少し愛想よく引っ張ろうとするのが、上司が留守の部下の適切なサボリ方というものだ」

ぴちぴちの女子大生なんて死語です、と言い返そうと思ったが、やめておいた。

「それにしても、お早いお戻りですね。事前に通告してあったとはいえ、社殿での捜査は正味五分もかかっていません。どんな捜査をなさったんですか」

加納はほのかに膨らんだ白装束の懐をぽん、と叩いてにっと笑う。

「それは県警に戻ってからのお楽しみ、だ」と言った加納は、そんな調子で二番、三番と滞在時間五分で捜査を終えた。四番の寺で事件現場の大日寺に向かおうとした玉村に加納は言う。

「四番は飛ばして、五番の地蔵寺に行け。それで今夜の捜査は終了だ」

なぜ肝心の事件現場をすっ飛ばすのだろう、と不思議に思いつつ、玉村は車を発進させた。

五番札所の地蔵寺を出た時は、阿波県警を出発してから一時間も経っていなかった。

これで捜査は終わりました、と伝えたら武藤刑事はさぞや驚くことだろう。

横目で見た加納の白装束の懐は、こころなしか更に膨れ上がっているように見えた。

「本当に捜査は終わったんですか?」という武藤刑事の問いかけは玉村の想定通りの反応だ。

加納は携帯を取り出すと、武藤にメアドを教えろという。警察庁のお偉いさんとメル友になりたくないという感情丸出しの武藤刑事は、しぶしぶ従う。すると立て続けにメールの着信音が響いた。計四回。武藤刑事はメールを開き、「こ、これは……」と言って絶句する。

のぞき込んで玉村も仰天する。写っていたのは僧侶で、右手に今日の日付の新聞を持っている。過激派ゲリラが、人質が生きている証拠に新聞を持たせた記念撮影そっくりだ。だが異様なものが写っていた。僧侶は左手に札束を持っていた。残りの三枚も同じ構図だ。加納は訪問先の寺で、札束と新聞を手にした住職の記念撮影をしてきたというわけだ。一体、何のために?

玉村とまったく同じ疑念に囚われたであろう武藤刑事が、「これは一体?」と訊ねた。

「昨日、高額賽銭を受け取った寺の住職の記念写真だ。酔狂なセレブが百万円ずつ賽銭を上げるとしたら、事前に賽銭用に札帯のついた百万円のピン札の束を銀行で下ろすだろうと考えたんだ。連中のツアーときたら一日十寺、十日で八十八カ所をお参りするというハードスケジュールだから日中、銀行に立ち寄る時間はない、と踏んだんだ。案の定、高額の賽銭はみんな、帯封をつけた百万円の札束だったと確認できた。画像を拡大すれば札番号が読み取れる。俺は札束の中身が連番であることを確認した上で、それらの写真を撮影してきたわけだ」

加納は写真の一部を拡大し、札束の部分をクローズアップした。

「一番札所の札番はＥＳ５５１１０１Ｐから始まる百枚、二番札所はＥＳ５５１２０１Ｐからの百枚、三番はＥＳ５５１３０１Ｐから百枚、四番は賽銭が盗まれた大日寺なので抜かして、五番はＥＳ５５１５０１Ｐから百枚だ。これで大日寺に納めた百万円の札番はＥＳ５５１４０１Ｐから始まる百枚だと確定できる」

加納は片頬を歪めて笑うと、机の上に置かれた証拠品のうち、女性が持っていた茶封筒の百万円の札束を出した。一番上の紙幣の札番号はＤＢ２６５４０１Ｓだった。

スマホで送られてきた画像と、机の上の百万円の札束を交互に見比べた武藤が言う。

「寺に寄付されたお賽銭の百万円の札束は重要な証拠品ですので、押収してきます」

加納は、懐から茶封筒を取り出し机の上に並べた。表に寺の名を書いた四封の封筒が並ぶ。

「貴君ならそう言うだろうと思い、既に証拠品は押収してある。〆て四百万円也、明日の朝一番に阿波県警本部で返却すると約束して持ち帰ったので、札番号をコピーするなりして記録したら直ちに返却しろよ。受け取り証の持ち合わせがなかったので、俺の納め札に裏書きをしてある。こういう札を寺の坊主が持ってきたら証拠品の百万の札束は返してやれ」

加納は懐から納め札を一枚取り出した。白札は遍路の初心者用で日付、住所、氏名を書く。住所、氏名欄に流麗な筆記体で、Ｔｏｋｙｏ、ＴＡＴＳＵＹＡ　ＫＡＮＯＵとある。札の裏に「金百万円預かりました、警察庁」と書かれているのを見て、武藤刑事は呟く。

「納め札を証拠品押収の証明書に代用するだなんて、バチ当たりなことを……」

「一番札所の坊主は捜査に応じる義務はないだの捜査令状を持って来いだの、四の五の抜かしたから、宗教法人は非課税だからいい気になっているが、国家権力で税務署を動かして徹底的に周辺ビジネスを調べ上げてやろうか、と脅したら真っ青になってすぐ差し出した。だが二番札所以下は従順だった。一番さんは問題児だな」と加納は片頬を歪めて笑う。

それはおそらく遍路寺緊急ファックス連絡網が機能したんだ、と思ったが玉村は黙っていた。沈黙は加納に対する玉村の、最も確実かつ安全な処世術だ。

「これであの婦人は無罪だと証明されたと思うがいかがかな、武藤刑事？」

加納の言葉に武藤は唇を噛む。だがすぐ当直係の警察官に電話した。

しばらくすると白装束姿の婦人が姿を現した。武藤刑事は老婦人に頭を下げた。

「大変失礼しました。嫌疑が晴れましたのでお帰りください」

老婦人は驚いたような目で加納を見た。それからテーブルの上に置かれた所持品を手にすると、深々と加納にお辞儀をし、ありがとうございます、と何度も繰り返した。

加納は面倒くさそうに、だが鷹揚にうなづいてみせる。

老婦人が姿を消すと、武藤刑事は加納に「おみそれしました」と頭を下げた。

「間違った見込み捜査のせいで相当時間をロスしたな」と加納が言うと、武藤刑事はがっくりと肩を落とす。

「お言葉、骨身に沁みます。申し訳ありません」

そんな武藤刑事の様子を見て、加納はうなずく。

「済んでしまったことは仕方がない。思い込みの不適切捜査が多くの市民に迷惑を掛ける、というのを肝に銘じることだ。だが今の言葉はあのご婦人に言うべきだったな」

はっとした表情で立ち上がりかけた武藤を、加納が制した。

「もうその必要はない。警察の冤罪《えんざい》を警察が解いたから、組織としては自己完結している。その分、犯人検挙に尽力しろ」

加納の言葉に、武藤は弱々しくうなずく。

「でも初動を間違えたせいで、一から聞き込みのやり直しです。遍路の往来は激しいので窃盗犯はもう阿波にいないかもしれません」

「そうでもないさ。大きな手がかりがある。貴君は手元に大金があったらどうする？」

「使うか、貯金します」

「そうだ。金欠だったら金は近所で使うだろう。盗んだ金だから一刻も早く実物はなくしたい、と考えるかもしれない。だから取りあえず大日寺周辺の飲食店をしらみつぶしに当たってみて、一万円札の番号をチェックしてみたらどうだ」

「なるほど。早速、当たってみます」

武藤は解き放たれた猟犬のように部屋を出て行く。「おいおい、今から捜査に掛かるのかよ」と加納は呆れ声で、だが楽しそうに言い、武藤の後ろ姿を見送った。

そして玉村に振り向いた。

「さて、これにて一件落着だ。ここから先は俺たちの仕事ではない。リフレッシュ休暇の残りも少ないが一刻も早くこんなところは立ち去って、遍路ころがし、焼山寺まで踏破しよう」

玉村は嬉しさのあまり椅子から飛び上がるようにして立ち上がり、加納の後を追った。

県警の玄関を出ると、白装束姿の老婦人が佇んでいた。加納の姿を認めると歩み寄ってきた。

「どうか、あんさんにお経を奉らせてくださいまし」

「俺は仏さまではない。世俗に塗れて生きる、生臭い凡夫だから拝むには値しない」

「いいえ、あんさんはうちのために、天から使わされた仏さまどす」

そのやり取りを隣で聞いていた玉村が言う。

「お経ぐらい受けてあげればいいじゃないですか。大師さまは遍路さんの側の誰かの姿を借りて姿を現す、という民間信仰もあるんですから」

加納は肩をすくめると諦め顔で佇む。老婦人は朗々と読経を始めた。

夜の静寂の中、老婦人の嫋々《じょうじょう》とした読経が終わると、加納は老婦人に言った。

「あんたの冤罪を晴らしたのは俺ではない。天があんたを守ったんだ。大日寺の納経係の不良婆さんはあんたの納経帳に『天日寺』と書いた。俺には『犬日寺』、太ったおっさんには『太日寺』と書くという不良ババアが、だ。本当に立派に思える遍路には犬でも太いでもない別の一画を加えるんだとさ。あんたはフザけた婆さんを心服させるくらい心根が立派だから、天があんたを助けたんだよ」

そう告げた加納は、すたすた歩き出す。

後からついてくる玉村を振り返らずに、加納は言う。

「タマが余計なことを言ったせいで、貴重な時間をロスしてしまった。これではスケジュールを消化できない。だが今夜はまだ宿を取っていないから災い転じて福と成す、これから遍路ころがし、焼山寺まで徹夜で歩くとしよう。そうすれば明朝一番で納経できるからな」

ちらりと腕時計を見ると、なんだかんだで時計の針は夜十時を回っていた。

何が〝災い転じて福と成す〟だ。冗談じゃない。それは焼山寺由来だけあって、〝災いの焼け太り〟ではないか。

我ながらうまいことを思いついた、と思いつつも口には出せず、玉村は、おそるおそる言う。

「これから焼山寺を打つだなんて、まさか冗談ですよね？」

「俺が今まで冗談を言ったことがあるか、タマ？　そもそも焼山寺とは、空海坊主があのあたりに巣くっていた大蛇を退治するために、山に火を付けたのがその名の由来だという物騒な寺なんだから、夜討ち朝駆けが相応《ふさわ》しいだろう」

「そんなバカな」

玉村の悲鳴が、夜の街角に響いた。

二日後。遍路発心最初の難関、遍路ころがし焼山寺まで徹夜で歩き、朝一番で納経を済ませて疲労困憊《こんぱい》の態で桜宮に戻った玉村の元に、阿波県警の武藤刑事から犯人逮捕の報告メールが届いた。

犯人は大日寺の寺男で、封筒の大金を見てつい魔が差したのだという。行きつけのスナックで使用した一万円札から足がついたのだという。

玉村は、四国霊場の方角に向かって合掌した。

東海地方の小都市・桜宮市の安寧を守る、桜宮市警本部の窓際から、玉村が遠く見遣った方向に永遠の霊場、四国が今日も横たわっている。

今、こうしている間も、加納警視正に念仏を捧げた老婦人は、亡くなったご主人と同行二人、遍路道を歩いていることだろう。

土佐　修行のハーフ・ムーン

いた。

「高橋《たかはし》主税局長」と委員長が政府参考人の名を呼んだ。
平成二十六年・第百八十六回通常国会の衆議院予算委員会では数日来、白熱した論議が続いていた。

火中の栗を拾う男、と揶揄《やゆ》された高橋義人《よしひと》・財務省主税局長が、新方針を打ち出した安保《あぼ》首相の厳しい視線に促され、答弁者席に立つ。

「課税問題につきましては、政教分離の原則からこれまで宗教法人を優遇してまいりましたが、未曾有の不景気の中、ひとり宗教法人だけがタックスフリーである状態に世間の批判も集中しておりまして、また宗教法人は非課税であるため税務署の監査もなく、脱法行為に近いことも行なわれているということも側聞いたします。このため安保内閣におきましては新たに宗教法人に課税する方針を打ち出したわけでございます。このことは国民のみなさまにも広くご理解いただけるものと思われます」

力強い言葉だが、声は震えている。長年、アンタッチャブルだった宗教法人の税制改革に一歩踏み出した、記念すべき瞬間だ。だが反発はすさまじく、委員会室に怒号が飛び交う。

高橋主税局長は深々と頭を下げ、答弁者席から下がると、ぐったりと椅子に沈み込んだ。

国会中継のテレビカメラは、あわてて虚脱した主税局長の姿を画面のフレームから外した。

「委員長」と挙手したのは、質疑者の民友党《みんゆうとう》の重鎮、政界の寝業師と呼ばれる北条《ほうじょう》議員だ。

議長から指名され、質疑者席に立つと、恰幅《かっぷく》のいい姿が壇上で映える。

「戦前は国家が特定の宗教を推奨し、他の宗教は不当に弾圧されてきたという苦い歴史があり、その反省を元に宗教法人の原則非課税が決められたのであります。しかるに今、再び宗教法人に課税するということになりますと、安保政権の全体主義への回帰現象のひとつ、と言われかねません。また多くの宗教法人の代表者からも非難の声が寄せられております。どうか本法案の提案に関しましては、熟慮し再考いただきますよう、お願い申し上げます」

遍路寺からいくらもらった、などと野次が飛ぶ中、北条政志《まさし》議員は一礼し着席する。

首相を見据えた鋭い眼光とうらはらに、口元にはかすかな笑みが浮かんでいる。

それはまさに、宗教法人への課税という虎の尾を踏んだ安保内閣の急所を衝いた一撃だった。

国会のテレビ中継を見ていた気楽寺《きらくじ》の住職は、画面を凝視しながら呟いた。

「さすが北条先生、軽佻浮薄《けいちょうふはく》な阿呆政権の、思慮不足で安易な提案に、ぐさりと楔《くさび》を打ち込んでくださったようだな」

そう呟いた住職は、さて、明日の朝一番で銀行に行き、どの定期預金を解約しようか、などと生臭いことを考え始めた。

画面の中では国権の最高機関の構成メンバーによる茶番劇が延々と続けられていた。

牟岐《むぎ》線の日和佐《ひわさ》駅に降り立った玉村は、懐かしい空気を胸一杯に吸い、大きくのびをした。耳には潮騒《しおさい》。春の名残《なごり》の霞で、青空はくすんでいる。

五分歩けば前回、遍路を一旦区切った阿波遍路最後の二十三番札所の医王山無量寿院《いおうざんむりょうじゅいん》・薬王寺《やくおうじ》だ。反対方向は海岸で、夏なら運がよければウミガメの産卵も観察できる。

遍路ころがし焼山寺で打ち止めにした玉村は、その後に連休前の土日に有給を一日つけ十三番から十七番まで五寺参りとお鶴《かく》・太龍《たいりゅう》を回り、阿波遍路最後の二十三番札所の薬王寺まで打ち終えた。だから今回は薬王寺から始めることにしたわけだ。

駅舎の壁の鏡に映る自分の姿を眺める。白装束に菅笠、金剛杖を突くという完璧な遍路姿が似合うようになった自分に満足する。

今年のゴールデンウイーク後半は四連休だ。初日の五月三日は家族サービスで桜宮水族館に出掛け、残りの三日を使い阿波遍路と別れを告げ、いよいよ土佐遍路への第一歩を刻む。

そんな感慨に耽《ふけ》っていたら、背後霊のような白装束姿の男性の姿が鏡に映り込んだ。

高揚した気分に水を差すように、濁った声が背中から聞こえてくる。

「なあ、タマ、ここから室戸岬まで、寺は一コもないんだろう？　それなら丸々二日がムダ歩きになってしまうではないか。室戸から始めれば合理的だったのに」

阿波最後の二十三番札所の薬王寺から土佐の最初の二十四番札所の室戸山明星院《むろとざんみょうじょういん》・最御崎寺《ほつみさきじ》まで八十キロ、普通徒歩ではほぼ丸三日掛かるが、玉村は二日で行こうと考えていた。

そんな玉村は振り返らず、鏡に映った長身の遍路に向かって答える。

「歩き遍路は弘法大師が歩いた道を追うことで、自らも仏と成すのが遍路の目的です」

「だが多忙な我々なら、多少合理的な対応をしてもバチは当たらないと思うぞ」

金剛杖を床に一突きすると、玉村警部補はと振り返る。

「警視正、私は加納警視正に同行をお願いした覚えはありません。これは私の趣味なんです」

「つまりミソッカスは黙って従え、とおっしゃる訳だな、タマ大師さまは」

白装束の遍路姿をびしりと決めた美丈夫が菅笠を持ち上げ、鋭い眼光で玉村を見つめている。いや、見つめている、という表現は上品すぎる。どうみても〝ガンをつけている〟だ。

「いえ、そんなつもりでは……」と玉村警部補は思わず口ごもる。妥当なことを言ったはずなのに、気がつくといつも押し戻されてしまう自分の気弱さが何とも口惜しい。

「確かにタマの言う通り、これは個人的な趣味だ。だが今回は十年前の〈室戸事件〉の再調査も兼ねていて、警察庁から交通費が出ているという事実は忘れないでもらいたいものだな」

釘《くぎ》を刺すべきところはしっかり刺してくるあたり、さすが高級官僚は抜け目ない。

玉村は唇を噛む。迂闊《うかつ》にも、加納が目の前にぶらさげた好条件に飛びついてしまった数日前の自分を、心の底から叱責したくなった。

玉村は黙って金剛杖を突いて歩き始める。その後ろを加納が不満げについていく。

加納に散々文句を言われたが、実は玉村の計画はかなり合理的だった。

黄金週間後半四連休の二日目の夜に深夜バスで阿波入りして翌朝一番で薬王寺に電車で行き、歩き始める。八十キロの長丁場を二等分し一日四十キロ歩き中間地の宍喰《ししくい》で一泊すれば、二日目の夕方には室戸岬の最御崎寺に到着する。室戸周辺の鉄道事情は最悪で帰宅にほぼ丸一日掛かるので、二泊だと室戸岬からとんぼ返りしなければならなくなる。丸二日かけて八十キロを踏破しても納経帳の押印がひとつ増えるだけ、というのでは確かに徒労感は半端ではない。

だが三泊すれば、三日目に室戸三寺を制覇できる。そんな制覇計画を胸に秘め有給を申請したら、どこからともなく情報を嗅ぎつけた加納が、よだれが出そうな好条件のオファーを持ちかけてきた。現地の警察署で〈室戸事件〉という十年前の事件の捜査資料の調査を手伝えば交通費を出すというのだ。こんな好条件は絶対罠だ、と思い何度も検討したが、遍路翌日の連休明けに半日、捜査資料を確認すればいいだけで、どうみても落とし穴はなさそうだ。

すると仕事を済ませた日の午後も参拝でき、次回は交通の便がいい土佐の県庁所在地から再開できる。それは玉村にとって願ったり叶《かな》ったりの申し出だった。

薄給で中学生になる娘もいる玉村にとって遍路はかなりの道楽だ。特に歩き遍路は贅沢《ぜいたく》遍路と言われ、分不相応と自覚していた。だから玉村はつい加納の申し出を受けてしまったのだ。

確かに、そのオファーには裏も落とし穴もなかった。だが斡旋《あっせん》者は警察庁では、嵐を呼ぶ男、と呼ばれる危険人物であるという事実を、玉村は見落としていた。

いいことづくめに思えたオファーの、たったひとつの、しかし大いなる誤算。

玉村は当然、加納とは室戸署で合流するものだとばかり思い込んでいた。

——まさか、薬王寺からの歩き遍路にも同行するなんて……。

人間、欲に目が眩《くら》むとろくなことがない、というのは先人の貴重な教えである。

玉村は唇を噛んだが、加納はもとからそのつもりだったらしい。

後ろから背後霊のように足音もなくついてくる加納を振り返るとはなしに振り返る。前回の阿波でのドタバタの間にすっかり着こなしを覚えた遍路装束がいやになるほどよく似合っていた。


日和佐から室戸岬までのちょうど中間地の宍喰までの四十キロは、海岸沿いの国道五十五号線の一本道だ。加納は、丸二日の徒歩のムダさ加減とバカバカしさを、呪詛《じゅそ》の如《ごと》く延々と垂れ流す。

ついに我慢し切れなくなった玉村は切れた。

「背後霊みたいに呪いの言葉を吐くのは、もうやめてください」

「背後霊とは酷《ひど》すぎるだろう。せめて手乗り文鳥くらいにしてくれ」と加納が言う。

「警視正が手に乗るわけがないでしょ」と言い返すと加納は少し考えて、再び口を開く。

「なるほど、それならおんぶお化けならいいか?」

ああ言えばこう言う、玉村はばかばかしくなって以後、口を利かなくなった。

薄曇りで初夏の陽射しが弱々しい中、玉村は黙々と歩く。相変わらず加納の呪詛が背後から追いかけてくるが、玉村の耳にはそれが次第に般若心経のように聞こえてきた。

これも遍路の功徳だろうか。

昼食は持参した握り飯を歩きながら食べる。加納は携帯タイプのゼリーなどという小洒落たものを食している。何をやっても様になる御仁だな、と玉村は感心しながら加納の姿を盗み見る。

そうして日が傾きかけた頃、二人はその日の宿の善根宿《ぜんこんやど》「春日《かすが》」に到着した。


善根宿とは一般家庭が遍路を宿泊させる家のことを言う。玉村が阿波と土佐の県境の宍喰にある善根宿を選んだのは、手掘りの温泉があるという情報を聞いたからだ。

まさに秘湯中の秘湯、温泉マニアには垂涎《すいぜん》ものの隠れ宿だ。

到着寸前、玉村が温泉情報は省いて宿の概要を説明すると加納は顔をしかめた。

「いくら遍路システムに組み込まれているとはいえ、公僕たる国家公務員が一般家庭に寄生するような真似はいかがなものか。だいたい、それでは領収書が通らないだろう」

この人は遍路の宿泊費を公費から分捕るつもりだったのか、と玉村は呆れ果てながら言う。

「警視正、遍路の旅で我々の素性を考えるのは控えてください。我々は、というか私は単なる趣味で遍路をしている一市民です。交通費を出してくださるという申し出は受けましたが、宿泊費まで出してもらおうとは思っていませんから、領収書が通るかどうかは気になりません」

「む、タマの言うことには一理ある。捜査に関わっていない時に肩書きを振りかざせば職権濫用になりかねん。だがそうすると俺の領収書が落ちなくなってしまうが……」

だが加納はそれ以上領収書に拘泥する様子もなく、がらりと違うことを口にする。

「では我々が警察関係者だということはこの旅では封印しよう。それなら我々の職業をあらかじめ決めておいた方がいい。でないと万が一の時に、ぽろりと本当のことを口走るかもしれん」

「大丈夫ですよ。お遍路は他人のことを根掘り葉掘り聞かないお約束ですし、道中で何となく一緒に旅することもよくあることですから、お互いの素性がばらばらでも怪しまれませんよ」

玉村は、遍路同士のそうした交流もひそかに楽しみにしていたが、どこへいくにも威圧感を周囲に振りまく警察庁の猟犬が一緒なので、叶わぬ夢だと諦めていた。

「だが万一の時に別々の職種を考えるのは二度手間だから、やはり決めておいた方がいい。さしあたって我々は製薬会社の営業で、俺が課長でタマはヒラ、ということにしておこうか」

なぜにわざわざそんな難易度の高い専門職を、とは思うものの、珍しく加納が玉村の提案を素直に受け入れてくれたし、それで加納の気が済むならあえて反対することもなく、ある意味で加納の提案にはもっともな点もあるので、従うことにした。それにしてもどうしてこのお方はこうやって自分に好都合な設定を次から次へと思いつくのだろう、とつくづく感心させられる。

善根宿「春日」の宿名は、宿の主人の名字らしく、表札にもそう書かれてあった。庭先に置かれた漁船は廃船らしいが、車輪付きの木枠の運送台に乗せられ、いざとなれば出航できそうだ。

マストに掲げた派手な大漁旗は宿の目印になっている。春日家は二階建てで一階の二十畳の居間の真ん中に囲炉裏があり、宿泊者はそこで食事をいただくことになっていた。

手掘りの温泉は庭のバラックの中にあったが改装中だった。〈秘湯会〉の加納が事前に耳にしていたら、また舌鋒《ぜっぽう》鋭く批判したに違いない。だが阿波遍路の安楽寺・弘法の湯の一件ですっかり懲《こ》りた玉村は、加納に事前に秘湯情報を伝えていなかったので、事なきを得たのだった。

平安寺の弘法の湯といい、宍喰の手掘り秘湯といい、加納と玉村の行くところ秘湯が臨時休業になるという悪しき傾向がある。玉村は加納の邪気のせいだと思った。〈秘湯会〉のリサーチャーなどという肩書きを持つ危険人物を、温泉が事前に察知し身を隠しているのではないか。

だがそれは整合性に欠けた考えだ。玉村も〈秘湯会〉の現役リサーチャーなのだから。


人当たりの良さそうな初老の奥さんが二人を宿泊部屋に案内した。二階に二部屋並んだ六畳間で扉は鍵が掛かるようになっていた。その片方に案内された加納と玉村は当然相部屋だ。

「今夜はもう一人、お客さんがいます。もう到着されていて、近所の散策に出ていますのでその方がお戻りになったら夕食にします。その方はお風呂は済ませましたので、お二人はお好きな時間に内風呂をお使いください。ただし九時までにお願いします」

お世話になります、と玉村が合掌すると、加納もあわてて同じようにする。

「お遍路さんに拝まれるなんて変ですわ。私たちがお遍路さんを拝ませていただくんですから」

遍路装束を解くや否や、加納が言う。

「ではさっさと入浴を済ませるか。俺は十分ジャストで出るから準備しておけよ、タマ」

「いえ、そんなキリキリせず、ごゆっくりどうぞ」

「そういうわけにはいかん。あと俺は、二段ベッドは下に寝るからな」

タオルを手に部屋を出て行った加納の姿が見えなくなると、玉村はほっと吐息をついた。

二段ベッドの上段に寝転ぶと、天井に怪獣のシールが貼られているのが見えた。二階は子供部屋だったが二人の子供が成人して家を出たので善根宿を始めることにしたと、奥さんが言っていたのを思い出す。うつらうつらしていると、がらりと扉が開いて加納が戻ってきた。

「疲れが吹き飛ぶ、いい湯だ。温泉ならAA（ダブルA）の評価を差し上げたいところだが」

壁の時計を見ると加納は律儀《りちぎ》にも宣言通り、十分ジャストで戻っていた。


午後六時。あたりがまだ明るい中、心づくしの晩餐《ばんさん》が始まった。

作務衣姿の主人は白髪交じりで、囲炉裏の傍らに座る姿は、道端のお地蔵のようだ。無口で、お喋《しゃべ》りはもっぱら奥さんの仕事だ。同宿者は目鼻立ちの整った、抜けるように白い肌の金髪女性だ。両手をあわせ「いただきます」とたどたどしく言うと加納と玉村もあわててそれに倣う。

「キャサリンさんは、お箸《はし》がお上手ね」と奥さんに褒められて、キャサリンはにっこり笑う。

そして炉端に作り付けられた本棚を見て言う。

「私ハ大学で日本文化と日本語ヲ学びましたデス。遍路に神秘的な魅力ヲ感じ、実際ニ来て嬉しいデス。この本棚ハ素晴らしいデス。枕草子《まくらのそうし》、源氏物語《げんじものがたり》、万葉集《まんようしゅう》ニ古今和歌集《こきんわかしゅう》マデ揃っているなんて、このまま研究室ニ持って帰りたいデス」

「ウチの人は顔に似合わず、古典が好きなの。お気に入りは種田山頭火《たねださんとうか》よ」

玉村がすかさず言う。

「漂泊歌人の山頭火は私もファンです。確か昭和二年頃、遍路を結願したんですよね」

無愛想な宿の主人の頬が、わずかに緩んだように見えた。そこへキャサリンが言葉を挟む。

「サントウカは知らないデスので、後で教えてくだサイ。あ、でも明日ハ海岸で泳ぎたいデスので早く出発するのデス。残念だけど今夜ハ無理かもしれませんデス」

そんな和気藹々《あいあい》とした雰囲気の中、加納がぼそりと言う。

「文化交流も望ましいが、気をつけた方がいい。このあたりは人通りは少なく車の往来は多い。世の中はここのご夫婦のような善人ばかりではないからな」

「ニホンの人たち、みんなとても親切デス。私、ニホンに来て嬉しいデス」

むっとした表情でキャサリンは部屋を出て行ってしまった。奥さんが言う。

「人には好みや事情がありますから、あまり立ち入らない方がいいと思います。特に最近の若い娘さんはのびのび育っている方が多いようですから」

すると、それまで黙っていた主人が口を開いた。

「いや、遍路には闇の顔もあるということは耳に入れておいた方がいい。昔は女性ひとりの遍路は娘遍路と呼ばれ、危険だと思われていた時代もあった。当時は娘遍路は珍しくテレビの取材があったりしたが、今はすっかり普通になった。それでも危ないところは変わらないからな」

囲炉裏の火がぱちぱち燃え、春日家の無口な主人の横顔を赤々と照らし出した。

遍路を再開して二日目の朝。窓から差し込んできた陽の光で、玉村は目を覚ます。

加納はすでに白装束姿で窓から海を眺めていた。目を覚ました玉村に言う。

「見ろ、ブロンド娘はもうご出立だ」

玉村が寝ぼけまなこをこすりながら窓から見ると、菅笠を被り白装束を着て、金剛杖をついた完璧な遍路姿のキャサリンが、宿の夫婦に見送られ出発しようとしていた。その様子を窓から眺めていた玉村には、にっこり笑いかけたが、隣の加納と目が合うと、ぷい、と視線を逸《そ》らした。

「俺はすっかり嫌われてしまったようだ」と加納は苦笑する。

三十分後。食事を済ませた二人は宿の主人に見送られて出発した。

「さすがにあのお嬢さんには追いつけそうにないですね」と玉村が言うと、奥さんが言う。

「いいえ、追いつくかもしれませんよ。あの下には水着を着ていて、どこかの海岸で泳ぐつもりだと言っていましたから」

「歩き遍路で水遊びに興じるとは遍路の風上にもおけん」

遍路に無理解だった、かつての自分を棚に上げて、加納が言う。

「まあ、遍路にもいろいろありますから。人それぞれ、それが遍路なんです」

奥さんから握り飯をお接待で頂戴した二人は、金剛杖の鈴の音を鳴らしながら歩き始めた。

一キロほど歩くと水床《みとこ》トンネルに着いた。トンネル内部は一段高い舗道があって歩きやすい。舗道もなく路肩が狭い遍路道は危険を感じることもあるので、この配慮はありがたかった。トンネルに入ると、前方に出口の光が見えた。金剛杖の鈴の音がコンクリートの壁に反響する。ほどなくして出口に出た。顔を上げると、道路標識に土佐県・東洋町《とうようちょう》とある。

トンネルを抜けると、そこは土佐だった。頭上に真っ青な空が広がり、玉村は目を細める。玉村と加納の土佐入りを寿《ことほ》ぐかのように、足元の草むらに一輪、白百合《しらゆり》が凜《りん》と咲き誇っている。

阿波の遍路は少々泥臭く、ずしりと重い感じがしたが、土佐に入ると雰囲気はがらりと変わり、不思議と南国の開放的な感じがした。格子模様の珍しい蝶《ちょう》がいたので玉村が指さすと、加納はちらりと見て「イシガキチョウだな」と言う。蝶の種類まで守備範囲か、と玉村は恐れ入る。

これで阿波の旅路が終わり、土佐に入ったのだ、と玉村は改めて思った。

左手に延々と岩場の海岸線が続く。尖った岩に波が荒々しくぶつかり、白い波しぶきとなり青空に向かって駆け上り、空中に消えていく。そんな荒々しい風景を眺めた加納が言う。

「あのブロンド娘が泳ぎたくなる気持ちもわかる。国道五十五号線が海岸線に沿って走っているから、俺は史上初の海泳遍路でもやってみるか」

加納の趣味はトライアスロンだという噂を耳にしたが、確かめたことはない。確かめた瞬間、天災が降りかかってくる予感がしたからだ。一緒に次の大会に出るか、タマ、という幻聴を振り払うように玉村は首を振る。そんな玉村を加納は怪訝《けげん》そうに見ていた。

海岸沿いの道は豪快な波しぶきが打ち寄せて派手だが単調で、景色はまったく変わらない。だから自分たちが進んでいるという確信が持てず、気力が削《そ》がれていく。

常に左側に海があり、左耳にだけ波の音がこびりつく。

やがて玉村は海岸線と反対側の山の稜線に休憩小屋を見つけた。ベンチの脇に湧き水が流れている涼しげな様子に、ここで一休みしませんか、とおそるおそる申し出た。

「出発して二時間か。少し早いが、まあいいだろう」

とかく先を急ぎたがる鋼鉄の男・加納にしては珍しく、玉村の提案を受け入れた。二人は菅笠を脱ぎ金剛杖を机に立てかけ椅子に座る。目の前には深い蒼《あお》をたたえた海原が広がっている。

奥さんからのお接待の握り飯を頬張ると、疲れた身体に塩味が染みた。

目の前を時折、車が猛スピードで走り去っていく。人通りはまったくないが車の通行量は多い。だが数台がまとまって走り去ると、しばらくの間は一台も通らない空白の時間が続いた。

「室戸と阿波の間に鉄道がなく、この国道が閉鎖されたら阿波から室戸への交通路は完全に遮断される。それが〈室戸事件〉のキモなんだが、実際に歩いてみると実感できるな」

初夏だというのに、沖には黒いウエットスーツを身につけた人影が三つ、波間を漂っている。

「この海岸線は波がよくて、サーファーのメッカなんだそうです」と玉村が説明する。

加納が遠目に、波間に浮かんだ黒い人影を眺めて言う。

「そういえばトンネルを抜けて土佐に入った途端、サーファーの店が二軒あったな。その二店がチェーン店だということには気づいたか？」

いいえ、気がつきませんでした、と答えた玉村は肩をすぼめ、叱られた劣等生気分になる。

「気楽寺サーフショップ一号店と二号店とあったがどちらも開いていなかった。そんな展開が可能なほど、ここにはサーファーがいるんだろうか」

「さあ、どうでしょう」

「ひとごとだと思っているから、そんなおざなりの返事ができるんだ。もっと切実に、たとえばタマがあのチェーン店のオーナーだと考えてみろ。お前ならそんな出店をするか？」

「それなら答えは簡単です。絶対やりませんね」

加納は満足げにうなずくと、「ちなみにこの海は太平洋だ」ところりと話を変える。

「そんなこと小学生でも知っていますよ」と珍しく玉村が憤慨した口調で言い返す。

すると加納は対照的に、穏やかな口調で応じた。

「確かにそうなんだがタマ、ここは特別な海岸なんだ。四方を海に囲まれている四国の海は左回りに紀伊水道《きいすいどう》、播磨灘《はりまなだ》、瀬戸内海《せとないかい》、伊予灘《いよなだ》、宇和海《うわかい》、豊後水道《ぶんごすいどう》、宿毛湾《すくもわん》、土佐湾《とさわん》などと地域に密着した名がある。だがこの海岸だけはそんな名はなく、ただの太平洋だ。つまりここは世界の海とダイレクトにつながる、グローバルな海岸なんだよ」

「そんなグローバルな海岸で金髪美女が海水浴だなんて、国際的な風景ですね」

「ふむ、タマはすっかりあの別嬪《べっぴん》にぞっこんのようだな。惚れっぽいヤツめ」

玉村は否定しようとしたが、加納は耳を貸さず「さ、出発するぞ」と言って立ち上がった。

その時だった。休憩所の先の道はカーブしていたが、その陰から突然、黒塗りのワゴン車が飛び出してきて、排気ガスをまき散らしながら猛スピードで走り去った。

「排気ガスが真っ黒だ。あのエンジン音は相当酷い整備不良だな」

曲がり角にたどり着いた加納は立ち止まる。目を細めて少し先の路傍を見た。

「タマ、あの杖が誰のものか、確認してこい」

十メートルほど先の道ばたに真新しい金剛杖が転がっていた。玉村は駆け寄り金剛杖を拾う。

同行二人、南無大師遍照金剛、という文句の下に、「華奢《キャサ》凜《リン》」と当て漢字が書いてある。

「キャサリンさんのです」と玉村が声を張り上げる。

「さっきのワゴンだな。緊急配備するぞ、タマ」

加納は懐から携帯を取り出すと番号をプッシュし、機関銃のようにまくしたてる。

「本部長室か。サッチョウの加納だ。女性拉致現場に遭遇。五分前、黒ワゴンが国道五十五号線の水床トンネルを阿波方面に向かった。大至急、日和佐に非常線を張り不審車を確保せよ」

しばらく黙って受話器に耳を傾けていた加納は十五秒後、ドスを利かせた声で言う。

「ぐだぐだ言っているヒマがあったら、とっとと非常線を張れ。そいつは途上で乱暴狼藉に及ぶはずだから、日和佐で非常線を張ったら虱《しらみ》潰しに捜索しながら南下してこい」

言いたいことだけ言うと、加納は携帯を切り「引き返すぞ」と言って走り出す。

「ラジャーです、が、ひとつ、質問して、いいでしょうか。先ほどの、ワゴンと、すれ違って、五分は、経っていて、車なら、十キロは、進んでいます。追いかけ、ても無駄、なのでは？」

息を切らしながら言う玉村に、加納は、振り返りもせずに言い放つ。

「タマ、お前は阿波県警本部長にはなれそうだな。言っていることが福武とウリふたつだぞ」

それが褒め言葉でないことは玉村でもわかる。加納は走りながら続ける。

「連中は脇道に停車しコトに及ぶはずだ。国道五十五号は一本道で脇道はないから日和佐に非常線を張って南下させ、俺たちが昨晩の宿に戻り親父に車を出させて北上し、連中を挟み撃ちにする。宿に戻る前にコトに及んでいれば、俺たちが助ける。これが最速で最上の対応だろ？」

確かに理には適っている。唯一の問題点は、トライアスロンの帝王と噂される超人・加納が、凡人・玉村の体力の限界を忖度《そんたく》せず、朝から歩いた道のりを短時間で引き返そうとしているという現状だ。だが泣き言を言うわけにもいかず、玉村は百メートルダッシュと見紛うような加納の競歩に、息も絶え絶えになりながらついていくしかなかった。


十分ほど駆け戻ると、道端に黒塗りのワゴンが止まっていた。運転席には人影がなく、窓にはシールが貼られていて車中は見えない。加納は音がしないよう金剛杖の鈴を握り、歩み寄る。アイドリングしているワゴン車は、時折激しく振動し、耳を澄ますと車中からとぎれとぎれの悲鳴が聞こえてくる。加納は「南無大師遍照金剛」と唱えながら金剛杖を振り上げる。

砕け散った窓から車内をのぞき込むと、白装束を引き裂かれ水着姿の女性が必死に抵抗していた。加納の顔を見てキャサリンは大声で助けを求めた。

「なんだ、てめえは」と二人の男は大声を上げると、加納は片頬を歪めて笑う。

「独創性の欠片もない台詞《セリフ》だな。それならこちらも同様に応じよう。警察だ」

二人の男は車から飛び出し加納に殴りかかる。その隙に玉村がキャサリンを車から救出する。

加納は鼻ピアスをした男の突進を躱《かわ》し、背後から金剛杖で一撃した。鼻ピアス男が転倒すると
モヒカン男が車に飛び乗り、一目散に逃げ出した。鼻ピアス男に手錠を掛けた加納は、排気ガス塗れになって咳をしながら懐から携帯電話を取り出し、逃走車の車種とナンバーを伝えた。

「追わなくていいんですか?」と玉村が訊ねると、加納はにっと笑う。

「被害者は保護したし、犯人の片割れも確保したから、あわてることはない。あの分だとすぐに日和佐の非常線に引っかかり、阿波県警の手柄になるだろう。それよりお嬢さんは大丈夫か」

玉村に支えられていたキャサリンは青ざめていたが、気丈にうなずいた。

「ゆうべの宿はすぐそこだが、歩けそうか?」

「大丈夫、歩けますデス」

キャサリンは気丈に答えるが足がよろける。「無理するな」と加納は腰をかがめ、キャサリンの前に跪《ひざまず》く。一瞬、キャサリンは躊躇したが、加納の広い背中にしがみついた。

玉村が、鼻ピアス男を立たせ、引きずるようにして歩き始める。

カーブを曲がれば善根宿・春日だ。おぶったキャサリンを背から下ろした加納の目が鋭く光る。

黒いワゴン車が路傍に止まっていて、その前に善根宿の主人が両手を広げて立ち塞がっている。

背後には春日家の目印の、大漁旗を掲げた漁船が道を塞ぐように置かれ、周りに漁師とおぼしき荒くれ男たちが腕組みをして、にらみを利かせている。

ドアが開き、ワゴン車からモヒカン男が飛び出した。

「ちくしょう、どいつもこいつもバカにしやがって」

モヒカン男は宿の主人に殴りかかる。その背に追いすがろうとした加納は、主人が片手を挙げて制止したのを見て、歩みを止める。

次の瞬間、モヒカンの身体はふわりと宙に浮き、地面に叩きつけられた。合気道だ。

加納はモヒカン男を押さえつけた主人に歩み寄り、暴漢の手首に手錠を掛けた。


サイレンを鳴らして到着した二台の警察車両が、手錠を掛けた二人の暴漢を引き取る。もう一台の方に被害者のキャサリンが乗り、玉村が同行することになった。

「俺も行こうか?」と加納が言うと、阿波県警の警官は首を振る。

「いえ、結構です。本部長からは直々に、捜査協力は玉村警部補おひとりで充分で、加納警視正がお出ましになる必要はございません、との伝言がありますので」

加納はふん、と鼻で笑うと玉村に言う。

「本部長直々のご指示とあらば仕方がない。俺たちはここで待機してタマの帰りを待つとしよう。とっとと仕事を済ませて戻ってこい」

玉村がうなずくと、善根宿の主人が警察官に声を掛ける。

「事情聴取が終わったら、そのお嬢さんもここに連れてきなさい。今夜はうちに泊めるから」

「了解しました、春日さん」と警察官は敬礼する。サイレンを鳴らし走り去るパトカーを、白装束姿の加納と作務衣姿の主人が見送った。


事情聴取を終えた玉村とキャサリンが戻ってきたのは日暮れ近かった。

晴れ渡っていた空は、どんより黒雲に覆われ、今にも雨が降り出しそうだ。

気丈に振る舞っていたキャサリンだが、やはりショックだったようで、奥さんが付き添って部屋で一緒に寝ることにした。食事も部屋で二人でするという。

囲炉裏に作務衣姿の主人、春日と白装束姿の加納と玉村が並んで座る。

「今日はご苦労さま。我が家特製のどぶろくをお接待させてもらうよ」

土瓶から注がれた焼酎を加納は一気に飲み干した。

「それにしてもご主人が元警察官だったとは驚きました」と加納が言う。

「警察OBは、事件の時は協力するんだ。今回はお前さんたちの手配が迅速で早期解決できた。製薬会社の営業さんには見えなかったが、まさか関係者だったとは驚いたよ」

「阿波県警の本部長が、ここに非常線を張る依頼をしていたとは意外でした。部下への指示よりOBへの依頼の方が迅速だったようですね」と玉村が言う。

「依頼などされてはおらんよ。無線を傍受して勝手に協力しているだけだ」

囲炉裏の側に置かれた機械のスイッチをひねると、生々しい警察無線が聞こえてきた。

「あんたは阿波県警に相当煙ったがられているようだな。連中があんな迅速に対応するのは初めて見たよ。ところでお前さんは十年前の〈室戸事件〉を追っているそうだが」

「どうしてそれを……」と言う加納の声が、かすかに震える。

「事件は十年前、土佐の有力政治家の島崎《しまざき》代議士が収賄で特捜に強制捜査された直後、第二秘書が自殺し真相が闇に葬られたというよくある話だった」

「だが地元の捜査官がコツコツ調べ上げ、他殺の線を洗い出したと聞かされましたが」

「その捜査官とは儂《わし》のことだ。容疑者は疑惑の政治家の第一秘書で、取り調べで震えていた第一秘書も今やご立派な政治家だ。儂は〈室戸事件〉専従班の一員だったので、今でも関連情報は耳に入ってくる。あんな埃《ほこり》を被った事件を今さらほじくり返してどうするつもりかね」

「そのあたりの事情は自分にはわかりかねます。宮仕えの身では、命令に従うだけです」

「まあいいさ。〈室戸事件〉の資料ならここにひと通り揃っている。見たいか？」

「是非拝見したいが、捜査情報が民間人の手元にあるというのは……」

加納が珍しく口ごもる。善根宿の主人、春日は居間の仏壇の前に座り写真に一礼すると、引き出しから「室戸別荘秘書不審死事件」と表書きされた封筒を取り出し、加納に手渡した。

「捜査本部が解散したのは定年の一ヵ月前だ。最後の事件が納得いかず忸怩《じくじ》たる思いがあって、悪いと知りつつ捜査資料をコピーした。今でも夜更けに時々読み返すことがある。ここ二、三年は手に取ることもなくなったが、中身は諳《そら》んじることができるくらい読み込んでいる」

疑問があれば何でも聞くがいい、と言われた加納は居住まいを正し、正座する。

「ではお言葉に甘えて早速ひとつ。ご主人の印象では第一秘書の北条はクロでしたか？」

「ああ、クロもクロ、真っ黒だ。踏み台は足の届かない所にあり、一人で首を吊るのは物理的に不可能だった。しかも佐喜浜《さきはま》という辺鄙《へんぴ》な小村にある別荘は、夏以外の季節には滅多に使われなかったのに、鍵を預かっていた第一秘書の北条がその夜、なぜか近くの阿波にいたんだ」

「そこまでわかっていながら、なぜ北条を逮捕しなかったんですか？」

　加納がそう言った瞬間、窓の外で稲妻が光った。しばらくして遠雷が鳴った。

「事件が起きたのは十二年前の五月五日、まさに今日の日付けだ。偶然にも事件の夜もこんな嵐だった。当時、島崎代議士は地元の建設業者から賄賂を受けた嫌疑で地検特捜部の家宅捜索を受けた直後だった。島崎の第二秘書は須藤《すどう》君といい、土佐出身で人々のため政治家を志した好青年だったが任意で聴取され、すべて話すから時間をくれ、というところまで落ちた。だが翌日、佐喜浜にある島崎所有の別荘で首を吊った姿で発見された。キーマンが亡くなり収賄事件は不起訴になった。だが彼の自殺には不審な点が多く捜査本部が立ち上がり、北条の逮捕寸前までこぎ着けた。あの日北条が阿波県にいたのは不自然なこと、部屋から北条の指紋が多数見つかったこと、別荘の鍵を管理していたのが北条だったこと、自殺が物理的に不可能な状況だったことなど物的、状況証拠から立件できそうだった。だが嵐がヤツに完璧なアリバイを与えてしまった。あの夜も今夜のような大嵐で、通行止めになった国道で土砂崩れが起こり、ヤツはたまたま現場に居合わせ写真を撮った。地元の役場に土砂崩れの状況を見せようと思ったんだそうだ。それがアリバイになった。あの写真さえなければ、すぐに逮捕できたんだが」

春日は唇を噛んだ。そして加納が手にした捜査資料を指差しながら、説明を続ける。

「秘書の須藤君の死亡推定時間は深夜の午前二時から午前四時で、土砂崩れが起こったのは午前一時頃だ。その直後に北条が現場に居合わせたという証拠写真がそれだ。佐喜浜と宍喰は直線距離で二十キロだが、二カ所をつなぐ国道五十五号線は一本道で、午前二時に東洋町にいた北条が、午前四時に佐喜浜にいることは不可能になってしまったんだ」

説明を聞きながら、携帯をいじっていた加納が言う。

「グーグルマップでは東洋町からは国道五十五号を右折し山中に入り、平鍋《ひらなべ》から県道四九三号線を川沿いに下り奈半利《なはり》に出て室戸回りで佐喜浜という、壮大な回り道があるようですが」

「北条もその迂回路で翌日の午前中に別荘に到着し須藤君の遺体を発見し、警察に通報したと供述している。裏を取るため実際に車を走らせてみたが、狭く険しい山道で、晴れた日中で五時間ほど掛かった。現場に死亡推定時刻に到着することはまず不可能だ」

「直線距離で二十キロなら、歩けばその時間に着けるかもしれません」

一日四十キロを踏破し、脚力に自信を深めた玉村が指摘すると、春日は一喝する。

「バカバカしい。そんなことをしたら車は現場に置き去りだろ。よく考えてからモノを言え」

玉村がしゅんとすると、すかさず加納が言う。

「自分もいつも注意しているんですが、ちっとも直らなくて困っているんです。ところでご主人はとっくに解決済みとされた〈室戸事件〉に、なぜそこまでこだわっているんですか？」

問われた春日は、遠い目をした。

「事件が起こったのと同じ日、しかもあの夜と同じような嵐の夜に、〈室戸事件〉について調査する警察の後輩が来たのも何かの縁だろうから、正直に言おう。実は娘にこっぴどく詰られたんだ。須藤君は、小学校で娘の教え子だった。あの子は絶対に自殺なんかしない、口封じで殺されたんだと娘は断言した。儂は仕事を口実に家庭をないがしろにしてきたが、今こそお父さんの仕事の素晴らしさを見せてと言われて発奮し、北条をあと一歩のところまで追い詰めた。だがあの写真が鉄壁のアリバイを成立させ、娘との約束を果たせなかった」

囲炉裏の火が爆《は》ぜた。加納が資料をめくりそのページを示した。

「その写真がこれですね。黒いセダンの背後に、右手の山腹から左手の海に流れ出した土砂が道を覆っていますね。モノクロだが迫力がある。真夜中なのに露出もピントも完璧だ。北条のカメラの腕は相当ですね。でもこれが北条のアリバイになる理由はよくわかりませんが」

「コピーだと潰れてわかりにくいが、倒れたカーブミラーに北条の姿が映り込んでいるんだ」

写真では群雲の隙間から半月が見え、山腹に道路鏡が斜めに倒れかかっていた。

「北条の趣味はカメラと時計集めで、自宅に現像用の暗室まであった。高級時計を集めるのも趣味で、カメラと時計にかなり散財していたんだ。写真に写っている腕時計も豪勢な代物だよ」

「現像までするなら、写真を修正できたんじゃないんですか？」

「できたかもしれん。だがカーブミラーに映った米粒みたいな北条の姿を修正するのは、当時の技術では不可能だというのが捜査本部の見解だった」

「アリバイ写真が、第二秘書の殺害後に撮影されたという可能性はありませんか？」

「秘書の死亡推定時刻は午前二時から四時の間だ。北条は午前十時に通報した。佐喜浜と東洋町の間は車で片道二十分だが、土砂崩れで現場へは迂回路で片道五時間以上かかる。殺害後に遠回りして写真を撮り、再び現場に戻るのは不可能だ。事件の夜、北条は阿波で島崎の支持者と会食している。会食は深夜に及び、その後佐喜浜に向かうが午前二時頃、土砂崩れ現場に遭遇し東洋町に引き返し、奈半利回りで室戸岬から北上して、九時に佐喜浜の食堂で遅い朝食を食べた。写真に顔ははっきりと写っていないが、体型などから北条自身だと断定された。現在の科学技術を駆使して画像を精査しても結果は同じだろう」

「道路反射鏡に映り込むとは悪運が強いヤツだな」と加納がぼそりと呟く。

「十二年前の二〇〇二年五月五日に事件は起こり翌年、儂が定年を迎える数日前に捜査本部は解散した。あとは時効を待つばかりだったが四年前の二〇一〇年四月、殺人等重大事件の公訴時効が撤廃されるという朗報が流れた。事件現場となった佐喜浜の別荘は自殺者が出たため売れず、当時のまま放置されている。そうしたすべてが、事件を解決せよ、という天の声に聞こえる。だがもう儂は現場に出てゆけぬ。だから何としても儂の、いや、須藤君の無念を晴らしてほしい」

春日は捜査資料を閉じた。窓の外は、雨は止んだようだが風が轟々《ごうごう》と鳴っている。

加納は立ち上がると春日に敬礼した。そして玉村を振り返る。

「嵐は峠を越えたようだ。タマ、今から出発するぞ。アクシデントでスケジュールは遅れたが、今から出発すれば明日の夕方には遅れを取り戻せるだろう」

「あの、キャサリンさんの事件があったから、今回の遍路はもう諦めたんですけど」

「この意気地なしめ。お前が敬愛する空海坊主は四国霊場八十八カ所を開いたんだぞ。千二百年前には舗装された道なんてなかったことを思えば楽勝だろう」

大師の苦難を思えばたった一晩の徹夜歩きなど、どうということもない、というのは加納の言う通りだ。それに徹夜遍路は焼山寺参りで経験済みだ。

「わかりました。少しお待ちください。五分で支度を済ませます」

玉村が姿を消すと、加納は春日に頭を下げる。

「ご主人、世話になりました。あの娘さんのケアをよろしく頼みます」

春日は折りたたんだ紙を加納に手渡す。確認した加納が目を見開く。

「領収書がないと経費の請求に困るだろう。ウチは警察関係者の客も多いから、形ばかりの旅館の届け出を出してあるんだ」

それから春日は、壁に造り付けた本棚から、薄い冊子を取り出した。

「これをあんたの部下に謹呈しよう。種田山頭火の『四国遍路日記』だ。あんたの部下はこれを涎《よだれ》を垂らさんばかりに見ていた。昭和十四年十一月四日の所に『宍喰まで来たが泊めてもらえない。その先の甲浦《かんのうら》で親切な宿に泊めてもらった』と書かれていて、読むたびに残念な気持ちになる。善根宿を始めたもうひとつの理由は、そのこともあったんだ」

加納がぱらぱらページをめくり、流し読みする。

「『わがいのちをはるもよろし』か。自分は文学には疎《うと》いが、気持ちはわかる気がする」

加納はその日記を押し頂き、春日に一礼した。

深夜の国道を時折車が猛スピードで走り抜けていく。五十五号線には歩道がついているので安心だが、風が強く、時に突風が二人を崖下に突き落とすかのように吹き荒《すさ》ぶ。

夜の海原は黒々と光り、かすかに光る群雲が海原と同じように黒々とした空を走り抜けていく。時折、半月が光を放って再び雲の間に姿を消す。

白装束の遍路二人は、夜の道を黙々と歩き続け、真夜中に小さな漁港にたどり着く。

加納は足を止め、右手に横たわる山の中腹を眺めた。そして「あそこだな」と指差した。

「この漁村は佐喜浜で、向かいの山の中腹に見える館が、事件現場となった島崎の別荘だ」

確かに捜査資料で写真を見たのと同じ建物だ。だが長い年月が経ち、相当ガタがきているのが遠目にもわかる。

「買い手がつかず放置されているのは本当のようですね。こんな小さな漁村で、あんな立派な別荘を地元の人が知らないって、島崎という政治家は相当人気がなかったんですね。でも警視正がこんな古い事件をほじくり返す、その目的を知らないなんて、ちょっと信じられませんけど」

「タマにしては珍しく鋭い指摘だな。宿の親父には、事件を蒸し返す理由はわからないと答えたが、あれはウソだ。上層部は俺に隠しているが、再捜査の目的は北条議員の失脚だという意図はみえみえだ。財務省は宗教法人課税法案に反対している大物議員のスキャンダルを暴き、ヤツを失職させたいのさ」

「政争の具みたいな生臭い仕事を警視正が引き受けるなんて、珍しいですね」

「政争の具だけなら断ったさ。だがこの件は、殺人という大罪を犯した犯人がのうのうと、主権者たる国民の代表である国会議員でいるということでもある。そんなことは看過できん」

いつもの加納だ。何があっても、犯罪を憎むこころだけは決してブレない。

「おお、上弦の月に照らされたタマが神々《こうごう》しく見えるぞ。記念写真を撮ってやろう」

加納はなぜかいきなりそう言うと、携帯電話を取り出し、夜空を仰ぎ見る角度で玉村の写真を撮影した。そして素っ気ない口調で言う。

「さ、感傷に浸るのはここまでだ。先を急ぐぞ」

玉村は撮影した写真をメールで送ってほしいと思ったが、言い出せなかった。


夜が明けた。水平線ににじむ〝だるま朝日〟に向かって二人は合掌した。

海辺の朝は早い。道端では老婆が籠に入れた野菜や果物を売り歩いている。

一人が加納とすれ違うと、どさりと籠を落とした。

「も、もし、そこのお遍路さん」

震える声を掛けられ、菅笠を持ち上げた加納は振り返る。

「俺たちに何か用か?」と訊ねると、老婆は両手を合わせ「ありがたやありがたや」と言い、手にした蜜柑《みかん》を二つ、加納に押しつけて走り去った。

「何だ、今のは？」と加納が尋ねると、玉村が答える。

「四国ではお遍路に対し、お接待という慣習があるんです」

「お接待とは、善根宿の奥さんがくれた、あの握り飯のようなものか」

「ええ。でも今の様子は、これまで話に聞いていたのとは少し違うような気もします」

玉村の違和感は正しかった。次の集落で老婆の集団が待ち構えていて、果物や握り飯、御札や小銭を次々に加納の遍路袋に入れ、両手を合わせて念仏を唱える。

「何なんだ、これは」

「今大師さまへのお接待ですだ」と答えた老婆たちは加納と玉村にぞろぞろつき従う。

「どうすればいいんだ、俺は？」と加納が困惑して小声で尋ねると、玉村は肩をすくめる。

「こうなったら、なすがままにするしか、なさそうですね」

なんてこった、とぼやく加納の金剛杖の鈴がちりん、と鳴る。

しばらく歩いていると、山の中腹に白亜の仏像が見えてきた。

「なるほど、あれでは警視正が今弘法だと誤解されても仕方ありませんね」

玉村に言われて、加納も巨大な石像を見上げた。若き弘法大師が修行に励んだ頃の姿を模した石像の表情は今の加納に瓜二つだった。信心薄い加納は微妙な表情になる。

加納に従った婆さんたちを振り返ると、金剛杖を強く突いて言う。

「皆の衆、我に従い歩くのはこれにて、各自おのおのの生業《なりわい》に勤《いそ》しむがよい」

老婆たちが合掌し、念仏の声が声明《しょうみょう》のように響く中、ひとりの老婆がまろび出た。

「今大師さま、お願いがごぜえますだ」

「何だ。俺にできることなら何とかしてやるが、できないことはできないぞ」

いかにも加納らしい鷹揚《おうよう》さと律儀さで応じた。

「へえ。菩提寺の気楽寺は、お勤めをいい加減にしとるだ。その上、税金がかからないのをいいことに、寺のドラ息子はサーフショップをいくつも作っては潰しとるだ。だで今大師さまに俺たちの菩提寺にがつんと一発、していただきたいですだ。何卒《なにとぞ》何卒……」

そう言って老婆は合掌する。気楽寺サーフショップはそういうからくりだったのか、と玉村は合点した。明らかに権限外の依頼のはずなのに、加納の答えは意外だった。

「しかと承った。できる限りのことはやってみるが、菩提寺は拙僧に対する忠誠心を失っておるやもしれぬ。その時は許せ」

「ありがとうごぜえますだ」と老婆が平身低頭する。途絶えていた念仏が再開され、加納は右手を挙げ念仏に応えると、振り返りもせずにすたすたと歩き出す。玉村が言う。

「警視正にしては、ずいぶんと安請け合いなさったものですね」

「安請け合い、だと？　俺は自分がなすべきことをやるだけだ。今回の調査目的は宗教法人の課税法案に立ちはだかる大物政治家のスキャンダルを暴くことだが、気楽寺はヤツのタニマチだというウワサもある。ならば現状を実地調査するのはミッションの一環だ。ところで気楽寺というのは遍路寺ではなさそうだが、どんな寺か知っているか？」

玉村は、何かの記事でその名前を見た記憶を呼び覚ます。

「確か室戸岬二十四番番外札所という、得体のしれないグループに属している寺のはずです」

二十四番札所、室戸山明星院・最御崎寺に到着したのは昼前だ。昼前に着くはずだったのが、少し遅れたのは、玉村が寺の参拝前に御厨人窟《みくろど》に寄り道をしたいと駄々をこねたからだ。

「本当にすぐそこなんです。弘法大師さまが悟りを開き、以後空海と名乗るようになったという、とっても由緒正しい洞窟なんです」

そこまで言われては、さすがの加納も無下にはできない。そこは番外霊場で岬の上に立つ二十四番札所のすぐ下にあり、遠回りにもならないので立ち寄ることにした。

立ち寄ってみると看板には、仰々しい書体で御厨人窟と書かれていた。

加納と玉村は連れだって洞窟の中に入る。入口を振り返り、加納は息を呑む。

洞窟から外を眺めると、丸い出口が中央で水平線で区切られて、海と空とに二分されていた。

「なるほど、ここからだと空と海だけしか見えないな。それで空海、か」

意外にも玉村は感動した様子がなく、一刻も早く立ち去りたがった。後ろ髪を引かれる加納を追い立てるようにして玉村が先を急いだのは、いつもとは逆のパターンだ。

「そういえば忘れていたが、ゆうべの宿の親父からタマに土産をもらったぞ」

急かされた加納が山頭火の『四国遍路日記』を差し出すと、玉村は足を止め、目を輝かせた。

「これは入手困難な稀覯本《きこうぼん》で古本市場ではバカ高くて、手を出せなかったんです。あの棚にあるのは気がついていたんですけど、まさかいただけるなんて思いもしませんでした」

感激に打ち震えた様子で本を受け取った玉村を見て、なるほど、コイツと俺は感性が真逆だ、と感じ、宿の主人は玉村の熱い視線に気がついたんだな、と思った。

寄り道をした二人が、二十四番札所・最御崎寺の参拝を済ませた時は昼過ぎになっていた。

加納はしみじみと納経帳を眺める。

この寺の遍路開創千二百年記念スタンプは緑色の丸印で、御厨人窟の洞窟の中から、海と空の境界線を眺めている弘法大師の後ろ姿が描かれていた。

だがこの記念スタンプの常で、ありがたい絵姿なのに妙にゆるキャラ感が漂っている。

「丸二日掛かりで夜を徹して歩いた結果が、このハンコひとつか」と加納は吐息をついた。

その呟きは、玉村の胸にも染みた。だがすぐに気を取り直して言う。

「ゆうべの宿泊予定だったので、半日の遅れにまで取り戻しましたね。ここからは二十五番札所の津照寺《しんしょうじ》と二十六番金剛頂寺《こんごうちょうじ》の二寺が近いので、今日中には何とか回れそうです」

「そう願いたいものだな。三つハンコが増えれば、俺も何とか我慢できそうだ」

門前の駐車場にはこの辺りには不似合いなリムジンが停まっていた。初夏だというのに毛皮のコートを着込んだ大家族がすれ違い、車に乗り込む。加納はそれを見てぼそりと言う。

「あの連中を見ていると、〈セレブのための遍路弾丸ツアー〉を思い出すな。賽銭に百万円の札束を奮発してひと悶着を起こしたあの連中と同じ匂いがする。どうやらかなり繁盛しているようだ。四国は遍路さまさま、大師万歳、というところだろうな」

加納はため息まじりで呟くように言う。

「今回のツアーは少人数のようだが、あれで採算が取れるのかな」

「セレブ御用達ですから、たぶん旅行単価がすごく高いんでしょう」

加納がそれ以上何も言わずに黙ったのは、玉村の説明に納得したからだろう。


スケジュールは半日遅れだが室戸岬近傍の二寺の二十五番札所の津照寺と二十六番の金剛頂寺を駆け足参拝し、午後五時には何とか予定に追いつけた。

疲労困憊の二人は気楽寺に向かう。岬の手前の気楽寺に到着したのは六時前だ。もはやこの寺を調査するには宿坊に泊まるしかない。

寺は遍路の札所ではないのに、宿坊は遍路センターと名付けられていた。誤解した客を呼び込みたいというあさましい目論見《もくろみ》が丸見えだ。

今夜は客が少ないので家庭風呂でお願いしますと受付で言われ、玉村は憮然とした。

〈秘湯会〉の会員で温泉リサーチャーの資格も持つ温泉のエキスパートが温泉に門前払いを食ったわけだ。しかも家庭風呂は湯張りに三十分かかるという。

なので加納は受付係にクレームをつけた。

「我々は夜通し四十キロを歩き通したので、大層疲れている。通常の大風呂に入りたいのだが」

だが受付係の女性はまったく取り合う気はなさそうだった。加納はぶつぶつと言う。

「これでは遍路センターの名が泣くぞ。いかにも無責任なサーフショップを跡継ぎに野放図にやらせる寺らしい対応だ。おかげで寺の運営方針の裏付けが取れたよ」


翌朝。

室戸岬の寺巡礼を無事に終えた玉村と加納は、業務遂行のため室戸署に向かう。到着すると室戸署内に記者たちが集まり、大騒ぎになっていた。

「どうした。何かあったのか?」

挨拶もそこそこに加納が尋ねると、赤ら顔の大柄の男性が汗をふきふき答える。

「これは遠いところ、ようこそ土佐にお越しくださいました。初めまして、署長の丹羽《にわ》と申します。どたばたして申し訳ありません。昨晩、室戸港で発見された腐乱死体が全国指名手配の強殺犯と判明しまして、その対応に追われているんです」

加納の眉がぴくりと上がる。

「その件についても事情がわかり次第、詳しく教えてもらいたい。だが先に仕事を済ませよう。依頼しておいた〈室戸事件〉の資料は揃えてあるだろうな」

「もちろんです。応接室を取ってありますので、そこで存分にお調べください」

加納はうなずくと、説明係の高木《たかぎ》という若い巡査に連れられて応接室に向かった。

説明係の高木巡査は緊張の面持ちで説明を始める。地方署の署員は、警察庁のキャリアと直接話す機会など滅多にないはずだから、相当緊張しているのか、声が多少うわずっている。

「人口三百ほどの漁村、佐喜浜は室戸岬から二十キロほど北にあります。事件現場はその高台にある別荘で、〈佐喜浜政治家秘書不審死事件〉という戒名にしようとしたのですが、地名の認知度が低すぎるという理由で却下されました。夏以外はほとんど使わない別荘に渦中の第二秘書・須藤氏がいたことに違和感を抱いた捜査官が独自に内偵捜査をしたそうです。第一発見者は第一秘書の北条氏で、氏は当日、阿波某所で島崎の支持者と会食していた折り、須藤氏から混乱した電話を受け、別荘に駆けつけようとしたのですが、土砂崩れのせいで到着は翌日の昼前になりました。そこで変わり果てた須藤氏の姿を見つけて警察に通報したそうです。第一発見者の北条氏は当然、須藤氏の死への関与を疑われましたが、事件が起こった時間に土砂崩れ現場にいたという鉄壁のアリバイがあり、結局事件は自殺で決着がつき、島崎議員の収賄も第二秘書の独断で行なわれたということで不起訴になりました。事件後、島崎代議士は引退し、地盤を引き継いだ北条氏が議席を守り、今日に至ります。以上が〈室戸事件〉の概要です」

説明のために古い捜査資料を相当読み込んだようだが、当時の捜査員に資料を逐一説明してもらい、現場を徒歩で調べてきた加納と玉村にとって、特に目新しい情報はなかった。

一通りの説明を聞き終えると、加納は労《ねぎら》うように言う。

「きわめて有用な総括だった。では肝心のアリバイを証明した写真を見せてくれ」

高木巡査は分厚い資料の束をめくり、一葉の写真を拾い出す。加納は、ルーペを使い、問題のアリバイ写真のオリジナルを丹念に観察し始めた。

群雲の隙間から見える半月の下、倒れた道路鏡の部分を特に念入りに調べている。

「なるほど。倒れたカーブミラーにカメラを構えた人物が映り込んでいるな」と加納は呟く。

顔ははっきり写っていないが、体型や雰囲気から北条だとわかる。次いで加納が見つけたのは、北条の選挙ポスターだ。事件直後、島崎代議士が引退し、地盤を継いだ北条が初当選を果たした時の選挙戦のものらしい。

「このポスターでも高級時計が嫌味なくらい目立っているな」

写真を眺めていた玉村も、椅子の背にもたれて目を閉じる。

「ひと晩中歩き通したら、海がいつも左側にあるので左耳だけに海鳴りがしています」

「なんだ、タマもか。俺もゆうべ、左耳の耳鳴りがすごくてよく眠れなかったんだ」

そう言った加納は写真を取り上げて矯《た》めつ眇《すが》めつ眺めた。次第にその眼光が炯々《けいけい》と輝き出す。

それから携帯電話でネット検索を始めた。しばらくして、加納は顔を上げる。

「タマ、ヤツのアリバイはこの写真一枚だけだとあの親父は言っていたな。念のため電話して、そこをきっちり確認しろ。それが済んだらこの件は一気にカタをつける」

携帯電話を掛けた玉村警部補は、送話口を押さえて加納に報告する。

「その点は間違いないそうです。それともうひとつ有益な情報をいただきました。当時の県警本部長は北条の親戚で捜査に消極的でしたが、今の室戸署の丹羽署長は彼に人事の扱いで遺恨があり、今回の調査でアリバイが崩れれば、必ず逮捕してみせると周囲に喧伝《けんでん》しているそうです」

平身低頭し挨拶した丹羽署長の顔を思い浮かべた加納は、片頬を歪めて笑う。

「昔の職場とはいえ現在の内部事情にそこまで通暁しているとは、食えないジジイだ」

加納は携帯電話でアリバイの元になった写真を撮影すると、パソコンに送付した。

そして立ち上がると、「では丹羽署長にお目に掛かろうか」と言った。


署長室の扉を開けた加納がいきなり「〈室戸事件〉が解決したぞ」と言うと、テレビのニュースを見ながら幕の内弁当を食べていた丹羽署長は、箸でつまんだ蒟蒻《こんにゃく》をぽろりと落とした。

「ウソでしょう？　あの北条のアリバイが崩れたのですか？」と署長は驚いた表情で訊ねる。

「俺がウソを言っていると思うか？」

それはまさに加納が最も嫌う、「ムダな」質問の典型例だった。

加納は持参した捜査資料の中から、北条のアリバイの根拠となった一葉の写真を示した。

「この写真は北条のアリバイを証明などしていない。それどころか逆に、北条が事件の真犯人だということを証明する、動かぬ証拠なんだ」

加納の説明に丹羽署長はきょとんとした。そこへテレビ画面からニュースが流れてきた。

「ここからは土佐のスタジオからお送りします。最初のニュースです。宗教法人への課税に反対する議員団の代表を務める、土佐四区選出の北条政志《まさし》衆議院議員が本日、室戸の気楽寺を視察し、寺院の窮状を訴える管主の切々とした訴えに耳を傾けました」

恰幅のいい北条議員が満面の笑みを浮かべ、管主と握手している画面が流れた。

「グッド・タイミングだな。これも空海坊主の差配かもしれん。気楽寺に滞在したなら、まだその辺りにいるはずだ。せっかくだから今後の室戸の治安についてご相談したいとか何とか、適当な理由をつけてご足労願え。今のヤツは得意の絶頂だから、のこのこやってくるだろう」

もはや、加納の指令に抗えなくなっていた丹羽署長は、力なく受話器を取り上げた。


室戸署の署長の申し出に快く応じた北条議員の目の前に現れたのは、鋭い目つきをした見知らぬ男性だった。

「丹羽署長、こちらはどなたかな?」と北条は鷹揚に訊ねる。

口を開こうとした丹羽署長を手を上げて制した加納は、名刺を差し出した。

「警察庁刑事局刑事企画課電子網監視室室長の加納です。以後、お見知りおきを」

「ほう、警察庁の方とは驚きましたな。霞《かすみ》が関《せき》からこんな田舎警察を訪問したのはなぜですか」

と北条議員は不思議そうに訊ねる。

「十年前の〈室戸事件〉、島崎代議士の第二秘書須藤氏の自殺に深く関わった北条先生に、捜査の最終報告をお伝えしようと思いましてね」

加納がしゃあしゃあと言うと、北条議員はすうっと目を細め、丹羽署長を見た。

「丹羽署長、一体どういうことかね。あの件は自殺で決着したはずだが」

「は、自分もそう理解をしておりますです、はい」と丹羽署長は汗を拭き拭き言う。

この風見鶏野郎め、と小声で罵った加納が、丹羽署長の動揺を引き取り、続きを言う。

「本庁では本件は捜査継続中ということになっているので今回、当時の資料を精査し直したところ、先生のアリバイが崩れたのでご報告を、と思いまして」

北条議員は咳払いをして姿勢を正す。そして傍らに佇む丹羽署長をじろりと睨む。

「これは君の差し金なのかね、丹羽君?」

「いえ、私はまったくそう考えておりませんです。今回は一方的な警察庁の介入でして」

ふん、と鼻を鳴らした北条議員はソファにふんぞり返る。

「そういうことなら手短に済ませてもらおう。今夜は知事と会食予定なのでね」

「もちろん。でも老婆心ながら、今夜の予定はキャンセルされた方がよろしいかと」

「君の指図など受けん」

加納は鞄からノートパソコンを取り出し、一枚のスナップショットを画面上に示した。

「では早速、本題に入らせていただきます。この写真に見覚えはありますか?」

「もちろんだ。このおかげで身の潔白が証明された、貴重な写真だからな」

「おっしゃる通り、この写真のせいであなたのアリバイは完璧になり捜査本部は立件を見送った。まさに捜査本部からすれば、道路をふさいだ土砂崩れの大岩のような存在です」

「すべては終わったことだ。そんなご託を聞かされるだけなら失礼する」

「そうあわてなくてもいいでしょう。それほどお時間は取らせませんよ」

加納は、半腰になった北条議員を押しとどめ、左腕にはめた高級時計に視線を遣る。

「スイス製の高級時計ですね。腕時計を左腕にはめているところを見ると先生は右利きですね。さて、こちらは先ほどの写真でカーブミラーに映り込んだ撮影者の像を拡大したものです。現在の携帯電話の画像は素晴らしく、パソコンに取り込めば拡大・縮小・反転・ぼかし・切り取りなど自由自在のやり放題です」

「私は多忙の身だ。君のご託を聞いているヒマはない。さっさと要点を話せ」

「失礼しました。では単刀直入に行きましょう。この写真には重大な疑義がある。写真は土砂崩れで分断された現場の、阿波側から撮ったものではなくて、反対の土佐側から撮ったものです。もしそうだとしたら、アリバイは完全に崩壊します」

北条の心拍数は一気に跳ね上がる。だが心を落ち着かせて答える。

「興味深い仮説だが、するとこの写真はおかしい。山が右手、海が左手にあるということは阿波から土佐に向かう方向を意味する。つまり阿波側から撮られた写真でしかありえない。しかも土砂が道を完全に塞ぎ、反対側に回り込むことができないことも一目瞭然だ」

「さすがに説明は手慣れていますね。確かにこれは阿波側から撮影した土砂崩れの写真に見えます。ただし写真がきちんと現像されていれば、の話ですが。北条先生は自前の暗室をお持ちで、カメラの腕はプロはだしとか。するとこの写真も先生ご自身が現像されたわけですね」

「まあ、下手の横好きだが、撮影した写真は自分で焼き付けている。ただ最近はデジタルカメラが主流でフィルム撮影が廃れ、現像は長らくやっていないがね」

「それなら先生は、ネガを反転させて焼き付けることができますよね。当時、ネガは押収しなかったようですが。私の仮説では、先生は午前二時から四時の間に第二秘書を自殺に見せかけ殺害した後、阿波に戻ろうとして東洋町の土砂崩れ現場に遭遇しました。さぞ、現場では呆然としたことでしょう。でも先生は咄嗟《とっさ》に驚くべきアイディアを思いついた。自分が土佐側でなく阿波側にいると思わせれば逆に、この時間に別荘に滞在することが不可能だというアリバイを作れる。そう考えて、倒れたミラーに自分の姿が映り込むようにして、現場写真を撮影したわけです」

「ほう、興味深いが、反転して焼き付けたという証明はできるのかな」

北条は余裕を取り戻した。いきなり〈室戸事件〉のアリバイが崩れた、と宣告された時は面食らい、さすがに少し動揺した。相手が何を持ち出してくるか、見当がつかなかったからだ。

だが、突きつけられた証拠があの写真だとわかると、ゆとりが生まれた。

あの写真に関しては、針の穴ほどの見落としもない。

そう、ないはずだ。

加納は画面の写真の一部を拡大した。

「先生はふだん左腕に時計をはめているようですが、この写真では右腕にはめていますね。それはなぜでしょうか?」

北条は目を細めて加納を見た。

「車を運転する時は右腕に時計をつけていた。だからその写真でも右腕に時計をはめているんだろう。まさか私が写真で右手に時計をはめているのが証拠だ、などと幼稚な話ではあるまいな」

「いえ、本命はこちらなんです。ロードミラーに映り込んだ先生のカメラはフラッシュライトが飛び出すタイプですが、写真では反対側になっています。これが画像を反転させた証拠です」

北条は、脱力したようにソファに座る。しばらく黙り込んでいた北条は、やがて口を開く。

「昔、カメラを金に糸目をつけずに収集しまくった。このカメラは少し変わっていて限定販売で左利きバージョンがある。だから通常とは反対側にフラッシュライトが位置しているんだ」

加納は、目を細めて北条を見つめた。

「その手は想定外でした。念のためお聞きしますが、そのカメラは今もお持ちですか？」

「東京の事務所の棚に飾ってあるが、私は左利きではないので、あまり使ったことがない。だがなぜかあの晩はたまたま左利き用のカメラを持っていた。それだけのことだ」

「そんな特殊なカメラがあったとは初耳です。後学のため、是非一度拝見したいですね」

「ヒマな時に東京の事務所に来なさい。特別に捜査令状なしで見せてあげよう」

そのやり取りを聞いた玉村は呆然とした。加納がカメラのフラッシュライトの問題を指摘した時は、これが加納の切り札か、と合点し、これで事件は片付いた、と思った。だがその足元から加納の推論はがらがらと崩されていく。北条の臨機応変の機転に愕然とする。

たぶん北条は加納の推理通り、写真を反転させて印画紙に焼き付けたのだ。その時、カメラのフラッシュライトが左右反転していることに気がついて、愕然としたのだろう。

だがその時に北条は、そのカメラに左利きのタイプがあることを思い出した。特別仕様のカメラを購入してしまえば、もうアリバイは崩せないと思いついたのだ。

加納は腕組みをして、テーブルの上に置かれた古びたカラー写真を凝視している。

万事休す。世の中は推理小説のように都合良くはいかない。いや、そもそも一枚のスナップ写真だけで犯罪を立件しようだなんて無理だったのだ。

ぎしり、とソファが鳴り、北条議員が立ち上がる。

「なかなか面白い趣向だったが、詰めが甘かったようだな」

勝ち誇った北条の言葉に、加納は動揺した風も見せずに飄々《ひょうひょう》と言う。

「お待ちください。最後にひとつだけ、確認させてください」

不愉快な表情を浮かべながらも北条がソファに腰を下ろしたのは、勝者のゆとりだろう。

「この写真は反転して焼き付けたものではない、と先生は断言されました。でも人間ですから焼き付ける時に間違えたりすることもあるでしょう。本当にその可能性はありませんか?」

「私は焼き付ける時には、初歩的な反転ミスを犯さないよう、最大限の注意を払っていた。特にこの写真を現像する時は相当意識したから、その可能性は皆無だ」

「そこまで断言されたら、ひょっとしたら反転して焼き付けてしまったかもしれない、などと、後で訂正したりしませんよね?」

「くどい。腕時計もカメラも、いつもとは逆だが、反転させてはいないと断言する」

「するともし、これが反転焼き付けされていたと証明されたら、北条先生は重大な虚偽を押し通そうとしたということになりますが、それでよろしいですね」

北条は押し黙る。加納の問いかけには猛毒の棘《とげ》があることに気がついたからだ。

反転させて焼き付けたと証明されたら、頑《かたく》なに否定した自分の言葉が有刺鉄線のように自分を縛り付けてしまう。だがもう逃げ道はない。反転させたと認めればアリバイが崩壊してしまうのだから。この一連のやりとりで加納は、北条の逃げ道を完全に塞いでいた。

北条は当時の状況を必死に思い出す。ロードミラーに映した持ち物はカメラと時計だけ。セーターは左右対称の柄でズボンも半分しか映していない。結婚指輪は離婚直後だったので外していたし、他に左右対称の破れを見破られるものはない。そう、絶対に大丈夫。

加納は天井を見上げ、吐息をついた。

「政治家とは大変な職業ですね。選挙の時は有権者に頭を下げ党内の偉い人にもぺこぺこする。そうして偉くなって誰にも頭を下げずに済むようになると、今度はいろいろなことで標的にされ、その地位から引きずり下ろされそうになる。憩いのない、不毛な商売ですね」

「私はその職を自分の意志で選んだ。たとえ選挙民が利益誘導ばかりを強い、崇高な理想の実現の足手まといになったとしても所詮は雑事。今、大昔の黴《かび》が生えたような事件で足を引っ張られているのも、私がやろうとしていることに対する霞ヶ関からの報復と考えれば合点がいくが」

北条議員はこの捜査が再開された理由を適切に推測していた。加納は片頬を歪めて笑う。

「長年国会議員の職にあるだけあって、先生の洞察力は大したものです」

さらりと捜査理由をカミングアウトした加納は、しばらくしてぽつりと言う。

「でもね、月は見逃さなかったんですよ、北条先生の悪行を」

北条は唖然とした。

何をいきなり顔に似合わない、詩的なことを言い出すのだ、コイツは。

「私は、そんなたわ言で動揺したりしないぞ」

「今のは少し気障《きざ》でしたね。月は先生の欺瞞《ぎまん》を破壊する証人だ、と言う方が適切かもしれません」

それでも充分に気障だが、と北条が思っている隣で、加納は再びノートパソコンを開くと、北条のアリバイを証明した土砂崩れ現場の写真を呈示する。

「私は一昨日、事情があって徹夜で室戸への国道を歩きました。半月と一緒に夜通し歩き続けたので、その違和感に気づいたのです」

加納は一葉の新たな写真を提示した。加納が佐喜浜で携帯電話で撮影した玉村の写真だ。加納は画面上で、その写真を色あせたアリバイ写真と並べた。

「これは一昨日、五十五号線を阿波から土佐に向かう方向で撮影した写真です。月は遠いのでどちら向きで撮影しても半月の欠けた面は変わりません。これを先生の写真と見比べると……」

ノートパソコンの画面をおそるおそるのぞき込んだ北条は、ほっとしたように言う。

「私の写真と同じ向きではないか。これで私が反転して焼き付けたのではない、ということが証明されたわけだ」

「本当にそう思いますか、北条先生」と加納が感情の抜け落ちた声で言う。

「昨日の写真と先生のアリバイ写真で半月が同じ向きだ、ということで、先生が反転させて写真を焼き付けたということが証明されてしまったんです」

「何を言いがかりを付けているんだ」と北条が震え声で言う。加納はキーをクリックする。

「ネットとは便利なもので、国立天文台のホームページに行けば、月の満ち欠けについて正確な知識を即座に教えてくれます。小学校の理科の復習ですが、月は二十八日周期で満ち欠けを繰り返します。月齢ゼロ日が朔、すなわち新月で、月齢七日に上弦の月、つまりハーフ・ムーン、月齢十四日で望、つまり満月です。それから再び欠け始め、月齢二十一日は下弦の月、再びハーフムーンを経て月齢二十八日で新月の闇に戻るわけです」

「私の孫でも、そのくらいは知っているぞ」と北条は憮然として言う。

「でも、半月には上弦と下弦の二種類がある、ということはお忘れだったようです。国立天文台のホームページでゆうべ、すなわち二〇一四年五月五日の月齢を見てみましょう。月齢六日、上弦の月です。我々が撮影した写真と同じ右半分の月」

加納はキーボードを叩きながら言う。

「続いて十二年前、先生が写真を撮影した時の月齢を確認してみると、二〇〇二年五月五日は月齢二十二日、下弦の月で左半分の月です。なのに先生の写真は半月の向きは逆、上弦の月です」

北条の顔色が蒼白になる。加納は滔々と続ける。

「腕時計とかカメラのフラッシュの位置など、どうでもいいんです。下弦の月であるはずが、上弦の月になっているという事実が写真の反転を証明しているんです。先生の鉄壁のアリバイは、この写真の土台の上に築き上げられた虚像ですから、土台が崩れればアリバイも崩壊する。更に先生は、写真は反転していないと断言されましたが、こうなると先生が意図的に反転して焼き付けたことを隠蔽するためと認定される。これなら楽々と立件できるでしょう」

月が証人、という言葉の意味を理解した北条は、がくりと首を折った。

皮肉なものだ、と唇を噛む。この傲慢《ごうまん》な刑事に問い詰められた時、いつもの国会答弁のように
いい加減な受け答えをしていれば、まだ逃げ道が残されていたかもしれないのだから。

だが彼はその可能性を、自分の手で封じてしまった。

加納が慰めるように言う。

「地元出身の先生は、国道五十五号線の単調な風景をよくご存じだった。左が海、右が山の同じ
様な風景が延々と続くあの道では、前を見ても振り返って後ろを見ても同じような風景に見える。

だからこそ、ネガを反転させて立ち位置を誤認させるトリックを思いついたんでしょうね」

北条はソファに沈み込んで、目を閉じた。

「私に多少の猶予を与えてもらえるかね」

「お返事によっては」

加納が短答すると、北条は再び目を閉じて腕を組む。

「逮捕は一週間、待ってもらえないだろうか。国政を遅滞させるわけにいかないから議員を辞職
する。願わくば逮捕はそれ以降にしてもらいたい」

「承知しました。それで結構です」と加納がうなずく。

「財務省の虎の尾を踏んだか。ここらが潮時かな。だが最後にひとつ、言わせてほしい。私は須
藤君を殺すつもりはなかった。彼が青臭いことを言い、多くの人が支える仕組みを滅茶苦茶にし
ようとしたから、翻意させようと話し合っているうちに、気がついたら彼の首を絞めていたんだ。

もし真相を暴かれたら素直に罪を認めようと決めていた」

加納は黙って北条の姿を見下ろしていた。北条は呟くように続ける。

「あれから十二年、政治家としていろいろなことをやってきた。社会のためになるものもならないものもごちゃまぜにして、がむしゃらに突き進んだ。そんな日々ももう終わる。そう思うと、なんだかほっとするよ」

北条は遠い目をした。その目には様々な光景が浮かんでいるようだった。

やがてソファから立ち上がり、無言で舞台から退場した。加納はその背に一礼した。


翌日。加納と玉村は次の札所に向かって歩いていた。

「しかし事件を解決して晴れがましい気分で向かう先が、またしても大日寺というのはあまりにも芸がない。あるいは空海坊主の嫌がらせかな。おまけにその次は国分寺だなんて、あまりにも新鮮味がなさ過ぎる」

散々愚痴っている加納は、玉村の何やら落ち着かない様子に気がついて、詰問する。

「おい、タマ、聞いているのか？　さっきからこそこそ誰に電話をしているんだ？」

玉村はあわてて電話を切った。

そして「警視正のご不満はごもっともです」と追従する。

二十七番の神峯寺《こうのみねじ》への道は心臓破りの真っ縦の坂と言われ、土佐の遍路ころがしで有名だが、少し離れているので今回は飛ばし、土佐くろしお鉄道沿線の参拝しやすい寺を打つことにした。

だがよりによって土佐二十八番の法界山高照院《ほうかいざんこうしょういん》・大日寺と二十九番は摩尼山宝蔵院《まにざんほうぞういん》・国分寺で、国分寺は二度目、大日寺に至っては三度目なので加納のボヤキももっともだった。

「ふん、警察の猟犬の俺がお参りするのは、どうせまた犬日寺なんだろうよ」

すっかり拗《す》ねてしまった加納を慰めるように、玉村が言う。

「今回の事件は、十二年前にも拘《かか》わらず、天候といい月といい、あまりにもすべてが都合良く、事件解決に向けて準備されていたかのようでしたね」

「そういう時、四国ではこう言うんだろ。すべては大師のお導きだ、とな」

加納がしたり顔で言う。ここでそう来るか、と玉村は呆然とした。

やはり加納には敵わない。

「ものには勢いというものがある。せっかくハードな遍路歩きに身体が順応している今、この週末の土日に月曜の有給休暇をつけて、一気に足摺《あしずり》巡りをやっつけてしまうというのはどうだ？」

楽しそうな口調だが、加納の目は異常なまでにキラキラ輝いている。

玉村は口をつぐむ。

足摺岬回りは室戸の二倍はかかるハードな道程だ。それを二泊三日で回るとすると……。

玉村は黙々と歩いている加納から、そろりそろりと距離を取り始めた。

玉村が加納と距離を取り始めたちょうどその頃、宍喰の善根宿では、通話を切った老人が仏壇に向かって正座し、合掌していた。

「ようやく君の無念を晴らせたよ、須藤君」

仏壇に供えられた青年の写真は、穏やかに笑っていた。

玉村が帰郷した五日後、時風新報の一面トップに政界の寝業師、北条政志・衆議院議員が体調不調を理由に、議員を辞職するという記事の見出しが躍ったのだった。

伊予　菩提のヘレシー

加納と玉村は杉木立の中を歩いていた。金剛杖の鈴の音が参道に響く。

玉村が言う。

「警視正、いい機会ですから、参道を歩いている間、般若心経を復習してみましょうか」

「なぜこの俺が、タマの指図に従わなければならんのだ」

加納はぶつくさ言いながらも、「観自在菩薩」と般若心経の冒頭から唱え出す。かなり流暢《りゅうちょう》だが、「トク・ア・ノク・タ・ラ・サン・ミャク・サン・ボ・ダイ」というくだりは特に流れるようだった。そこで加納はお経を止めてにやりと笑う。

「俺がガキだった頃は特撮ドラマの全盛期で、『レインボーマン』という、超マイナーな特撮番組があった。ソイツが変身する時この部分を唱えていた。今思うと『レインボーマン』は空海の生まれ変わりという設定だったのかもしれん。せっかくだから今度見直してみるか」

「警視正、最初からやり直しです。読経の途中で無駄口を利かないでください」

加納はむっとしてスピードを二倍にして唱え出す。倍速読経は機関銃の乱射音のように聞こえ、心穏やかな境地とはほど遠い。それはたぶん、加納の心象風景そのものなのだろう。

「よくできました」と玉村に言われた加納は、挑発的に言う。

「般若心経はまだいいが、本尊真言というヤツは本当に厄介だ。不動明王に釈迦、薬師《やくし》、阿弥陀《あみだ》、阿閦《あしゅく》、大日の五如来に、文殊《もんじゅ》、普賢《ふげん》、地蔵《じぞう》、弥勒《みろく》、虚空蔵《こくうぞう》、観世音《かんぜおん》、勢至《せいし》の七菩薩という十三の本尊のそれぞれにテーマソングみたいな真言があるなんて、ややこしいにもほどがある」

「でも警視正は、般若心経は一発で暗記したじゃないですか」

「ああ、確かにな。だが俺はひらがなってヤツが大の苦手で、意味不明な音の羅列もダメなんだ。般若心経は漢字で意味がわかるから、読み方が多少おかしくても方言訛りのようなものだと思えば対応できる。だが本尊真言みたいに、うんたらた、だの、おんころころ、だの、そわか、だの意味不明なひらがなが羅列していたらお手上げだ。しかも十三種類も使い分けなければならないだなんて、合理主義者の俺とは致命的に相性が悪い」

「サンスクリット語を音写したらしいですから原語を学べばいいのかもしれませんね。それならせめて、すべてに共通の光明真言くらいは覚えましょうよ。それをお唱えすれば、その前にお経を間違えて読んでも全部チャラにしてもらえるそうですから」

玉村に言われた加納はぼそぼそと「おんあぼきゃ、べいろしゃの……」などと呟いていたが、

「ああ、やっぱりダメだ」と大声を上げる。

「俺はこれで充分だ。南無大師遍照金剛」

きっぱり三度唱え、傲然と胸を張る。

玉村はむっとしたが、悔しいことにそれは遍路の作法にしっかり適っていたのだった。

伊予は菩提の遍路といい、札所は平地に固まっているが、険しい山寺も二寺ある。

そのひとつ、伊予の遍路ころがし、四十五番札所の海岸山《かいがんざん》・岩屋寺《いわやじ》は奥深い山合いにある。

完璧な遍路装束でお参りを済ませた加納と玉村は、金剛杖の鈴を鳴らしながら、石段を駆け降りていた。

「な、こういう遍路もなかなか乙なもんだろ?」と先を歩く加納が言う。

だが玉村は憮然として答えない。加納は「タマは機嫌を損ねると引きずるから面倒臭いんだ」とぶつくさ呟きながら、駆け足で急峻な石段を降りていく。

その背を追う玉村は、息を切らしながら言う。

「こんなトライアスロンのトレーニングみたいなのは遍路ではありません。山道のお参りは駆け足なのに札所の間は車だなんて、邪道です。そもそも観光ハイヤーを県警に出してもらうなんて、国家公務員倫理規程違反になりませんか」

加納は立ち止まると、くるりと振り返る。

「タマ、仮にお前の意に沿わなくても、事実と異なることを口にしてはいかん。どんなところにも壁に耳あり、障子に目あり、だからな」

玉村は周囲を見回す。杉木立の間を縫って走る石段の細道。見上げた空は抜けるように青い。

平日の岩屋寺に人の気配はない。こんなところで盗聴だの監視だのが行なわれているとはとうてい思えないが、玉村は加納の逆鱗《げきりん》に触れないように、素直にうなずく。

「おっしゃる通りです。この程度は非合法ではありませんでした」

「わかればいいんだ」と加納は言うと、玉村に尋ねる。

「そう言えばひとつ気になったんだが、四十五番札所は確か海岸山・岩屋寺だったよな」

「ええ、おっしゃる通りですが……」

「他の寺は、○○山△△院××寺と韻を踏んでいるのに、なぜ岩屋寺には、△△院という部分がないんだ？」

玉村は虚を衝かれ「そういえばそうですね」と呟いて、懐から「遍路虎の巻」を取り出した。知る人ぞ知る、歩き遍路のガイドブックの決定版だ。毎年更新され、四国における隠れベストセラーになっている。玉村はぱらぱらとページをめくると、呟いた。

「発心の阿波に、名前がふたつの寺はなし……、修行の土佐も……ありませんね。でもってここ菩提の伊予も岩屋寺だけのようです。では次に行く涅槃《ねはん》の讃岐はどうかというと……あ、ありました。あ、また。何とふたつもあります」となぜか玉村は鬼の首を取ったような声で言う。

「六十八番札所は七宝山神恵院《しっぽうざんじんねいん》で、六十九番札所は七宝山観音寺《かんのんじ》となっています」

加納は玉村から秘本ガイドブックを奪い取ると、ぱらぱらとスキャンしながら、言う。

「おい、タマは見落としているぞ。土佐の三十三番札所の雪蹊寺《せっけいじ》も高福山《こうふくざん》だけで△△院が落ちているではないか」

落ち度を指摘されてうろたえる玉村に、加納は重ねて言う。

「ふむ、だが讃岐の半端寺の二つは際立った特徴がある。何かわかるか？」

「あ、六十八番と六十九番は同じ敷地内で、札所間の距離が一番短いことで有名なんですね」

本を確認して、驚いた声を上げる玉村に、加納は吐息をつく。

「俺がわざわざ注意喚起してやったのに、気づいたのはそれだけか。タマの注意力の散漫さはひどいものだ。よく見ろ。その二つは同じ七宝山で六十八番は神恵院、六十九番は観音寺と、院と寺を使い分けている。これが何を意味しているか、わかるか？　実は六十八番と六十九番はもともと七宝山神恵院観音寺だったという説があるんだ」

「へえ、それは初耳です」

「そりゃそうだろう。何しろ俺がたった今、打ち立てた新説だからな。俺が思うにこの寺はもとは一つだったが、何か事件をきっかけに細胞分裂を起こし二つになってしまったんだ」

「あのう、内部抗争とかではなくて、細胞分裂なんですか？」

「いちいち混ぜ返すな。昔のゲリラ組織の最低構成単位を細胞と呼んだんだ。全学連《ぜんがくれん》用語の基礎知識の最初のページに載っているぞ。まさかあの名著を読んでないのか、タマ？」

全学連なんて今や死語だ、と思い、玉村は堂々と「読んでません」とカミングアウトした。

「まあ、いい。とにかく六十八番と六十九番は同じ敷地内にある上に、七宝山という同じ地名を冠している以上、この二寺はもともと同じ寺だったという仮説の信憑性《しんぴょうせい》は高い。となると岩屋寺と雪蹊寺の二寺だけが四国霊場八十八カ所の中では異形の寺、ということになる」

「なるほど……。あ、でもそれって加納警視正がたった今、思いついた新説なんですよね。ということは歴史学的な裏付けは一切ないわけですよね」と加納の新説の圧倒的な説得力に感心しかけた玉村は、我に返る。加納はすうっと目を細めて、低い声で言う。

「わかりきったことを質問するのは重言の類いで、俺が最も嫌悪するタイプのムダだということを、かつてタマには教えたはずだが。ちっとも進歩しないんだな、タマは」

加納はなおもぶつくさとこぼし続ける。

「こんな目に遭うならタマを誘わなければよかったな。普段なら学会なんぞ時間の無駄だから、たとえ島津《しまづ》の頼みでも出席するつもりはなかったんだぞ」

「なぜそこで島津先生が登場するんですか？」と玉村が訊ねる。

島津は玉村の管轄地、桜宮市にある東城《とうじょう》大学医学部の放射線科医だ。画像診断のエキスパートでAｉ（オートプシー・イメージング＝死亡時画像診断）の大家としても知られている。

桜宮Aｉセンターのセンター長でもあり、かつて玉村も捜査協力してもらったことがある。

「警察医会の総会でAｉについて講演するから、警察現場の人間からひと言コメントしてほしい、と島津に頼まれたんだ。あまり気乗りはしなかったが開催地が伊予・松山《まつやま》と聞いて気が変わった。警察医会から桜宮市警にタマの学会参加要請を出させればタマの出張費は公費で出るわ、学会に三日参加したことにしてサボれば菩提の遍路にも励めるわ、伊予県警のお接待でハイヤーは出してもらえるわと、タマにしてみれば一粒で三度美味《おい》しいオファーのはずだったんだが」

「ええ、もちろん感謝はしていますよ。してますけどね……」

「島津の野郎は伊予警察のお大尽の接待三昧で、天下の名湯・道後《どうご》温泉に三日も滞在するのに、何が悲しくてこの俺が、道後から遠く離れたこんな辺鄙な場所をうろつかなければならんのだ。さっぱりワケがわからん」

「それは違います。島津先生が三日滞在するのは伊予大学にＡｉの指導を頼まれたからです」

「タマはバカか？　指導を乞うて滞在させお大尽接待をするのは我々公務員の得意技だろ」

玉村は黙り込む。十分ほど黙々と歩いた二人は山門下の駐車場に到着する。

そこに黒塗りのハイヤーの傍らに制服姿の運転手が直立不動の姿勢で待機していた。遠目に白装束の二人を認めた運転手はドアを開け、到着を待つ。

「さすが、伊予屈指の運転手と本部長の折り紙つきだけのことはありますね」

玉村が小声で言うと、加納は舌打ちをする。

「あんなクソ真面目な運転手だと調子が狂う。待ち時間はこっそり競馬中継を聞いたり週刊誌を読んだりするのが正しい運転手の作法だというのに」

二人が後部座席に乗り込むとドアを閉め、シートベルトを締めるなり、振り返らずに言う。

「お疲れさまでした。岩屋寺のご本尊の不動明王さまに粗相はありませんでしたね？　ここから四十六番浄瑠璃寺《じょうるりじ》、四十七番八坂寺《やさかじ》、四十八番西林寺《さいりんじ》、四十九番浄土寺《じょうどじ》、五十番繁多寺《はんたじ》、五十一番石手寺《いしてじ》、五十二番太山寺《たいさんじ》、五十三番円明寺《えんみょうじ》の平地八寺は、ひとつのお寺に掛けるお参り時間は正味五分、トータル一時間半で一気に参ります」

静かに発進した車は国道を一気に下っていく。そして一時間半後、宣言通り松山市内の平地八寺を踏破した神風ハイヤーは一路、最終目的地、六十番札所の横峰寺《よこみねじ》に向かった。

「お参りというものは、本来、もう少し時間を掛けて心を込めてですね……」

言いかけた玉村の言葉を、たちまち加納の言葉が上書きする。

「大体、こんな強行軍になるのは札所の納経所が朝七時、夕方五時という勤務時間を頑なに守り続けているせいだ。そもそも昭和の中頃は日の出から日の入りまでだったそうだから、営業時間は短縮されていて時代に逆行している。寺院の運営に口を出すつもりはないが、一遍路としてはもう少し融通を利かせ、コンビニなんぞが二十四時間営業が当たり前なんだから納経所もオールナイト営業くらい検討してみたらどうか、と提言したいだけだ」

「遍路は千二百年もの歴史がある、由緒正しいものですから、コンビニ遍路だなんて考えたりしたらバチが当たりますよ。それに納経所の担当はお坊さんではなく書家の方たちですし」

「寺には坊さんが大勢いるから当直制にすればいいんだ。救急病院の当直や高野山の荒行と比べれば、納経所の終夜営業なんてチョロいもんだろう。タマが坊さんの過労死を心配するのは勝手だが、医者にやれて坊主にやれないはずはない」

玉村はひっそり吐息をついたのもお構いなしに、加納はなお滔々と持論を展開する。

「タマは俺に同調すべきだ。連中の甘ったるい営業方針のせいで、俺が企画した伊予遍路たらい回しツアーは、一歩間違えたら不可能になりかねない綱渡り企画になり、駆け足参拝しなければならんことになってしまったんだからな」

「では、はっきり申し上げますが、今回の警視正の差配はありがた迷惑です」

「ほう、迷惑、とな?」と目を細めた加納の声が、低くなる。

玉村は、ごくりと唾を飲む。だがここではっきり言っておかないと、この先も加納の唯我独尊のペースに巻き込まれたままだ。それは玉村の発心からすればクソミソ一緒、いや玉石混淆《こんこう》、いやいや本末転倒だ。なので玉村は捨身ヶ嶽から身を投げるが如く、意を決して言う。

「私は、歩き遍路での結願をめざしています。完遂を急ぐよりは、一カ所一カ所丁寧にお参りしたいんです」

「タマ、今の発言には重大な偏見が潜んでいるぞ。どうやらお前は歩き遍路至上主義という畜生道に堕ちてしまったようだ」と加納はいっそう目を細めた。

「どうして歩き遍路が畜生道なんですか。歩き遍路は最上の遍路です。歩きの通し遍路は、大人の足で五十日かかりますが、バスツアーだと二週間で済んでしまうんです。どうして、そんなのが五十日かける歩き遍路と同じ功徳があるとお考えなんですか?」

その時、対向車線を走ってきた大型リムジンを加納は指さした。

「つまり今すれ違った遍路弾丸ツアーのような一週間コースに功徳はない、と言いたいわけか」

と言われ、玉村はあわてて首を振る。

「いえ、ああいうツアーにもそれなりの功徳はあると思います。私が言いたいのは、歩き遍路はああした変形遍路と比べると数倍の功徳がある、ということなんです」

「タマの考えだと、時間をかければ参拝の価値が上がるわけだな。つまり七日の弾丸ツアーは、五十日かけた歩き遍路の七分の一の功徳しかないと言いたいんだな」

玉村は動揺して口ごもる。他の遍路を貶《おとし》めるつもりなど毛頭なかった。そこで加納を説得する方針を転換すべく、玉村はさんや袋《ぶくろ》から納経帳を取り出し、ページをめくりながら言う。

「ご覧ください。これまで回ってきた発心の阿波と修行の土佐の御朱印と、今回の菩提の伊予の御朱印を見比べてみれば、その重みは全然違って見えます。私は、加納警視正の口車に乗ってしまった過去の自分を深く恥じているんです」

加納は玉村の手から納経帳を奪うと、ぱらぱらと眺め、冷ややかに言い放つ。

「何をたわけたことを言ってやがるんだ。俺の目にはどれも同じ御朱印にしか見えんぞ。それに、そんなことを言うなら、土佐の御朱印だって伊予と同じように見えなければおかしいだろ」

「なぜです？　土佐では私はきちんと歩き遍路をしたつもりですが」

むっとして言い返す玉村に、加納は問題点を指摘する。

「確かに、な。だがタマは足摺周辺の四寺を打ち終えていないよな。前回の土佐遍路の最後で県庁所在地の土佐まで戻れたから、次は土佐からで始めやすい、とはしゃいでいたクセに、あれから今日まで行かなかったのはなぜだ？」

確かに加納の指摘通り、玉村の納経帳には土佐最後の四寺が欠けていた。

玉村はうろたえながら答える。

「仕方がなかったんです。修行の道場・土佐の西は室戸以上に遍路の寺密度が低く、特に最後の二寺を打つのに五日もかかるので、四つ合わせて後回しにしたんです」

加納はぱん、と手を打った。

「俺が指摘したいのは、まさにそこだよ。遍路は世界唯一の連環型の巡礼だ。つまり一筆書きの輪になって初めて、遍路と呼べる。どこから始めても構わない仕組みなんだが、タマの参拝は輪が途中で切れているから、それは遍路ではなく単なる不連続参拝だ」

いきなり遍路失格だと通告された玉村は動揺したが、すぐに懸命に言い返す。

「で、でも、通し遍路と並んで区切り遍路という概念も認められていまして……」

「区切り遍路は一地域はひとまとめで打つ。だから土佐遍路で青龍寺《しょうりゅうじ》から延光寺《えんこうじ》までの足摺周辺の四寺と、伊予遍路最初の観自在寺《かんじざいじ》をすっ飛ばして伊予入りした瞬間に、タマは区切り遍路すら名乗る資格をなくしたんだ。そんなことも自覚できんとは何とも嘆かわしいことよのう」

玉村は唇を嚙む。だとしたらそれは加納が、伊予遍路に玉村を無理に引きずり込んだせいだ。区切り遍路資格を破壊した張本人の無責任な言動に玉村は憤りの炎を燃やす。

だが加納はなおも容赦なく玉村の遍路主義を叩き続けた。

「もし、タマが歩き遍路至上論を厳密に展開したいのなら通し遍路か、せめて区切り遍路でなければならん。まあ、社会人としてやむなき理由で区切り遍路すら途切れることだってあるだろう。そうした場合に救済措置がなければ欠陥制度だ。だから途中の区域に空きがあってなお、歩き遍路至上主義でありたいなら、真の区切り遍路でなければダメだ。途中で交通機関を使って職場に戻るなんぞ、歩き遍路至上主義を愚弄《ぐろう》する言語道断の所業だ」

「あのう、職場に戻るわけではなく、自宅に帰るんですが……」

玉村が小声で言い返すと、加納は雷のような叱責を玉村の頭上に落とした。

「つまらん揚げ足を取るな。とにかく歩き遍路主義が大切なら、なぜ通し遍路をしない？」

「一度にまとめて五十日も休みが取れないからに決まっているじゃないですか」

玉村が何をいまさら、という口調で答えると、加納はあっさりうなずく。

「その反論は現実的には容認せざるを得ないな。だがそれでもなお歩き遍路至上主義者を名乗りたいのなら、遍路を中断した場合は帰路も歩かないと矛盾するぞ」

「つまり遍路を途中で打ち切る場合は、家まで歩いて帰れ、と？」と玉村は啞然とした。

四国霊場から桜宮まで二百五十キロ。この前、室戸岬回りを二日で踏破した一日四十キロの強行軍でも単純計算で一週間弱掛かる。それなら一週間余計に歩き遍路をした方がマシだ。

玉村が珍しく、「それって不合理すぎます」と反論すると、加納はうなずく。

「確かに不合理だが、歩き遍路とは、もともとそうした不合理さを最上のものと評価するという不条理な価値観が根底に横たわっているのではないか？」

気がつくと加納は遍路道の正道を説いていた。その論理に反論の余地はない。

この人は一体、いつの間にここまで遍路の理論武装をしたんだろうと玉村は呆然とする。

加納の鋭い舌鋒は、なおも優柔不断な玉村の五臓六腑《ごぞうろっぷ》をみじん切りにした。

「これは遍路の本質を、徒歩での参拝に置くか、連環の実現と見るかという、遍路原理に帰結する、重要な争点だ。タマは徒歩派、俺は連環派という違いによる主義の衝突なのさ」

「だとしたら警視正の主張も矛盾しています。途切れ途切れの参拝は輪っかどころか、賞味期限切れでぶつぶつ切れた伊勢《いせ》うどんみたいな、いうなればブチ切れ遍路です」

玉村が珍しく歯切れ良く言い切ると、加納は肩をすくめる。

「俺を連環至上主義者として不適格だと指摘する部分は傾聴に値するが、実は俺は連環至上主義を標榜《ひょうぼう》していない。俺の参拝がぶつ切れうどんみたいであろうと、いつかそれがつながり輪になる日がやってくる。その瞬間、遍路連環至上主義者の俺がこの世に誕生するが、それまでは名もなき衆生の一人であることに甘んじるよ。そう考えると、歩き遍路至上主義者と比べ、連環遍路至上主義者は他人に寛容だ。それは小乗仏教より大乗仏教の方がおおらかなのと似ている。とかく原理主義者が自分たちの主張に拘泥すると平和が壊れる。キリスト教とイスラム教が仏教と同じくらい他人に寛容だったら、世界の紛争は十分の一に減っていただろう」

玉村は戸惑う。世界宗教と世界平和などという、壮大な話に飛んでしまったが、よく考えれば話題の大本は、遍路のやり方についての言い争いなのである。

「そもそも歩き遍路をハイヤー遍路に変更したのも、タマの事情に依るところが大だったんだ。だいたい伊予で開催された警察医会の総会に出張しながら有給休暇を取らないなんて、お間抜けすぎる。俺たち二人の中庸を取った妥協案として、俺がハイヤー遍路を手配してやったんだぞ。もう少し、感謝してもいいはずだ」

「私は急いでいるわけではありません。今回も歩ける部分だけをこつこつ歩き、残りは次にすればいいと考えていたんです」

「何を寝ぼけたことを言っているんだ、タマ？」

加納は納経帳を開き、間に挟んだ赤い梵字札を取り出した。

「今年は遍路開創千二百年というめでたい年で、通常の納経代で赤札が一枚おまけについてくる。この赤札が配付されるのは来年五月までの期間限定だ。今のタマのペースだと赤札コンプリートが不可能になってしまうではないか」

「それは致し方ないかと……」と玉村は口ごもる。

「なんだと」と加納はぎょろりと目を剝《む》き、大音声で玉村を叱りつけた。

そして納経帳の頁《ページ》を次々とめくりながら、滔々と話を続ける。

「悪影響はそれだけに留まらない。見るがいい。普段の遍路では納経帳には寺名の揮毫と、朱印が三つ押されるだけだ。朱印は梵字マークに寺印、四国五拾七番という寺番印だが、今年一年に限っては色とりどりの絵入りの寺印が押される。心掛けひとつで記念の梵字赤札とカラフル寺印という二大レア企画をコンプリートできるのに、最初から達成を諦めているような根性なしを、あの夜郎自大の空海坊主が赦すとでも思っているのか」

「それは……」

いよいよ玉村の声が消え入るように小さくなるのに反比例して、加納の声は朗々と響き渡る。

「いいか、よく聞けい、タマよ。今年中に結願しなければ、我々の納経帳は、ある寺はカラフルな四つ目の印が押されているのに、他はしょぼく朱印が三つしか押されていないという、とてもみっともないものになってしまう。それなのにあくまで歩き遍路に固執し続けて、赤札収集とスペシャルカラフル寺印コンプリートという二大イベントの達成を断念するなど本末転倒、遍路道にも反する大愚行だと思わんのか」

赤札遍路だの遍路道だの、初めて耳にする単語ばかりだが、いつの間にか加納が磨き上げた怒《ど》濤《とう》の論理展開には、反駁を許容する毛筋ほどの隙すらなさそうだ。

「それに、今回の計画では歩き遍路至上主義者のタマの顔も立てたんだ。はじめは菩提の伊予に因んでお気楽極楽の松山平地八寺と、今治《いまばり》六寺のんびり参拝にしておこうかと考えたんだが、今治遍路をやめ四十五番札所の岩屋寺と六十番札所の横峰寺という伊予遍路ころがし山寺二つを組み込んだのは、ハイヤー遍路でも駐車場からかなり歩くからだ。制覇する遍路寺の数よりも質を優先したのは、歩きヘンラーとしてのタマをリスペクトしてのことだったのに」

確かにその二つの札所は駐車場から歩くだけで松山八寺や今治六寺全部を回るより大変だ。大体〝ヘンラー〟って何だよ、と思いながらもツッコむ度胸のない玉村はぼそぼそ反論する。

「それならせめて横峰寺は歩き遍路したかったです。あそこには番外霊場星《ほし》ガ森《もり》という、大師さまが星祭りの行をした有名な場所があるんです。それと四国一、いや西日本一の最高峰である、石鎚山《いしづちさん》の標高一九八二メートルの天狗岳《てんぐだけ》にも登りたかった……」

「たわけ。石鎚山の山頂は切り立った岩場の獣道、本物の修験者が修行に励む厳しい場所だぞ。タマみたいな中途半端なお遍路が、迂闊にほいほいと立ち入っていい場所ではないぞ」

玉村は加納の情報収集力に啞然とする。この情報は通り一遍の遍路解説本には載っていない。玉村の嘆きが加納に次々にきっぱり否定されているうちに、神風ハイヤーは今日の最終目的地の第六十番札所、石鈇山《いしづちざん》福智院《ふくちいん》の横峰寺の駐車場に到着した。

運転手は素早く車から降りて、後部ドアの側に立って開けると、深々と頭を下げて言う。

「横峰さんのご本尊は大日如来さまですので、くれぐれも粗相をなさらないようにお願いします。お参りを済ませたら今夜の宿までは徒歩で三十分ほどですから、私はこちらで失礼します。明朝は少しゆっくりで八時に宿にお迎えにあがります」

走り去るハイヤーを見送りながら、加納はぼそりと言う。

「あの運転手は俺たちに何か含むところでもあるのかな。四十五番の岩屋寺をお参りする前も、『ここのご本尊は不動明王さまですから、くれぐれも粗相のないように』と同じことを言ったぞ。そんなに俺たちが粗相しそうに見えるのかなあ」

「不信心者に見えるだけですよ」と言おうかと思ったが、敢《あ》えて火中の栗を拾うのはやめた。

二人が降りた駐車場には売店があり、庭先に置かれた籠の中にはひまわりの種が入っていた。加納が何気なくその種を手に取ると、一羽の腹の黄色い小鳥が舞い降りて、手にしたひまわりの種をついばんで飛び去った。加納はその小鳥を目で追うと、後ろで悲鳴が上がった。

「警視正、何とかしてください」

振り向くと、玉村はひまわりの種を手にしていないのに、たくさんの小鳥が肩や腕に止まり、ピッコロ、ピッコロロと喧《やかま》しく鳴いていた。玉村の白装束が、黄八丈の着物のようだ。

「ソイツらはキビタキだな。確か福島県の県の鳥だったはずだ」

「そんな蘊蓄《うんちく》はどうでもいいですから、何とかしてください」

「うろたえるな。人徳があると、エサがなくても小鳥が寄ってくるんだな。タマがお釈迦さまに見えてくるぞ。こんなところで生き仏にお目にかかれるとはありがたや、南無大師遍照金剛」

それから加納はちらりと腕時計を見る。

「駆け足で参拝を済ませよう。そうすれば明るいうちに宿に着き、秘湯を思う存分楽しめるぞ」

玉村がうなずいてそろそろと歩き出すと、彼にまとわりついていた黄色いキビタキは一斉に飛び立った。後には残骸のようにげっそりした遍路姿の玉村が残されていた。


六十番札所の石鉄山福智院・横峰寺は山頂近くにあるものの、周辺に宿はない。だから歩き遍路だと丸一日かけて険しい山道を登り、その日のうちに下山しなければならない。

その代わり、霊峰石鎚山の登山口にあたる番外霊場・奥前神寺《おくまえがみじ》の先の成就《じょうじゅ》という土地に、鄙びた宿が三軒ある。玉村はそのどれかに泊まっての石鎚山登頂を目論んだが、警察庁の高級官僚に気を使った伊予県警本部長が、横峰寺の帰途の通り道にあり地元民しか知らないという、とっておきの秘湯の宿を予約してくれたのだ。加納がぼそりと言う。

「タマのロジックでは、こうした情報提供も一種の利益供与になりそうだな」

「そんなにいじめないでくださいよ。宿代を自腹で払えば利益供与ではありませんから」

反論しながら玉村は、ここは温泉マニアの一人として、世に知られていない秘湯をたっぷり味わおう、と気持ちをすっぱり切り替えた。

健脚の二人は山道を駆け上り、横峰寺参拝を一時間で済ませると、脱兎の如き勢いで山道を駆け降りた。おかげで日が高いうちに秘湯の宿に到着できた。

実は加納と玉村のコンビは〈秘湯会〉なる非営利団体の一員で、二人とも〈秘湯ミシュラン〉の評価リサーチャーだった。特に加納は創設メンバーで、コードネーム〈スパ・ドッグ〉（温泉犬）は〈秘湯会〉の伝説《レジエンド》だった。

温泉評価リサーチャーは自分の地位を口外してはならない、という厳粛なルールがある。肩書がバレると過剰接待され、正当な評価ができなくなってしまうからだ。阿波遍路の時に加納がぽろりとそのことを口にしたのは、今は活動休止中であったが故の気の緩みだろう。

だから今も現役で調査に励んでいる玉村は、そのことを加納にさえも告げようとはしない。

今回の秘湯を二人とも楽しみにしていた。だが息せき切って到着した二人には、温泉宿とは名ばかりで、手入れがされていないあばら屋のような古民家が目に飛び込んできた。

軒先に干し柿と干し大根がぶらさがり、カラスが一羽止まっている。白装束の加納と玉村の姿を見ると、があ、と鳴き声をあげ、ばさりと飛び立った。

普通、マイナス・イメージの名をつける店は、逆にサービスが行き届いているものだ。たとえば『日本一不味《まず》いラーメン屋』というのは、味に自信がある証拠だ。だから、自堕落亭《じだらくてい》と名乗るからには、しっとりしたサービス心溢《あふ》れる、こぎれいな造りの宿に違いない、という玉村の事前の思い込みは木っ端微塵《こっぱみじん》に打ち砕かれた。

修験者修行の地、石鎚山中に世に知られずひっそり湧出する秘湯中の秘湯、自堕落亭は、何の捻りもなく自堕落そのものの宿だった。

勝手に期待を高めていた秘湯像が音を立ててがらがら崩れていき、うなだれている玉村の隣で、加納はめげた様子もなく「たのもう」と大声で呼ばわり宿に入った。

するともっさりした男性が現れた。無精髭《ひげ》で髪を伸ばし、ジャージの上に半纏《はんてん》を羽織っている。だらしない出で立ちからは、あまり商売熱心でない、不穏な気配が漂う。てらてらした赤ら顔は半端ではない酒飲みのようだ。見かけより年を食っているかもしれないし若いかもしれない。いずれにしても過度の不摂生で老けてみえるのは、自堕落亭という宿の名にぴったりの風貌だ。

「本当は臨時休業の予定やったんやけど、署長さんにどうしても、と頼まれて仕方なく開けたわけでしてな。至らない点は我慢してくだされ」

殊勝な言葉を不遜な態度で言われ、玉村のマニア警報が鳴り響く。

〈秘湯会〉リサーチャーの一員の玉村は、脚光を浴びた途端、勘違いしてホスピタリティが低いままプライドだけは高くなるという秘湯の宿に何回か泊まったことがある。だがこの宿は、そんな自意識過剰な気取った秘湯とは一線を画している。ネットでのアピールもせず、雑誌の取材にも応じないという閉鎖性故に、偏屈でずぼらな親父が経営しているこの宿は、世間にはまったく知られていない。皮肉だが、そういう虚栄心が薄そうな分だけまだマシかもしれない、と玉村は自分に言い聞かせるのだった。

案内された部屋には二組の布団が敷かれていたが、長い間上げ下ろしをしていない万年床のような、饐《す》えた臭いがした。座卓の上に急須があったので、お茶を入れようとした玉村は、開けた蓋をすぐに閉めてしまう。

「前の客が飲んだ茶葉が、ひからびて残っています」

加納は嫌味を込めた口調で、ふすまを開けて入ってきた主人に言う。

「休みなのに無理やり開けさせて、すまなかったな」

加納なりに、京都のいけずを言ったつもりらしい。だが主人は悪びれずに言う。

「ほんまでっせ。特に今夜は半年に一度、蚊帳寺《かやでら》さんにお籠もりする日ですよってなあ」

「蚊帳寺さん？　何だ、それは？」

「ここを下ったところにあるお寺さんですわ。というわけで夕食は五時にお願いしますで」

どうやらここの主人は客をもてなす気持ちは皆無のようだ。むっとした加納が言う。

「夕食が五時というのは、四国霊場でも聞いたことがない。さすがにちと早すぎないか？」

「料理は近所の知り合いに作ってもらうので、早くしないとあっちが困るんですわ」

加納が主人の言葉を容認したのは、食事は外注ならマシだと考えたからだろう。

「ではさっそく湯を使わせてもらおう」と加納が立ち上がると、主人が玉村を指さして言う。

「入浴はこちらのお客さんから順に一人ずつでお願いしますで」

「なぜだ」と加納は、反射的に訊ねる。玉村も同時に言う。

「私も課長にお先に入っていただきたいのですが」

遍路では警察関係者であることを伏せ、二人は製薬会社の営業で、玉村はヒラ、加納は上司の課長という設定だった。関係性は現実と変わらないので、会話でボロが出ることはない。

「ウチは名湯でっけど、湯量が少ないので身体の小さな方に最初に入っていただくお約束なのや。湯船の水位は一日一センチしか上がりまへんでな」

「それなら二人同時に入れば湯の嵩《かさ》が上がるではないか」

「それは湯のロスが大きすぎるので、やめてくだされ。そっちのこまい方からお願いします」

「仕方ない。郷に入れば郷に従え、だ。タマ、先に入れ」

加納に顎で指図された玉村はぴょん、と立ち上がり、温泉に向かった。


名湯と公言するだけあって、白濁した硫黄臭の強い湯は、確かに素晴らしかった。湯に浸っていると、筋繊維の一本一本がほぐされ、たまった疲労が溶け出していく。だが小さな湯船に半分ほどしか湯が満たされておらず、湯船に寝そべらないと全身が浸れないのは秘湯評価の減点材料だ。〈秘湯会〉リサーチャー・玉村は、いつものクセでつい細かくチェックしてしまう。

洗い場は不潔すぎて身体を洗う気にならないのは大きな減点材料だが、残念ながら湯の素晴らしさでかなり高評価になってしまいそうだ。湯殿には風情らしきものが漂うが、投げやりな放置と風情は紙一重だ。湯船の端の注ぎ口から白濁した湯がちょろちょろと流れ込んでいる。一日の水位上昇一センチというのは本当のようだ。宿は最低、湯は最高、というのは秘湯マニアがよく遭遇する事態だ。皮肉にも清潔で設備が整いすぎていると秘湯度の点数が低くなる。

その辺りの塩梅《あんばい》はうまく説明できないが、そここそが秘湯リサーチャーの腕の見せ所だ。

玉村が評価事項シートを思い浮かべながら湯船に寝そべっていると、咳払いが聞こえた。

あわてて湯殿を出た玉村が浴室の引き戸を開けると、そこにはバスタオルを腰に巻き、今か今かと待ち構えていた加納が仁王立ちしていた。


部屋には夕食が準備されていた。食卓の側で、なぜか宿の主人が窓枠に腰掛けている。

「知り合いが作った田舎料理やで、都会のお客さんのお口に合わんかもしれんが勘弁してな」

どうやら主人は、自分が関与しない部分は卑下も謝罪も簡単にできるようだ。料理の味はかなり高得点だ。黙って食事を口に運んでいる加納の表情を盗み見ると、加納の口にも合ったようだ。だが幸か不幸か、〈秘湯会〉の採点は純粋に湯の評価だけで、食事や部屋の評価は関係しない。それどころか湯以外の評価に引きずられるのは厳に慎まなければならぬと戒められている。

玉村は、自分の真情に反して、〈秘湯会〉リサーチャーとしてはこの自堕落亭の湯に高評価を与えざるを得ないことに忸怩たる思いを抱いていた。

急かされて食事を終えると、日暮れ時の山野を散策するくらいしかやることはない。

湯浴みを終えた加納と玉村が、宿の裏手の坂道をそぞろ歩きで登っていくと、空き地に出た。草だらけの庭にある小屋には、人が住んでいる気配はない。窓から中を覗いた加納が言う。

「どうやら診療所のようだな。稼働している気配がないから休業中なんだろうが、それにしては片付いているな。お、小型自動採血器まである。こんな小さな村で献血したところで大した量にならんだろうに、無駄なことをするもんだな。まったく、ちぐはぐな診療所だぜ」

「町立診療所が特色を出そうとしたんですかね。あ、警視正、じゃなくて課長、動かないで」

玉村に言われ、加納は動きを止める。玉村は加納の襟元に止まっている蚊に、右手を振り上げた。その瞬間、凛とした声が響いた。

「蚊を殺生《せっしょう》してはなりません」

加納の血をたらふく吸った蚊は、ぷうん、と羽音を立て藪《やぶ》の中に消えていった。加納と玉村が振り返ると木立の中、女性が佇んでいた。薄闇の中、白い瓜実顔《うりざねがお》がぼう、と浮かび上がる。

「大声を出してごめんなさい。この辺りでは蚊は弘法大師さまの生まれ変わりと言われていて、村人は蚊を殺さないんです。この近くにある蚊帳寺というお寺さんの教えなんです」

怪訝そうな加納と玉村の視線に気づいて、女性は会釈する。

「宿のお客さんたちですよね。お食事を作らせていただいた者で高梨佐和《たかなしさわ》、と申します」

「おお、そうか。宿は酷いが湯と飯はよかった。何でもこの近くにお住まいだとか」

加納があけすけに言うと、佐和はうなずく。

「ええ。私は、ここから十分ほど降りたところにある、蚊帳寺の隣に住んでいます」

「蚊帳寺とは、変わった名前の寺だな」と首筋をぽりぽり掻《か》きながら、加納が言う。

「正式な名前は慈愛寺《じあいじ》ですけど、弘法大師の生まれ変わりといわれる蚊を祀るお寺さんなので、この土地の人は蚊帳寺さんと呼んでいるんです」

「宿の主は今夜お籠もりする、と言っていたが」

「田中《たなか》さんはほんとにお喋りですね。蚊帳教には、特別な儀式があって他では邪教扱いされることも多いので、他所《よそ》の人にはあまり話さないことにしているんですけど」

「私たちは他には漏らしませんので、その特別な儀式の内容を教えていただけませんか。私たちも大師の足跡を慕って遍路している身、大師の教えは是非お伺いしたいのです」

佐和はしばらく思案顔で考えていたが、やがてうなずいた。

「いいですわ。袖振り合うも多生の縁ですものね。蚊帳教の儀式は、お寺の地下の岩室に籠もり蚊の大群に刺されるんです。そうすると、煩悩や邪念が吸い取られて気分が爽快になるそうです」

「大量の蚊が煩悩や邪念を吸い取るという理屈か。バカバカしい。俺はつい今し方、襟首を一匹の蚊に刺されたが、痒《かゆ》くて煩わしくて、雑念だらけになってしまったぞ。そんな怪しげな教えを広げる住職もなかなか遣り手のようだな。そんな坊主なんだ?」

「住職の善導《ぜんどう》和尚はこの村の出身で、私とは幼なじみです。神童と言われ、浪速《なにわ》大に入学すると生物学を学び、蚊を専攻したんです。蚊は大師さまの生まれ変わりという、土地の言い伝えを極めようと思ったそうです。十年前、お父さまが亡くなられ実家に戻ったんですが、蚊の研究者という経歴が先代住職に気に入られて、寺の跡継ぎになったんです。善導和尚はお寺でのお勤めの傍ら蚊の研究を続け、刺されても痒くない蚊を生み出したんです」

そう言って、佐和は受け口の唇をほころばせる。

「刺されても痒くない蚊なら、不快ではないかもしれませんね。でも蚊に血を吸われると爽快になるという理屈はよくわかりませんけど」と玉村が言うと、加納が口を挟む。

「それは瀉血《しゃけつ》作用だな」

「〈シャケツ〉って何ですか?」

「ローマ帝国のギリシャ人医師ガレノスが、医神アスクレピオスの下で完成させた四体液説に基づいた、十九世紀の治療法だ。古代の四大元素の火、風、水、土がそれぞれ熱、冷、湿、乾と関係する血液、粘液、黒胆汁、黄胆汁の四種で構成され、心臓の生命精気が血液と体温を制御し、肝臓の自然精気が栄養摂取と代謝を司るというものだ。そこから悪い血を抜けば病気の症状を軽減できる、という原理が考え出された。瀉血の理屈は現代医学では否定されているが、一応の効果はあったと言われている」と滔々と語る加納に、佐和は感心したように言った。

「さすが、製薬会社の方だけあって、お詳しいですね。私は昔、看護師をしていたんですけど、国家試験で勉強したことなんて、全部忘れてしまいましたわ」

加納と玉村は遍路の間、製薬会社の営業部の上司と部下ということにしていた。今回そのことはほとんど口にしていないのに、そんな情報が出回っているのは思い当たる節がある。二人が製薬会社の営業と名乗って遍路しているとカミングアウトした、阿波と土佐の国境の善根宿の親父だ。その情報が警察OB会の情報網で回され、そのアングラ情報を元に、伊予警察の本部長が気を利かせて偽りの肩書で宿の予約をし、主人が二人の素性を彼女にバラしたのだ。宿の主人の口の軽さを非難しようとしたが、考えてみればそんな風に誤解してもらいたくてその肩書を使っているのだから、宿の主人には、むしろ感謝すべきだ。

「つまり宿の主人は今宵、刺されても痒くない蚊に思う存分血を吸わせ、煩悩や邪念をなくして軽やかな気持ちで明朝戻ってくるわけか。確かに血の気と煩悩は多そうだから、少しは瀉血した方がいいかもしれん」と加納がぼそりと呟く。

「そうかもしれませんね。製薬会社の方なら職業柄、診療所を覗き見したくなるかもしれませんが、日も沈みますし、そろそろ宿に戻られた方がよろしいかと思います」

加納と玉村は顔を見合わせ、佐和に会釈をすると、坂道を下り始める。

坂の上の診療所の前で見送る佐和の細身の身体が、夕闇の中、白くぼう、と光った。


宿に戻ると、部屋には蚊帳が吊られていた。蚊を殺生してはならない、という蚊帳寺の教えのせいで蚊取り線香を焚《た》かないのでせめて蚊帳を、という心遣いなのだろう。

蚊帳に入った二人は、ごろりと横になる。加納は納経帳を取り出すと、岩屋寺の緑色の記念スタンプを眺めて、そこに書かれた和歌を読み上げる。

「『うけ継ぎて　又伝えゆく　御教えの　深き恵みの　ありがたきかな』か。何だか空海坊主に媚《こ》びまくっていやがるが、これが各々の遍路寺に一つずつあるという、御詠歌というヤツか?」

「遍路虎の巻」をぱらぱらと眺めた玉村が首を振る。

「違いますね。岩屋寺の御詠歌は『大聖の祈る力のげに岩屋　石のなかにも極楽ぞある』です」

「そっちの方が格調高いな。そうすると、下手の横好きの和歌狂いの岩屋寺の住職か副住職が、こんな媚び媚びの歌を作って記念ハンコに彫り込んだんだろうな」

そんな他愛もない会話を交わした二人だが、秘湯で疲労を根本からほぐしたとはいえ、わずか一日で平地八寺と伊予の遍路ころがしの二つの山寺を打ち終えたためどっと疲労に襲われ、気がつくと深い眠りに落ちていった。

深夜、闇の中、蚊の羽音で玉村は目を覚ました。

隣の布団では加納がぽりぽりとあちこち掻いている。

「蚊帳のどこかが破れているようだ。刺されても痒くない蚊が蚊帳寺にしかいないのに、蚊を殺すなとは、殺生な話だ」とボヤく加納に、玉村はふと思いついて訊ねる。

「警視正は〈秘湯会〉のリサーチャーだそうですが、ここの秘湯の評価はどうでした？」

加納は一瞬、押し黙る。やがて怒気を含んだ声が夜の闇に響く。

「残念ながら、ＡＡＡ（トリプルＡ）の極上だ」

それは玉村の見解と完全に一致していた。残念ながら、という冒頭の台詞まで一致したのには思わず笑ってしまった。ぷうん、と蚊の羽音がする中、加納が盛大な鼾《いびき》を掻き始めた。

うるさいなあ、と思った玉村も、気がつくと再びすやすやと寝息を立てていた。


翌朝、朝食を佐和が配膳してくれた。素朴だが自然の素材を生かした料理が身体にしみ込む。

「ひとっ風呂浴びてから出発するか」と加納が言うと、佐和は首を振る。

「湯殿の鍵はご主人が持っていますので、ご主人が戻らないと無理です」

「もう八時なのにまだ戻らんのか。接客業失格だな。寺に行き、主人を呼び戻してこい」

「それはできません。蚊帳寺さんの儀式では朝、信者が自然に目覚めるのを待つお約束です」

「それなら、昨日のハイヤーが迎えに来たら宿代を払わず出掛けるぞ、と脅してみろ」

「冗談でも無銭飲食を想起させるような、脅迫まがいの発言はしてはいけませんよ、課長。お代を払わないと、部長に請求が行きますからね」と玉村が小声でたしなめる。

加納はふてくされて、万年床の布団に寝そべり、腕枕をして天井を眺めた。

「これは一体、何の罰ゲームだ？　湯は素晴らしかったが、朝の爽やかな時間をこんな小汚い部屋で過ごし、客へのサービスを放棄した宿の主が戻ってくるまで待たねばならんとは」

佐和が戻ってきて、「ハイヤーがお迎えにあがりました」と告げると加納は上半身を起こした。

「運転手に、ここの宿の主人が戻り次第出発するからそれまで待機していてくれ、と伝えてくれ」

「わかりました。ちょうどお寺から呼び出しの電話がありましたので、迎えに行ってきます」

加納はうなずいて、白装束を身につけて身支度を始めた。

十分後。慌ただしい足音と共に部屋に飛び込んできたのは運転手ではなかった。佐和と一緒にやって来たのは、素朴で実直そうな制服姿の警察官だった。彼は加納に敬礼をすると言う。

「本官はこの村の駐在の平野《ひらの》巡査です。先ほど、この宿の主人が蚊帳寺の岩室で亡くなっていると住職から通報があり、本官が対応したのですが、県警本部に報告したところ伊予県警本部長から直々に、加納警視正並びに玉村警部補に最先端の知見を動員して検視のお手伝いをしていただけないか、とのことでした。休暇中、誠に申し訳ありませんが、本官と一緒に現場にご足労いただけないでしょうか」

隣の佐和が驚いたように目を見開く。製薬会社の営業だと思っていれば驚いて当然だろう。しがない村の駐在が、非番の警察庁キャリアにイレギュラーな仕事を依頼するというのは相当なプレッシャーだろう。だが平野巡査はツイていた。通常は仕事嫌いで接待好きの警察庁の上層部が招かれるが、今回は三度の飯や接待より捜査好きのワーカホリック、加納警視正だったのだから。加納はすぐさま立ち上がると、白装束を脱ぎ捨てた。

たちまち軽装の私服姿に戻ると、玉村に言う。

「飯を食わせた分、働かせて元を取ろうという魂胆とは、やはりお偉いさんの接待はロクでもないな。まあいいだろう。タマ、行くぞ」

「アイアイ・サー」

玉村もいつの間にか私服姿になっていた。こういうところは息がぴったりの名コンビだ。

蚊帳寺へは宿から獣道を下る。平野巡査が先頭に立ち、加納と玉村の三人が数珠つなぎで降りていくと、一歩ごとに蚊がぷうん、と飛び立つ。だが気合いが入っている二人の殺気を感じてか、近づいてこない。やがて旧家の草庵《そうあん》のような建物が眼下に見え、庭に古い車種のパトカーが置き忘れられたように、ぽつんと止まっている。隣には平屋の家が寄り添うように建っていた。

あれが佐和さんの家か、と玉村は思う。加納は平野巡査に訊ねる。

「平野巡査、この寺の住職はどんな人物なのかな」

「はあ、善導和尚は、蚊帳寺の住職で、四十代とまだお若いのですが徳操があり、この辺りではめっぽう信頼が篤い方です。そもそもこの寺が蚊帳寺と呼ばれるようになったのは……」

「寺の名の由来は聞いている。寺の内部はどんな間取りになっているんだ？」

「本堂は畳二十畳ほどの広さで隣に住居があります。住居は部屋が三室に台所という質素な造りです。本堂の地下には今回、死者が見つかった岩室があります」

「なぜ彼はそんなところにいたんだ？」と加納がしらばっくれて訊ねる。

「はあ、そこで時々、信者が一晩籠もっていて……」と言い掛けて平野巡査は口籠もる。

「で、岩室に籠もった信者が儀式と称して、夜中に蚊の大群に襲われるわけだな」

「ご存じだったんですね。一体どなたにお聞きになったんですか？」

平野巡査が驚いて訊ねると、加納はにやりと笑う。

「情報源を公表しないのは捜査の鉄則だろ。では現場を見てみようか」


地下の岩室はひんやりしていて、薄暗い灯りがぼんやり光っている。

たぶん、井戸水のように、夏は冷たく冬は暖かい場所なのだろう。

「ここが死体発見現場の岩室です」

先導した平野巡査の小声が、大きく響く。見るとつい昨晩まで、無神経ながら元気いっぱいに会話していた自堕落亭の主人は、今は無駄口を利くこともなく横たわっている。

遺体に近づくと、低い声がした。岩だと思っていた一画がむくりと動いた。

「捜査には協力するが、その前にまず、仏に手を合わせなさい」

「善導和尚か」と加納の問い掛けに、大きな岩が立ち上がり、「いかにも」と大声で返す。

遺体に向かって合掌した加納は、「では、失礼」と言って、岩の窪《くぼ》みに設えられた座敷牢のような空間に足を踏み入れた。

昔話に出てくる座敷牢は格子で仕切られているが、蚊帳寺のは硝子戸で密閉されていた。コンビニ店の入口みたいだな、と玉村は思う。

「俺は蚊の瀉血療法を受けたい趣味はない。ここに潜んでいる蚊の大群を何とかしてくれ」

「心配ない。連中は今、回収ボックスの中にいる」

「改宗ボックスって何ですか？」と玉村が鸚鵡《おうむ》返しで訊ねる。

イントネーションの違いで玉村の誤解に気づいた善導和尚は、首を振る。

「〈コンバーション〉（改宗）ではなく、〈コレクト〉（回収）の方だ」

「なぜ蚊を回収するんです？」という玉村が質問を重ねると善導和尚は少し考え、答える。

「その話は長くなるから、捜査が終わった後で上で説明しよう。まず亡骸《なきがら》を調べてくれないか」

加納はうなずくと遺体の側にしゃがみ込む。

その表情は安らかで、成仏という表現がぴったりだった。

しばらく遺体を眺めていた加納は、手を伸ばして瞼《まぶた》を引っ繰り返し、それから口を開いて舌を覗き見た。隣で平野巡査が聴取した状況を説明する。

「死亡したのは田中太郎《たろう》氏、四十二歳でここから徒歩十分ほどの高台にある自堕落亭という温泉宿を経営しています」

加納は亡骸の検視を続けながらうなずく。

「宿のことは省いていい。それよりゆうべ、どんなことがあったのか教えてくれ」

「それは某《それがし》が説明しよう。平野さんに説明したのも某だからな」

そう言って善導和尚は話し始めた。

「これは古くからこの寺に伝わる儀式だ。岩室に籠もった信者が〝お蚊さま〟に血を捧げると煩悩や邪念が吸い取られる、というものだ。信者は半年に一度岩室に籠もることになっている。何しろ〝お蚊さま〟は、大師の生まれ変わりだと信じられているからな」

加納は和尚の話を聞きながら遺体の手足を動かし、「死後七、八時間だな。死亡時間は真夜中か」と呟いて立ち上がる。それから服の胸をはだけながら言う。

「それは危険な民間信仰だな。蚊というヤツはいろいろな病原菌を媒介する害虫だぞ。たとえば致死率の高い黄熱病、三日でへたばる三日熱マラリアに一晩でころりと行く熱帯熱マラリア、脳炎を起こし痙攣《けいれん》して身悶えつつ死んでいく日本脳炎などを伝染させるからな」

善導和尚は大声でうなずく。

「なるほど、製薬会社の社員に化けるだけあって博識だな。だが、その心配は無用だ。蚊が伝染病を媒介するのは、伝染病に罹った動物の血中にいる病原菌を運ぶからだ。我が寺の蚊は地下室で生育し外界と隔離しているから伝染病を媒介しないんだ」

「つまり純粋培養した蚊はウイルス・フリー、というわけか」

加納がそう言うと、善導和尚は微笑する。

「物事の理解は早いようだな。ではもう少し詳しく説明しよう。浪速大学で生物工学を学んだ某が研究対象として蚊を選んだのは、この地に生まれたが故に大師の生まれ変わりと言われる蚊に対し、深い愛着があったからだ。蚊が忌み嫌われる理由は、刺されると痒くなるということと、伝染病を媒介する害虫だという二点に集約される。そこで某は生物工学を使い二つの欠点を取り除く研究を始めた。某の研究が成就すれば蚊は愛され、大師が遍《あまね》く世界に広がることの助けになる。某は当寺を継いだ後も研究を重ね、ついに刺されても痒くない蚊を生み出した。外界と隔絶し純粋培養したため無毒化も達成し、欠点を解消した愛すべき蚊を儀式に使うことにした。これで大師の『生きとし生ける者、森羅万象はすべて大師である』という教えを体現できたわけだ。今では岩室で蚊に刺された後は体調がよくなると言う信者もいるくらいだよ」

「今調べた遺体には、蚊に刺された跡がひとつもないようだが」

「それもウチの蚊の特徴のひとつだ。刺されても痒くない蚊は、刺された跡は赤くならん」

「そういうものか」と言った加納は次の瞬間、「おや、これは何だ?」と小声で言う。

彼の視線は遺体の左腕の肘の部分に注がれていたが、すぐ肩をすくめた。

「なんだ、絆創膏《ばんそうこう》か」と呟くと視線を転じ、善導和尚に訊ねる。

「ゆうべ和尚は死亡した田中氏とこの部屋で二人きりだったのか?」

「月に一度の儀式には、信者全員が集まる。といっても総勢十名ほどだが」

「誰が集まったか、教えてもらえないか」

「この芳名帳に名前が書いてある」

善導和尚は机の引き出しから冊子を取り出し玉村に手渡した。加納が玉村に顎で指図すると、玉村は帳面に記載された名前を読み上げて加納に聞かせながら、メモ帳に写し取っていく。

「儀式の参加者は、和尚と死亡した田中氏も含めて総勢十二名か。意外に少ないな」

「こんな寒村の信者なんてそんなもんさ。ちなみにそこに名前がある高梨佐和さんは昔、看護師だったのでお手伝いしてくれている。自堕落亭も手伝っているから、宿で顔を合わせただろう?」

「ああ、宿の上の診療所の庭をぶらついていたら、蚊を殺してはなりません、と説教されたよ。それに蚊帳寺について詳しく教えてもらったし、今朝も俺たちを呼びに来たよ。ところで儀式はどういう手順で行なわれるんだ?」

善導和尚は居住まいを正し、説明を始めた。

「最初に信者全員で御神酒《おみき》を満たした杯を一口ずつ回し飲みする。そして主役の信者は岩室に身を横たえ、見守る者は念仏を唱える。信者が眠ったのを確認すると某が岩室に蚊を放ち、岩室を出る。一晩経って信者が目を覚ますと、佐和さんに健康状態をチェックしてもらい終了だ。だが今朝はいくら待っても田中さんは起きてこないから、心配になって覗いてみたら亡くなっていたというわけだ」

「佐和嬢が健康状態のチェックに来なかったのはなぜだ?」

「某の説明の仕方が悪かったな。信者が目を覚ますと手元に置いたベルを鳴らす。それを聞いた某が佐和さんを電話で呼ぶ。だから信者が目を覚まさなければ佐和さんの出番はない」

「夜中に誰か付き添わないのか?」

「蚊に刺されながら眠るだけだから付き添いの必要はない。何かあればベルを鳴らせばいい。岩室の入口に施錠し、鍵は自宅のキーボックスの中に置いてあるから、外部からは侵入できない」

加納警視正の検視を覗き込み、平野巡査が言う。

「本官が見たところ、事件性はなさそうです。たぶん心不全です。よろしければ開業医で警察医の大前《おおまえ》先生に検案していただき、死亡診断書を書いてもらおうと思います」

加納は腕組みをして目を閉じた。しばらくして目を閉じたまま言う。

「とりあえずこの寺の蚊の供給システムについて説明を聞こう。最終判断はその後だ」

一見もっともな判断だが、なぜか玉村は違和感を覚えた。加納にしては歯切れが悪い、と感じたからだ。善導和尚はからりと笑う。

「では本殿で拙僧が茶を点《た》てて進ぜよう」


抹茶を一気に飲み干した加納を見て、善導和尚は口を開く。

「ではこの寺の蚊の供給システムを説明するため、初めに蚊の生態から説明する。タマゴが水面に生み付けられ、孵《かえ》るとボウフラと呼ばれる幼虫になる。落ち葉や微生物を食べて脱皮を繰り返し、一ヵ月でサナギになる。サナギは冷温状態だと羽化の時期を延ばせるが、暖かい場所に出すとすぐに羽化する。羽化後一日で交尾し、二、三日後から雌の蚊は栄養摂取のため動物の生き血を吸い始める。血を吸い終えると雌は暗いところでじっとしてタマゴの成熟を待つ。そして産卵するわけだ。タマゴも冷暗所に保存すれば孵化《ふか》を調節できるので、タマゴとサナギの時期で調整して蚊を増やし、儀式の準備を整えておいてから信者を呼ぶわけだ」

「それなら急に予定が変わっても対応はできそうだな」

加納がそう言うと、善導和尚は首を振る。

「対応はできるが信者にはデメリットになる。儀式に使う蚊はその人の血だけ吸わせ継代培養する。自分の血で育てた蚊を継代すると輪廻転生に有利になるというのが蚊帳教の奥義だ。予定を変更すると、そこで蚊の継代は途切れ、最初からやり直しになってしまう。ちなみに今回の田中さんの継代蚊は十五代目になる。そして四国霊場と同じ数の八十八代で成仏すると言われている」

「儀式は半年に一度だと田中氏が言っていたな。すると足掛け四十四年もかかるわけか。何とも悠長な話だな。だが仕組みはわかった。田中氏の血を吸った雌の蚊は今、冷暗所で産卵に備えているわけだ。そして〈モスキート・リインカネーション・システム〉（蚊の輪廻《りんね》制度）の厄介になっている信者は集落に十名ほどで、その名前は先ほどタマが書き写した名簿に全員載っているわけだな。ところで儀式を扱う和尚は蚊に刺されたりしないのか？」

「他人の血が混じったら儀式は滅茶苦茶になってしまうから、そうならないように密閉した岩室に信者を閉じ込め、信者が寝ているところに蚊を放すんだ。そうすれば他人が刺されることはない。血を吸った蚊の回収も密封空間で行なう。それに某はすでに悟りを開いているから、今さら蚊の大師さまにご厄介になる必要はないんだ」

「信仰とはつくづく面妖なものだ。俺にはさっぱりわからん。俺が判断できるのは、この遺体に事件性があるかどうかだけだ」

「でも外傷もなく、怪しい人物が出入りした痕跡もないので、事件性はありませんよね」

駐在の平野巡査が言うと、加納は即座に言い放つ。

「その判断は正しいが俺はその見立てには同意できないな。この遺体には更なる精査が必要だ。伊予大学の法医学教室へ搬送を要請する」

居合わせた平野巡査に玉村、善導和尚は、加納の顔をまじまじと見た。

「まさか、この亡骸を解剖なさるつもりかね」

善導和尚が訊ねると、加納は曖昧な微笑を浮かべてうなずいた。

「法医学者が了解したら、もちろん解剖してもらうつもりだが、拒否される可能性が高いだろう。解剖はべらぼうに経費がかかる厄介な仕事だからな」

「ならば運搬しても無意味ではないか」

善導和尚が指摘すると、加納はにっと笑う。

「このホトケはツイている。今、解剖に代わる最新鋭技術を持つ専門家が道後温泉でぐうたらしているはずだ。法医学者が断ったらヤツに調べさせるさ」

加納に指示された平野巡査は携帯電話を掛けた。どうやら相手は法医学教室の受付らしく、遺体の搬送に難色を示しているのが聞き取れた。それから一時間後、遺体搬送車が蚊帳寺に到着した時には、寺の庭先には村人が数名集まり、ひそひそ話をしていた。

小さな村落なので警察が遺体を運ぶだけでも大事件なのだろう。加えてこうした遺体を法医学教室に搬送するのは異例中の異例だ。だが県警本部長自らが依頼したため、加納の無茶な要請を無下にもできず、平野巡査にとっては一世一代の決断となった。加納は玉村に小声で言う。

「タマ、お前はここに残り、寺と自堕落亭の主人の評判の聞き込みをしろ。たぶん芳名帳に名を書いたヤツらは、ここにほとんどいるはずだ。儀式の状況の聞き込みを終えたら、歩いて伊予大学まで来い」

「ええ？　松山まで歩けって言うんですか？　無茶ですよ。ここから五十キロ、徒歩で九時間はかかってしまいます」

「情けない声を出しやがって。歩き遍路だと思えば楽勝だろうが」

「でもＴＰＯというものがありますから。そんなことをしていたら、せっかく聞き取り調査で得た、重要情報をお伝えするのが遅くなってしまいます」

加納はぽん、と玉村の肩を叩く。

「ジョークだよ、タマ。冗談を解さないヤツだなあ。聞き込み時間はジャスト二時間。終えたら神風ハイヤーですっ飛んで来い」

加納警視正はジョークを言わないとおっしゃっていたじゃないですか、と言い掛けた言葉を呑み込み、玉村は寺の門前にたむろしている村人たちに声を掛け始める。

その様子を見た加納が駐在の平野巡査に「では俺たちも出発するか」と言う。

そして車を見送る善導和尚に告げる。

「夕方までには戻る。それまで現場に指一本触れないように」

善導和尚がうなずいたのを確認した加納は、運転手役の平野巡査に出発を命じた。

警察の遺体搬送車が伊予大学のキャンパスの片隅にある法医学教室のバラック小屋に到着したのは三十分後だ。現れたのは、顔のパーツが皺の中に埋まっているような初老の男性だ。

同行した平野巡査が小声で、お世話になっている伊予大学法医学教室の保坂《ほさか》教授です、と加納に耳打ちする。表情に乏しいが、よく見ると明らかに迷惑げな顔だ。

車の荷台の遺体を視認した保坂教授は、呆れ声で言う。

「平野君、君みたいなベテランが、こんなご遺体を搬送してくるとは、どういうつもりかね」

平野巡査は身を縮め、隣でふんぞり返っている加納をちらりと横目で見る。

「申し訳ありません。こちらの方が、法医学教室に搬送すべき、と強硬に主張されまして……」

「外傷がなく、事件性もないと専門家が判断した遺体を法医学教室に搬送するという掟破りの判断をしたのは君だ、ということなのかね」と保坂教授は加納をじろりと見た。

「いかにも」と加納はうなずく。

「部外者が勝手なことをしては困る。解剖するかどうかは警官の検視情報を踏まえた上で法医学部門の担当者が判断する。この遺体に事件性はない、と判断する。お引き取り願おう」

「それは構わんが、それならこちらでＡｉを実施して構わないわけだな」

老教授の顔色が変わった。

「それは越権だ。伊予大学法医学教室にも一昨年、解剖前画像診断用のＣＴが導入されている。画像診断ならこちらで行なう」

「だがこの遺体にＡｉするつもりはないんだろう？　それなら当方で手配せねばならん」

ぐむ、という顔になった保坂教授は、ぼそりと言う。

「ならば解剖はともかく、画像診断は当方で実施しよう」

「結構だ。ではここで報告をお待ちしている」と加納はにっと笑って言う。


加納が遺族控え室でぷかぷか煙草をフカしているところへ玉村が到着した。

「警視正が解剖に立ち会わないなんて珍しいですね」

玉村がそう言うと、加納は人差し指を唇にあてて、しっ、と玉村を制する。

「俺の肩書はまだ内緒なんだ。今の俺は旧式のシステムの顔を立てて、時間の浪費に耐え忍び、じっと我慢の子でいる受難者だ。ここがタマのお膝元の桜宮なら、コトを荒らげれば不倫外来、じゃなくて、不定愁訴外来の先生だとか腹黒タヌキ院長がすっ飛んできて、よってたかって何とかするから一気にカタがつくが、右も左もわからない伊予のぼんくら大学で迂闊なことをして魔界の泥沼に足を踏み入れたら大変だから、自重せざるを得ないわけだ」

それを聞いた玉村は二つの事実を知って、もやもやした複雑な心境になる。

一つは、必要とあれば加納も自重できるんだという驚愕の事実。もう一つは、桜宮が加納のお膝元のようなものだと認識されているという事実を再確認させられたこと。

やがて老法医学者、保坂教授が顔を見せ勝ち誇ったような口調で言った。

「CTでチェックしてみたが、所見は何もなかったぞ」

「それはよかった。では病院のCTで再チェックしてもらおう」と加納が立ち上がる。

「何を言うんだ。そんなことは許さんぞ。法医学者が検視に責任を持ち、解剖実施を決定することになっているのは捜査の常識だ。そんなことも知らんのか」

加納は肩をすくめ、玉村に言う。

「さすが空海坊主の時代から時が止まっている島、四国だけのことはある。まだこんな寝言を言う、生霊みたいな法医学者が生き残っているとはな。いいか、法医学教室のCTは二世代前の中古だ。俺は病院の最新鋭の機器で撮影して、Aiの専門家に読影依頼しようと考えている。門外漢の法医学者が敵うはずがないだろう」

保坂教授はむっとした表情になり、負けじと胸を反らす。

「我々は日夜、読影結果と解剖結果を突き合わせることで、診断能力の研鑽《けんさん》を図っている。今では読影能力は画像診断の専門家にも引けを取らないと自負している」

加納は、意固地になった老法医学者を見て、もはや処置なし、という表情で肩をすくめた。

「自負するのは勝手だが、自負と自惚《うぬぼ》れは紙一重だ。それなら妥協案として、あんたが撮影したCT画像をAiの専門家に読影してもらうというのは如何《いかが》かな」と冷ややかな声で言う。

「冗談じゃない。私が下した診断で十分だ」

加納は片頬を歪めて笑う。

「十分かどうかは画像を見てみないとわからん。もちろんあんたが正しい診断をしている可能性もある。だが誤診していたら犯罪を見逃すことになるが、それでもいいのか？　因みに医療界ではこうした仕組みはセカンド・オピニオンと呼ばれて定着している。まあ、法医学の世界では考えも及ばない仕組みなんだろうが」

そこまで言われては保坂教授も引っ込みがつかなくなり、しぶしぶ専門家による画像読影には同意した。加納との論争に負けたというよりも、画像診断が心許ない彼でさえこの画像に異常がないという読影所見に関してはさすがに自信満々なので、加納にリベンジできるかもしれないと考えたのかもしれない。二人のやり取りを見ていた平野巡査は「パトカー無線で連絡します」と言い残し、姿を消した。あ、逃げやがったな、と玉村は思った。

加納に呼び出されて、のこのこ登場したのは髭面の画像診断医、東城大学Ａｉセンターの島津センター長だった。警察医会の特別講演を終えた島津は、「出先だというのに呼び出しとは、相変わらず人使いが荒いお方だな」とぼやきながらも、法医学教室に設置されたＣＴ撮像機の椅子に座るとＣＴ画像の診断を始めた。しばらくして島津は、顔を上げて言う。

「臓器損傷はありません。保坂教授の読影結果は間違いありません」

それ見たことか、と老教授はふんぞり返る。だが島津の言葉には続きがあった。

「ただし、本症例には解剖を適用すべきでしょうね」

「なぜだね。臓器に損傷がなければ解剖する意味はないだろうに」

保坂教授がむっとして抗議すると、島津は画像のある一点を指し示した。

「ここを見てください。大血管がここまでシュルンぺっているのは異常なんです」

「シュリンプ？　なぜここで海老が出てくるんだ？」

加納が横からツッコミを入れると、島津は微笑する。

「ああ、失礼。素人さんには用語の説明が必要ですね。〝シュリンプ〟ではなく〝シュルンペ〟、ドイツ語で、萎縮しているという意味です。血液量が相当減少しているので、死因は失血死です」

「失血死？　腹腔内にも胸腔内にも大量出血の跡はないではないか」

保坂教授の震え声に、島津はうなずく。

「不自然ですが、現実に体内の血液はほとんどゼロですので、失血死と考えるしかありません」

「蚊帳教の儀式のせいだ」と玉村がぼそりと呟く。

場に居合わせた人々が一斉に玉村を見たので、あわてて説明を追加する。

「蚊帳教は、あの村に伝わる秘教で、蚊を大師の生まれ変わりとして崇め奉るという信仰らしいです。今回の死者は、大量の蚊に血を吸わせるという儀式の最中に亡くなられたんです」

訥々《とつとつ》とした玉村の説明を聞いて青ざめる保坂教授の隣で、島津が呆れ声で言う。

「何ですか、それ。まさかそのせいで全身の血が失われた、と思っているんですか？　ばかばかしい。そんなことはあり得ませんよ。確かにこの血液減少は異常ですが」

「病院の最新鋭のＣＴを使って精密診断をしたら、もっと詳しくわかるんじゃないか？」

加納がすかさず言うが、島津は首を振る。

「CT情報はこれで充分です。追加するとしたらMRIですね。ファンクショナルMRIで鉄分の減少が検出できます。でも、もっと手っ取り早い方法があります。臓器損傷もないのに血液量がゼロなのは異常死ですから、事件性が考えられるので解剖すればいいんです。そうすれば体内に血液がないことはすぐに確定できます」

黙り込んだ保坂教授の肩を、加納がぽん、と叩く。

「どうやらあんたは、普段からあの調子で解剖要請を断っていそうだな。だが専門家の論理的な意見をもらってなお、解剖忌避を貫くか？　それなら俺が強権を発動してもいいが」

「あんたは一体何者だ？」

保坂教授は恐る恐る訊ねる。

「警察庁で電子猟犬《デジタル・ハウンドドッグ》と呼ばれる嫌われ者さ。肩書はその名刺に書いてある通りだ」

加納から渡された名刺を見た老教授は青ざめた。

「警察庁の警視正、だと？」

「そういうことだ。これは簡単な解剖だ。腹をちょっと開けば済むんだから」

保坂教授ががっくり首を折ったのを横目で見ながら、加納は片頬を歪めて笑う。

「この案件を、ここで開催中の警察医会にライブで提供したら、さぞ喜ばれるだろうな」

島津はクールに言う。

「さあ、それはどうでしょう。なんだかんだ言って警察医会は法医のお膝元ですから」

司法解剖を決定した保坂教授は、まず採取血液で薬物、毒物反応を調べてみると言い、そそくさと姿を消した。

控え室に加納と玉村と共に残された島津が言う。

「今回の失血の診断は素人には難しいでしょう。以前術後に風呂場で大血管が破綻し出血死した症例を経験しましたが、あの時は血管に空気が入り空気での血管造影みたいになっていて診断は簡単でしたし、血液は風呂場で流れてしまったということで説明がつきました。でも今回は実に奇妙なことに、大量失血した血液がどこにも見当たらないんです」

「すると、やはり蚊が吸血したのが死因ですかね」

玉村が即座に反応すると、途端に加納は玉村の頭をはたく。

「バカか、タマは。大量の蚊に襲われても失血死するはずがなかろう。それはその仕組みがこれまで死人を出さずに回っていたことからも、簡単にわかりそうなものだが」

「でもあの和尚は、最先端の生物科学技術を駆使して、刺されても痒くない蚊を生み出せるくらいですから、強力な吸血機能を持つ殺人蚊（キラー・モスキート）も造れるのでは？」

はたかれた頭を撫でながら玉村が言い返すと、島津は肩をすくめる。

「その可能性は完全には否定できませんが、SF映画の見過ぎでしょうね。仮に蚊の吸血が高度になっても、血管を空にすることは不可能です。血液量が減少したら、ちょっとやそっとの吸引力では吸血できなくなってしまいますから」

「ですからそこでマッド・サイエンティスト・善導和尚が登場し、強力な吸血能力を併せ持ったキラー・モスキートを造り上げた、というストーリーが展開するわけでして……」

玉村はしつこく自説に拘泥しているところへ法医学教室の助教が戻ってきた。

「解剖の結果、遺体に血液はほとんどありませんでした。死因は失血死で確定です。少量の血液が採取できたので毒薬物分析に回したところ微量のチオペンタールが検出されました」

「毒物は出なかったんだな？」という加納の問いに、助教はうなずく。

「念のため忠告しておくが、睡眠薬は死因とは無関係だからな」

怪訝そうな表情の助教に、加納は、ぼそりと続ける。

「つまり今回のケースでは、専門の法医学者の専門的な体表検視やハンチクな画像診断が見落とした事件性をＡｉの専門家が画像診断で発見し、犯罪見落としをレスキューしたわけだ」

法医学教室の助教は何も言い返せなかった。加納は島津に向き直ると訊ねる。

「では専門家であるＡｉセンター長にご教示願いたい。こういうタイプの失血が起こるのは一体、どういうケースが考えられるかな」

島津は腕組みをする。ちらりと玉村を見て、それから加納を真っ直ぐに見た。

「マッド・サイエンティストが開発したキラー・モスキート説は魅力的ですが、現実的ではありません。考えられる可能性は医療的な大量採血です。たとえば過度の採血とか」

それを聞いて、加納が腕組みをして考え込んだ。

島津と別れた加納と玉村がパトカーに戻ると、運転席で居眠りをしていた平野巡査があわてて身体を起こした。加納はにやりと笑い、蚊帳寺に戻るように命じた。

平野巡査が運転するパトカーで蚊帳寺に戻る車中、玉村は聞き込みの結果を報告した。

「村落は平家の落人が作ったといわれ十五世帯とこぢんまりしていますが、結束は固いようです。自堕落亭の田中氏は鼻つまみ者で、温泉を掘り当て優先して村人に湯を使わせて評判がよかった先代が亡くなり、被害者が跡を継ぐと湯殿の開放をやめ、観光客目当ての宿に作り替えました。でも万事があの調子で客足も途絶え、最近は自主休業状態だったそうです」

「なるほど。お手伝いの佐和嬢はどういう素性だ？」

「自堕落亭の主人と蚊帳寺の善導和尚と佐和さんは小学校の同級生です。小さな村落で二学年一緒で一教室だったそうです。佐和さんは三年前、ご主人を交通事故で亡くし今は独り身で、六歳になる男の子が一人います。ご主人が事故に遭う前は市内の病院の看護師長として勤務していましたが、ご主人が亡くなったのを機に病院を辞め、実家に戻ったようです。今は仲居の他にも、常勤医がいなくて開店休業状態の村の診療所の手伝いもしています。村人の健康診断や年に一度の献血時には採血を一手に引き受けているそうです」

「ははあ、診療所とは自堕落亭の坂の上にあったあのあばら屋か。つまり佐和嬢はご主人を不慮の事故で亡くし、女の細腕で男の子を育てるため開店休業状態の業務を二つも掛け持ちしているけなげな未亡人、というわけだな。蚊帳寺の儀式も手伝っていると聞いたから、さしずめ村落の同級生の男どもを転がして生き存《なが》えている魔性の女というわけだ」

玉村は妙な表情になる。彼女のどこが魔性なのだろう。加納は玉村の混乱を気にする素振りもなく、通りすがりに魚屋を見つけて、運転手の平野巡査に言う。

「ちょっと止めてくれ。魚を仕入れてくる」

加納は車を降りると、やがて発泡スチロールの箱を腕に抱えて戻ってきた。

「今朝、瀬戸内海で採れたキビナゴだそうだ。新鮮で美味《うま》そうだぞ」

「そんなもの、どうするんですか」と玉村が、きょとんとした顔で言う。

「和尚への手土産で佐和嬢に捌《さば》いてもらい、一緒に晩飯を済ませようと思ってな」

なぜそこに佐和がいると決めつけているのか、と玉村は不思議に思う。だが、蚊帳寺に到着してみると、庭先には確かに善導和尚と佐和が並んで待っていた。

「あんたから連絡をもらったので彼女を呼んで待っておったんだ」

善導和尚に寄り添うように立った佐和は、受け口の唇をほころばせ、加納と玉村に言う。

「今朝、駐在の平野さんから、あなた方が製薬会社の営業の方ではなくて警察の方だと聞かされた時は、本当にびっくりしました。騙されていたんですね、私」

「申し訳ありません。何分、私用の旅行なので、あまり堅苦しくしたくなくて」

玉村は頭を掻きながら言い訳をする。善導和尚は、二人のやり取りを遮るように訊ねた。

「ところで、遺体を調べて何かわかったのかね」

「ああ。被害者の血中から睡眠薬の成分が検出されたよ」

なぜか加納は大量失血死という死因には触れずに言った。善導和尚が言う。

「某が儀式に睡眠薬を使おうと提案したんだ。いくら痒くないとはいえ、大量の蚊に刺されたら、居心地が悪いだろうから、信者に睡眠薬を飲ませて眠らせることにしたんだ」

「だが、薬を処方するには医者のサインがいる。素人にはハードルが高いんだが。ああ、そういえば佐和嬢は昔、町の病院で看護師長をしていたんだったな。診療所の手伝いをしているなら、睡眠薬の処方をお願いするのはお手の物だろう」

「いつの間に、私の過去まで調べたんですか」と佐和が詰るように言うと、加納は言い訳する。

「玉村警部補が、寺に集まった人たちから聞き出したんだ。コイツは根はいいヤツなんだが、他人の噂を根掘り葉掘り聞き出すのが趣味というのが玉に瑕《きず》でね」

「そうだったんですの。人って見かけによらないものですね」

玉村は全身の血が引いたように感じた。それは警視正が命じたんです、と抗議したいところだが、何とか我慢する。加納は無駄口を利かず、その発言は常に必然性の塊だからだ。

「それに村で献血の時や村人の健康診断の時は採血を手伝うそうだな。通常は看護師の採血は医師法で禁じられているが、地方では医師の指導下なら可と条項を読み替え、医師業務を代行している看護師も結構いると聞いたことがある。だからあんたが採血をできても不思議はない」

佐和は受け口の唇をほころばせて、うなずく。

「お医者さんがいない小さな村ですから、私にできることは何でもやります。それにしてもあの短い時間に、そんなにいろいろ聞き出すなんて、刑事さんってすごいですね」

佐和の刺すような視線に、玉村はいたたまれなくなって身を縮める。

「これは単なる好奇心で聞くんだが、健康診断の時のあんた自身の採血は誰がやるんだ？　長年生物学の研究室に在籍していた和尚あたり、採血できそうだが」

「いや、某は不器用だから採血なぞできんよ」と善導和尚が首を振ると、佐和が答える。

「自分の採血は自分でやります。ちょっと難しいですが、練習すればできるようになります」

「それならあんたは村人たちと一緒に、毎回献血もしているわけだな」

加納は思い出したように、発泡スチロールのケースに入ったキビナゴを佐和に差し出した。

「和尚に手間を掛けたお詫びに、瀬戸内海のキビナゴを持参した。あんたに捌いてもらいたい。自堕落亭は料理と湯は素晴らしかった。故人を偲《しの》びながら早めの夕食にしよう」

佐和が捌いたキビナゴの刺身を食べながら、加納は善導和尚に追加質問をしていた。

「信者の血を吸わせた蚊は、どうやって回収するんだ？」

「蚊の習性を利用する。連中は呼気の二酸化炭素に集まるから、ドライアイスでトラップを作ると三十分ほどで回収できる。回収した蚊は、捕虫ネットに集めて冷蔵庫に入れておくんだ」

「昨晩の蚊が冷蔵庫に保存されているなら、その蚊を押収する。現時点の第一容疑者だ」

案内させた巨大冷蔵庫の中には白い網が十数個置かれ、蚊がうっすら黒く見えた。メモの日付を確認した加納はひとつネットを取り上げ、キビナゴを運んだ発泡スチロールの箱に放り込む。

「では明日、連絡する。その時までに宿の主人の死の真相について明らかにするからな」

善導和尚と佐和は、顔を見合わせたが、何も言わなかった。

加納と玉村はその日、伊予大学のゲストハウスに宿泊した。加納は部屋に荷物を置くなり出て行き朝まで戻らなかった。部屋でぐっすり眠り、前夜自堕落亭での蚊の襲撃による睡眠不足を解消した玉村がつややかな顔で朝食を食べていると、そこに加納が戻ってきた。徹夜で作業していたらしく、相当疲れているはずだが表情には出ていない。

食事を終えた玉村に「二時間眠るから、九時に電話を鳴らせ」と言い、部屋に入った。玉村が九時に電話を鳴らすと五分後、きっちり背広を着込んだ加納がロビーに現れた。

午前十時。平野巡査が運転するパトカーに乗車した加納と玉村が蚊帳寺に到着する。本堂では善導和尚と佐和が待っていた。二人を前にして、加納が言う。

「ようやく真相が見えてきた。だが真相をお伝えする前に、事件前夜の儀式から当日朝、和尚が田中氏の死体を発見するまでの状況を、もう一度詳しく説明していただきたい」

善導和尚はにこやかにうなずく。

「お安い御用だ。あの夜は八時に信者十名と某、世話係の佐和さんの十二人が岩室に集まった。信者が御神酒を回し飲みし、今回の主役の田中さんが岩室の密閉された神座で眠りについた。それを確認し岩室から退去し某が鍵を掛けた。翌朝、田中さんが起きてこないので見にいったところ亡くなっていたので佐和さんと駐在の平野さんに連絡した。後はあんたも知っているだろう」

「信者が岩室を出てから今朝、和尚が死体を発見するまで、岩室に誰も入っていないのか？」

うなずいてから善導和尚は、首を傾げた。

「ああ、そうだ……。いや、ちょっと待て、それは不正確だったな。その間、某が岩室に入ったことを忘れていた」

「ほう、どうしてそんなことをしたんだ？」と加納の目がきらりと光る。

「いつもやっていることで早朝、信者が寝ている間にドライアイス・トラップで蚊を回収するんだ。朝五時に岩室に入りトラップを設置し一時間後の六時に回収して冷蔵庫にしまう。だから某は田中さんが亡くなっているのを発見する前に都合二度ほど岩室に入っている。誰一人、岩室に入らなかったというのは間違いなので訂正する」

「和尚は岩室にいたのか。それは心証はかなりマイナスになるぞ」

「そうかもしれんが、早朝なら問題なかろう。検視の時、あんたは田中さんの死亡推定時刻は真夜中だと言っていたからな」

「だがそれなら夜中にも忍び込めるわけだ」

「そんなことを言ったら、某は岩室の鍵を持っているから、入ろうと思えばいつでも岩室に入れる。某が夜明けに二度岩室に入ったという、自分に不利になりそうな情報を自ら進んで話したという姿勢は評価していただきたいものだ」

それは確かにその通りだ、と端で聞いていた玉村はうなずく。加納も納得したようだ。

「確かにその辺りを疑いだしたらキリがない。ならば次に事件当日の朝、田中氏の遺体を発見した時の和尚の行動を順を追って説明してくれないか」

善導和尚はうなずいて、話を続けた。

「明け方に蚊を回収し終えた某は、朝のお勤めをしながら田中さんが呼び鈴を鳴らすのを待っていた。だがいつまで経ってもベルは鳴らず、心配になって見にいったら田中さんの身体はすでに冷たくなっていて、とても蘇生できそうにないと素人目にもわかった。田中さんは身寄りがないし、村の診療所は医師が不在だから村で医者代わりの佐和さんにすぐ来てもらうよう電話し、駐在の平野さんに通報したんだ」

「なるほど、話の大筋は矛盾がなさそうだ」

加納の尊大な言葉にかちんときたらしく、善導和尚はむっとした表情を隠そうとしない。

玉村ははらはらしながら、加納と善導和尚のやり取りを聞いている。こんな調子では、いつ和尚が機嫌を損ね、激怒しても不思議はない。

その上、加納が一体、どんな真相を思い描いているのか、今のところ呈示は何一つないのだ。

「和尚の論理に従えば、もし夜中に岩室に和尚の他に誰かいたら、ソイツが犯人だと考えていい、ということになるが、それで差し支えないか?」

善導和尚は一瞬考え、「まあ、それは自然な推論だろうな」とうなずく。

加納は突然、隣の佐和に「あんたも同じ考えかな」と問いかける。

不意を突かれた佐和は一瞬、逡巡したが、弱気を吹き消すように大きくうなずく。

「私もそう思います。真夜中に岩室に出入りする人なんていませんから」

しげしげと佐和を見ていた加納は、片頬を歪めて微笑を浮かべつつ、言う。

「それではこれでこの事件の犯人を確定できたぞ」

「ほう、それはめでたい。で、犯人は一体誰なんだ？」

善導和尚の問いに、加納警視正は和尚を指さす。

「この事件の犯人は二人いる。善導和尚と佐和嬢の共犯だ」

加納の爆弾発言に、二人の表情は凍り付く。やがて善導和尚が口を開いた。

「なるほど、意外な真相で実に面白い。だが証拠はあるのかね？」

「もちろんだ。ただし状況証拠だがね」

加納はノートパソコンを起動し、パワーポイントのスライドを呈示して、説明を始めた。

「これは伊予大の法医学教室で撮影した、一般にはＡｉ（オートプシー・イメージング）と呼ばれている遺体のＣＴ画像だ。ここで死因が大量の失血死だと判明した。だが田中さんの発見時、周囲に出血した跡はなかった。そのせいで、法医学者は検視で事件性を見落としていたからな。だが最先端の医学検査技術が、闇に身を潜めていた犯罪を暴き出したんだ」

善導和尚は腕組みをして黙り込んだ。加納は続ける。

「俺たちは死んだ田中氏と前夜、直接会っている。赤ら顔で血の気が多いタイプだった。その彼が大量の失血で死亡し、周囲に血痕は認めない。その大量の血はどこへいったのか」

黙って聞いていた佐和が、口を開く。

「ひょっとして、儀式で使った蚊に血を吸われたせいで亡くなったんですか?」

すると、玉村は首を縦に振り、加納は首を横に振る。善導和尚が言う。

「なるほど、それなら昨日おぬしたちが蚊を押収していった理由もわかる。いや、驚いたな」

「なかなか息の合った夫婦漫才だな」と加納は片頬を歪めて微笑する。

「まあ、タマが未だに信じているキラー・モスキート説を一般人のお二人が信じてしまうのはやむを得ない。だがお二人はライフ・サイエンスの研究者と看護師という医療関係者でもある。するとそれはちょっとわざとらしい発言だ。もちろんその可能性は否定できないが、もう一つの可能性の方がはるかに高くて確実だ。夜中に誰かが岩室に忍び込み田中氏を大量失血させたんだ」

「大量失血、だと? だが岩室にはどこにも血が見当たらないではないか」

善導和尚がそう言うと、加納はちらりと佐和を見て、口を開く。

「医療関係者なら、大量出血させることができる技術はすぐ思い浮かぶはずだ。献血だよ。献血の準備をしておけば、大量採血しても周囲を汚さずに済む。遺体からはチオペンタール系睡眠薬が検出されているから、大量採血しても気づかれない」

そう言って加納はノートパソコンのキーをクリックした。画面に画像が現れる。

「これは村の診療所の内部を外から撮った写真だ。この機械は献血用の小型自動採血器で、これを使えば簡単に大量採血できる。しかも機械は小型だから女性でも簡単に持ち運びができる」

カシャ、と音がして次の写真になる。

「次は、伊予大の臨床検査室に保存された、村民の健康診断用の血液だ。ここには佐和嬢の名もある。自分で採血できるという、高度な技術を持っているわけだ」

加納は佐和を見た。

「これは大量採血の技術がある人物が行なった犯行だ。そんな大量採血ができる特殊機械が休診中の診療所に一台ある。犯人は診療所に自由に出入りできる人間だと考えると該当者は一人だけだ。看護師のキャリアを持ち、村人から信頼され閉鎖中の診療所の施設管理を任されている人物、それは佐和嬢、あんただ」

そう言い切った加納の指先は、びしり、と佐和の眉間を指した。

加納の指摘に、すぐさま善導和尚が反論する。

「理解はできるが、それは可能性にすぎない。某も彼女も儀式の最初は他の村人と一緒に見守り、被害者が眠りに落ちたらみんなと岩室を出て鍵を閉めたんだからな」

加納は微笑して、言い返す。

「ひとごとのように言っているが佐和嬢が犯人なら、あんたは殺人幇助罪《ほうじょ》になるんだぞ。あんたは岩室の鍵を保管しているから、佐和嬢がこの犯罪を実行するには和尚の助力は必要不可欠だ」

「は、佐和さんと一蓮托生《いちれんたくしょう》なら望むところだ。だがあんたの言っていることは笑止千万、物証は何一つなく、推測の域を一歩も出ていないではないか」

佐和が唇をほころばせて、うなずく。

「和尚さん、ご心配なく。私はゆうべはみなさんと一緒に岩室を出た後は、一度も岩室に足を踏み入れていません。いくら技術があっても患者さんの側にいなければ採血するのは不可能です」

息の合った和尚と佐和の掛け合いを眺めていた加納は、ぱたん、とノートパソコンを閉じた。

「よかろう。つまりあんたはみんなと一緒に岩室を出て、その後は翌朝まで岩室に入らなかったと言うんだな。それなら間違いなくあんたが犯人だ。何しろあんたは夜中に岩室にいたんだから」

佐和はびくり、と肩を震わせ、一瞬、善導和尚を見た。二人の視線が慌ただしく絡み合う。

やがて佐和はゆっくりと加納に視線を転じると、やんわりと言う。

「なぜ私が岩室にいたとおっしゃるんですか？　さっきも言いましたけど、私が岩室にいた時は和尚さんや他の信者さんたちと一緒で、田中さんが眠った後は、みんなと一緒に出て行きました。証人も大勢います」

加納は佐和を凝視したまま、言う。

「そんなはずはない。あんたが被害者と一緒に岩室にいたのは間違いないんだ」

「バカな。そんなことは絶対にあり得ない」

善導和尚が声を荒らげる。

すると加納は再びノートパソコンを開いた。

画面に青、赤、緑、黄色の四色の線が複雑に絡み合った折れ線グラフが現れる。

「何かね、これは？」

善導和尚が震え声で訊ねると、加納はにやりと笑う。

「ライフ・サイエンスの最先端の大学の研究所に在籍していた和尚なら一目でわかるはずだがな。ＤＮＡ鑑定報告書だよ」

「ＤＮＡだと？　一体誰のＤＮＡを、何のために鑑定したんだ？」

「ＤＮＡを採取したのは、この寺で没収した蚊が吸った血からだよ」

善導和尚と佐和は顔を見合わせる。重苦しい沈黙の中、加納の声が響く。

「鑑定書によると、岩室にいた蚊が吸った血から二人分のＤＮＡが検出されている。一人は被害者のもの、そしてもう一人は高梨佐和、あんたのＤＮＡだ」

善導和尚は色を成して、声を張り上げる。

「ハッタリだ。昔、蚊の吸った血からＤＮＡを抽出する研究をしていた酔狂な同僚がいたが、さんざんバカにされていて、研究はとっくにぽしゃったはずだ」

加納はにっと笑う。

「ところが中村《なかむら》博士はその後も細々と研究を続けていたんだ。それに博士は和尚のこともよく知っていて、あちらも和尚が在野で研究を続けていたことに驚いていたよ。浪速大の研究室では二人が一、二を争う研究バカだったそうだな。和尚が蚊帳教の儀式を主宰していることを知って、それをヒントにして無毒化した蚊を育成して研究を続けた結果、吸血後の四十八時間までは個人同定に必要な十五の塩基列が壊されずに保存されているということを発見したんだ」

「中村君はあの研究を続けていたのか」と善導和尚は呆然と呟く。加納はうなずいて続けた。

「博士は研究結果を一昨日、松山で開催中の警察医会の総会で発表し、たまたま会場で発表を聞いた俺は、松山に滞在中の中村博士と連絡を取り、蚊帳寺の岩室にいた蚊が吸った血液を鑑定してもらったわけだ」

善導和尚はすぐ反論に転じる。

「だが佐和さんのDNAだとは決定できないはずだ。彼女は検体を提出していないからな」

加納は片頬を歪めて笑う。その笑顔は自信に溢れていて、すべては想定済みだ、といわんばかりだった。

「検体はあったんだ。さっきパソコンのスライドで見せたように、健康診断用の血液が、大学病院に保存されていたんだ」

「ちょっと待て。医療用のDNAデータを捜査に提供するのは、個人情報保護法と倫理規程に抵触するはずだ」

「さすがに過去に一線級の研究者だっただけあって、なかなか鋭い指摘だな。しかしその問題はとっくの昔に解決済みだ」

「そんな新しい法律ができたということは耳にしたことはないぞ」

善導和尚の申し立てを聞いて、加納は首を振る。

「そりゃそうだ。何しろこれは実際的な対応で対処しているからな。警察は病院に個人データの提供を求めず、こちらのデータを渡し対象者のデータと一致するかどうか、照合を依頼する、という手法を確立したんだ。一致したら容疑者として逮捕し、その後で正式に刑事訴訟法に基づき証拠として鑑定依頼するわけだ」

「そんな抜け道があっただなんて……」と善導和尚は唇を噛む。

「かつてDNA鑑定のデータ保護がシビアに関係した事件の際に、協力してくれた東城大の医師が考え出したスキームだと伝えたら、石頭の伊予大学の連中も協力してくれたよ」

　そう言った加納は、佐和に向き合う。

「さて、これであんたが岩室にいたという事実が科学的に証明された。だがあんたはさっき、自分は岩室にはいなかったとウソをついた。田中氏の死亡原因は大量の失血死だと最新の医学検査で確定され、殺害方法は大量採血しかないと推測されている。そしてあんたは採血する機械を自由に持ち出せ、その機械を使える技術もある。こうなるとあんたが田中氏の殺害犯だと考えるしかないだろう」

「佐和ちゃん、この刑事が言っていることは、何も物証がない。すべては推論に過ぎないから逮捕なんかできない。誘導尋問に引っかかるな」

　佐和は和尚をじっと見つめていたが、やがて微笑しながら静かに首を振った。

「乾《いぬい》くん、今までいろいろありがとう。でも、もういいのよ。ここまで見抜かれてしまったら、もう誤魔化せないわ」

　それからまっすぐ加納を見た。

　その目にはもう迷いや恐れは見られなかった。

「刑事さんがおっしゃる通り、私が自動採血器を使って田中くんの血を抜いて殺しました。でも刑事さんの推理には一つ間違いがあります。私は普段から儀式に参加した方が目覚める時のお世話をしていたので、岩室の鍵の置き場所を知っていました。つまり乾くん、いえ、善導和尚が共犯だというのは間違いで、私の単独犯行です」

「その辺りは後で詳しく聞かせてもらおう。よくわからないのは動機だ。まあ、およそ察しはつくが……」

佐和は少し考えていたが、やがて口を開く。

「家族三人の幸せな生活は三年前、主人を交通事故で亡くし、突然壊れてしまいました。その時に何かと気に掛けて助けてくれたのが幼なじみの田中くんでした。宿にお客があると仲居と料理を出す仕事をくれたのです。最初は純粋な親切心だったのでしょうが、やがて私に言い寄るようになりました。私はそういう気持ちがなかったので遠回しにお断りすると態度が豹変し、ある日無理やり……そして一度許すと家にも押しかけるようになり、自分勝手な暴力が日に日にひどくなり、ついには幼い息子にまで手を上げるようになって……」

そこまで言うと、佐和は言葉を詰まらせた。

加納はうなずいた。

「なるほど、動機はわかった。俺は和尚が共犯だと考えたが、消極的な関与ならば立証は困難だ。俺は無駄が嫌いだから、和尚をしょっぴくつもりはない」

善導和尚は何か言おうと口を開きかけたが、佐和が両手を合わせ無言で必死に懇願しているのを見て、口を閉じる。

加納が言う。

「和尚、さっきあんたは佐和嬢に、物証がないから自白するな、などと喚いていたが、くだらないことを言うなよ。実は物証はとっくに押さえてある。今朝、俺たちがここに来る前に診療所の採血器を押収した伊予警察の鑑識が分析したところ、被害者の血液と佐和嬢の指紋が検出された。これでジ・エンドだ」

　善導和尚はがくりと首を折った。加納は和尚に言う。

「いいか、和尚、プロを舐《な》めるなよ。今さらあんたがじたばたしたところで、もう事件はひっくり返りはしない。だが和尚にはやれることがある。迷える子羊を救うのにはいろいろな道がある。佐和嬢が今一番気がかりなのが何か、考えろ。そうしたら利口な和尚は、これ以上無駄口を利く気がなくなるはずだ」

　それから加納は佐和に向き合うと言った。

「では、行こうか」

佐和はうなずく。一瞬立ち止まると振り向いて、善導和尚に深々と頭を下げた。

点滅灯を光らせたパトカーが静かに発進する。寺の庭先に佇み、パトカーを見つめる善導和尚の姿がバックミラーにいつまでも映り続けていた。


　その夜。伊予の名湯にして、秘湯と呼ぶには有名すぎる道後温泉の象徴的存在、本館の神の湯に浸り、すっかりご満悦の加納に、玉村が訊ねる。

「警視正はいったい、いつ頃から佐和さんの犯行だと見抜いていたんですか」

「検視をした時からだ。高度な貧血が所見で際立っていた。普通なら単なる体表所見として見過ごしたかもしれんが、俺は生前の被害者を見ていたからな。彼は貧血気味どころか、血の気が多いくらいだった。すると高度な貧血は明白な異常所見で、原因としては短時間の大量失血だと思い至るまでは一本道だ。だが傷もなく、現場に血痕もない。すると人工的に失血死させたと考えるしかない。佐和嬢が犯人だと目星をつけたのは、彼女が看護師をしていたという経歴からだが、それを裏付ける証拠が遺体にあった。肘のところに小さな白い絆創膏が貼られていたんだ。採血の後で看護師が貼るようなヤツだ。採血で失血死させた後、いつものクセで貼ってしまったんだろうな。もっともそうしなければ辺りに血が流れるから当然の処置でもあったわけだが。だから診療所に出入りできるとわかった時点で、最有力の容疑者だった佐和嬢が真犯人だ、という確信に至ったわけだ」

神の湯に沈み込んだ加納は、静かに続けた。

「だが、最初に彼女を疑い始めたのは他愛ないことがきっかけだ。俺たちが佐和嬢と出会った時のことを覚えているか？」

「もちろんです。夕食後に散歩に出た時、『蚊を殺生してはなりません』という、佐和さんのあの言葉は印象的でしたので」

「相変わらずタマはズレているな。出会った時の会話ではなくて、場所が問題だったんだ。彼女は自堕落亭の坂の上にある休業中の診療所の庭先にいた。だが佐和嬢の家は蚊帳寺の隣で自堕落亭よりも下、つまり逆方向にある。なのになぜ佐和嬢はあんな時間にあそこにいたのか。今ならその理由はわかるだろう」

「わかりました。彼女はあの時に診療所の採血器を運び出していたんですね」

加納はやれやれ、といった様子で肩をすくめた。そして続ける。

「犯人の目星はすぐについたが物証がない。睡眠薬も儀式に組み込まれていて証拠にならない。その時、頭に浮かんだのが警察医会で聴いたばかりの演題だったんだ」

「つまり警視正はキラー・モスキート説は最初から最後まで微塵も考えなかったんですね」

しょんぼりと肩を落として言った玉村を、加納は呆れ顔で見た。

「当たり前だろうが。まさかタマは、殺人鬼ならぬ殺人蚊などという、出来損ないの三流ＳＦみたいな話を、本気で信じていたわけではなかろうな」

その応対で一層深く傷ついた玉村は、話を変えた。

「それにしても蚊の吸った血をＤＮＡ鑑定して、犯人同定に結びつける研究がされていただなんて、驚きました」

加納は、神の湯に沈み込みながら、目を閉じて言う。

「確かにその技術が確立されたら、捜査現場にとって新たな武器になるから歓迎したいところだ。だが残念ながらこの技術は、実用化にはほど遠い。犯行現場で蚊を採取しＤＮＡ鑑定で人物同定し容疑者を割り出すというアイディアは悪くはないが、現状では応用範囲がきわめて限定されてしまうからな」

「え？　どうしてですか？」

「タマは本当に自分の頭を使わないな。そんなこと、ちょっと考えればすぐわかりそうなものだ。蚊というヤツはあちこち飛び回るから、犯罪現場で採取しても吸血場所の証明が困難なんだ」

「おっしゃる通りですね。しかも不特定多数の人物の血を吸うわけですから、更に証明は困難になりますね。そう考えると今回の事件はそうした問題点がすべてクリアされた特殊環境での犯罪だったわけですね。蚊の居場所は蚊帳寺の地下の岩室に限定され、吸血した蚊が大量に集められていて、警察医会の総会で警視正がたまたま演題をお聴きになっていた上に学会中で発表者がこの地に滞在していたというツキもあったわけですから。その上、東城大Ａｉセンターの島津センター長までいらしたとは、まるでトリプルセブン状態ですねえ」

加納はパチンコといった下賤《げせん》な娯楽の基礎知識には乏しいらしく、反応はなかった。その代わりに、深遠な言葉をぽろりと吐いた。

「蚊が空海坊主の生まれ変わりだというなら、すべてはヤツのお導きかもしれんな」

「それを解決したのが今大師さま、加納警視正だったのもお導きっぽいですね」

「何を言っているんだかさっぱりわからんぞ、タマ」と加納は首を捻って言った。

その時、玉村は村人から聞いた話を思い出した。

佐和の息子が善導和尚に懐いていて、幼いながら将来は和尚になりたい、と言っていて、集落の人たちも密かに歓迎しているという。佐和と善導和尚が密かに好意を寄せ合っているのも村人たちは感じていたのだろう。今回の事件を引き起こした背景には、そんな佐和に横恋慕した被害者の暴走だったのかもしれない、と玉村は思った。

佐和の心配の種の一人息子は、和尚が面倒を見るだろう、と玉村は確信した。たぶん加納はそこまで見抜いて、共犯の善導和尚を見逃したのかもしれない、と玉村は思った。

だが、そうしたことも、すべては大師さまのお導きのように思われた。

ざばりと、神の湯を頭から浴びた加納は、玉村に言う。

「ひとっ風呂浴びたら最後のひと仕事だ。今回の検挙は伊予県警の手柄にしてやったが、代わりに発表はこちらで仕切らせてもらう。今からメディアに今回の件に関わった蚊帳教の実情について暴露し、徹底的に叩き潰してやる。あんな仕組みが広がったら、あちこちで完全犯罪が成立しかねない。田舎警察の検視は杜撰《ずさん》で、外傷がなければ自然死扱いにしてしまう。現に伊予大学の法医学の教授も、今回の遺体の問題点は見逃していたからな。この際、蚊帳教を邪教として公表し、善導和尚を凡庸な小寺の住職に格下げにしてやろう。だがしぶとい和尚のことだ、たぶん何とかするだろうがな」

「そこまでしなければならない程、危険な宗教なんでしょうか？」

玉村がおずおずと尋ねた。実は玉村は、大師の教えから派生した蚊帳教に感化されかかっていた。すると加納はふ、と笑う。

「まあ、実は俺も本気で心配はしているわけではない。あんな妙ちくりんな犯罪はあの集落でしか成立しない特殊な案件だ。蚊に血を吸わせて成仏を願うなんてヘンテコな宗教が他の土地で成立するとは、とても思えんからな」

その話を聞いているうちに、玉村はふと思いついたことを口にする。

「そういえば、今回はごたごたに巻き込まれたせいで、犯罪者の水死体事件の基礎調査ができませんでしたね。伊予で指名手配犯の水死体があがったのは、確か一年前の夏でしたっけ」

　玉村をまじまじと見つめた加納は、やがて肩をすくめた。

「タマは、俺をその程度の凡庸な警察官だと思っているわけか。心配無用だ。法医学教室に出入りした際、待ち時間に助教を捕まえ聞き出した。ただし、残念ながら新たな情報はゼロだった。水死体の検視は警察医に丸投げしていて、情報はまったく知らないそうだ」

　神の湯からざばりと上がると、玉村を見下ろして言う。

「菩提の伊予遍路も間もなく終わる。明日は幸い日曜でカレンダーにも恵まれたから、最後は次の六十一番札所・香園寺《こうおんじ》から再開し、タマの主義の歩き遍路で締めようか」

「何だか『終わりよければすべてよし』みたいなことをおっしゃっていらっしゃいますけどね、六十一番香園寺、六十二番宝寿寺《ほうじゅじ》、六十三番吉祥寺《きちじょうじ》、六十四番前神寺《まえがみじ》の西条四寺は僅か六キロ前後の平地にごちゃっとひしめいている、遍路有数の札所密集地帯で、車遍路よりも歩き遍路の方がラクだなんて言われているような場所ですから、ありがたみはありませんよ。そもそも香園寺なんてコンサートホールみたいな俗っぽい寺ですし……」

「遍路霊場八十八カ所で唯一、聖徳太子《しょうとくたいし》が開基した由緒正しい寺に対して何てことを言うんだ。本当にタマは遍路をリスペクトしているのか。まあいい。虫食い状態であちこち取りこぼしはあるが、明日が済めば残るは概ね涅槃の讃岐遍路のみ。遍路開創千二百年のタイムリミットも近いから急がねばならん。来月のお盆休みに有給休暇をつけて一気に消化するぞ。いいな、タマ」

「できるだけご意向に添いたいとは思いますけど、讃岐遍路は厳しいらしいです。お遍路に優しいのは回る順通り阿波、土佐、伊予の順で讃岐は全然ダメだそうで。伊予も瀬戸内海に入るとお遍路に冷たいそうですから」

「瀬戸内海の海賊の末裔《まつえい》は遍路者に冷たいわけか。ならばやはり、伊予遍路をハイヤー遍路にして正解だったな。タマは俺に感謝すべきだな」

いよいよ伊予遍路、というのはダジャレなのだろうか、それとも単なる偶然か。

加納の言葉は強引に思えたけれど、言い返すのも面倒なので黙っていた。

菩提とは自分が求めていたものが何か、ということに目覚め、悟ることだ。だが玉村には目覚めたという自覚はなかった。結局、伊予の国、菩提の道場は消化不良に終わった。

これも歩き遍路をめざす玉村を強引にハイヤー遍路なる堕落道に引きずり込んだ加納のせいだ、と思うと恨めしい。だがそんなことを面と向かって加納に言えるはずもない玉村であった。

こうして加納と玉村というデコボココンビの二人三脚遍路の旅は菩提の伊予を終えて、ついに四国遍路の最終ステージ、涅槃の道場・讃岐の地に足を踏み入れたのだった。

讃岐　涅槃のアクアリウム

今、ぼんやり眺めている水槽には、クラゲがゆらゆらと泳いでいる。

でもぼくが見ているのはクラゲではない。水槽の下に敷き詰められた白い砂地に身を潜めていた臆病な魚、チンアナゴだ。

ちょっとした物音にも巣穴に身を隠してしまうので、彼らを観察するには静寂が必要だ。

クラゲの水槽なのに下に白い砂を敷き詰めて、チンアナゴを一緒に飼っている水族館なんて、ここくらいだろう。まあ、どちらも陣取り合戦に躍起になる種族ではないので、案外うまい組み合わせかもしれない、とは思うけど。

そんなことを考えるようになったのも、四国に馴染《なじ》んだせいかもしれない。

あれから五年。月日が経つのは早いものだ。

ここ、屋島《やしま》水族館に足繁く通うようになって一年。正確にはここは別館だけど。

初めてここを訪れた時、どこか懐かしい感じがしたのは、昔住んでいた町の水族館と何となく似ていたからだ。

そう感じたのも道理で、ここは桜宮水族館の深海館《しんかいかん》を参考にして作られたのだという。

讃岐市と桜宮市が姉妹都市であることをその時に知って、今さらながらぼくのパトロン、というか監視役、というか、元請けというか、要はぼくに仕事を発注する〈ホーネット・ジャム〉という組織の担当者に「桜宮から逃げ出し、落ち延びた先が姉妹都市でいいんですか?」と確認したら、「差し支えありません」という木で鼻を括《くく》ったような答えが返ってきた。

屋島にある水族館は、日本一高所にあることをウリにしているらしい。本館のイルカショーを見ていた時、「日本一高いジャンプをするイルカです」という、調教師のハイテンションの口上を聞いて、どうしてそんなことがわかるんだろうと真面目に考えたものだ。

種明かしをすれば、ここは日本一標高の高い場所にある水族館だから、そこのイルカがジャンプすれば当然日本一になる、というわけだ。でもそれなら、棒高跳びの世界選手権ではメキシコ五輪で作った世界記録になってしまう。だってメキシコシティはそれまでオリンピックが開催された中で、もっとも標高の高い都市なのだから。

ぼくがこんな風に揚げ足を取りたくなるのも、ショーでイルカに水を引っ掛けられた恨みかもしれない。まあ、周りの子どもたちは大喜びだったけど。いずれにしても、本館はぼくには派手すぎたので、いつしか少し離れた場所にある別館に入り浸るようになった。

屋島水族館はバブル時代の一九九〇年に拡張され、地上二階、地下一階の別館がオープンした。当時、地方自治体に大盤振る舞いされたふるさと創生資金一億円を基金の使い道として、讃岐市が屋島水族館の充実という選択をして実現したのだという。その決定にあたり影響を与えたのが姉妹都市の桜宮市の企画だった。

桜宮市では桜宮水族館別館の深海館の開館にあたり、一億円で黄金地球儀を作り世間の話題をさらったという。讃岐市は桜宮市に一歩遅れを取ったが遅ればせながら、別館として深海館を建設しようと考えたわけだ。

だが深海魚の展示にはコストが掛かるため、讃岐市の思惑とは違い、床面積が小さい、こぢんまりした建物になってしまった。

そして地階に深海魚コーナー、一階にはクラゲ・コーナーを置いたが、後は数種類の地味な小魚の水槽でお茶を濁すことになった。

苦肉の策で二階は建設費が掛からないカフェにした。カフェと称しているものの単なる食堂で、名前だけは『竜宮城《りゅうぐうじょう》』と立派だ。カレーとスパゲティ、数種類の飲み物という定番メニューに唯一のオリジナルは煮魚をつけた竜宮城セットだけど、それは一度食べれば充分だという代物で、リピーターの獲得など考えもつかない代物だ。

こうして讃岐市が水族館を振興させようとした遠大な計画は、竜頭蛇尾に終わった。

以上は、ぼくの雇主の〈ホーネット・ジャム〉が調べ上げた史実だ。

「パンフレットや水族館の歴史みたいな文書がなくて苦労しました」と担当の黒服が言っていたけど、別にぼくはそんな歴史を知りたかったわけでもない。

でもせっかく頑張ってくれたので、「大変でしたね」とお愛想を言っておいた。

そんなことを考えていたら視線を感じて振り返る。すると売店の若い女性が視線を逸らした。

以前の売り子のおばさんは、ひとりで大声で鼻歌を歌ったりしていた。でも騒々しい感じではなく、ぼくはその様子を見て、ダンゴウオという愛嬌《あいきょう》のある魚を思い出した。

ある日、そのダンゴウオが姿を消し、代わりに影の薄い女性がいた。本当のことを言うと、その女性が時折ぼくに視線を投げてきたので、売り子が代わったことに気がついたのだ。

ぼくは落ち着かない気持ちになって、早々に水族館を後にして屋島を散策することにした。

水族館を出ていくぼくの背に、彼女の視線を感じる。さりげなく振り返ると、影の薄い女性の身体がクラゲのようにゆらりと揺れた。でもクラゲというよりは、英語でジェリーフィッシュと呼んだ方が、彼女のイメージに合うような気もする。

そういえば、ここではチンアナゴとクラゲは共棲していたんだっけ、とぼくはふと思う。


ぼくが水族館に行くのは平日の午後で、いつも閑古鳥が鳴いていた。時折そこに、白装束のお遍路さんの、異世界から迷い込んだ異星人のような姿を見ることがある。

ここから歩いて十分のところに四国霊場八十八カ所のひとつ、第八十四番札所の南面山千光院《なんめんざんせんこういん》・屋島寺《やしまじ》があるからだ。

順打ちで回る遍路さんは結願目前のせいか、どこかほっとした雰囲気を漂わせている。そうしたゆとりがこの寂れた別館にまで足を伸ばさせるのかもしれない。

ぼくも遍路をやってみようか、とちらりと思ったこともあったけど、一番近くの寺が八十四番で終わりに近いので何だか気勢を削がれてしまい、結局手を出さずに今日に至っている。

たぶんこれから先も、ぼくが遍路をすることはないだろう。

八十四番札所の屋島寺は天平勝宝《てんぴょうしょうほう》六年（西暦七五四年）、中国は揚州の名僧・鑑真《がんじん》が屋島の北《ほく》嶺《れい》に普賢堂《ふげんどう》を建立したのが開基で、弟子の慧雲律師《えうんりつし》が千間堂を建立し初代住職になった。弘仁六年（西暦八一五年）、空海がその寺を現在の南嶺《なんれい》に移した。わずか一晩で本堂を建立したといわれる。本尊は大師が彫った十一面千手観音だ。

屋島は、昔は島だったが、江戸時代の干拓で陸続きになった。北嶺と南嶺というふたつの丘を周遊道路がぐるりと囲み、地図で数字の八の字に見える。道路といっても一般の自動車は通れない散歩道だ。

北の円の中心には鑑真の弟子慧雲が開基した千間堂の寺跡があるが、今は草むらだ。

南の円の真ん中にある屋島寺は弘法大師・空海が開基し、本堂、大師堂の他にもいくつかお堂が軒を連ね、豪華な宝物館まであり大層栄えている。

でもぼくは、屋島寺の豪勢な本堂よりも、その境内にある蓑山大明神《みのやまだいみょうじん》の方が好きだった。神社に祀られているのは日本三大タヌキの一匹、屋島の禿狸《はげだぬき》こと太三郎狸《たさぶろうたぬき》だ。

四国の狸の総大将で、盲目の鑑真和上を助けたり、四国八十八カ所の霊場を開創した弘法大師が道に迷ったのを助けたりと大活躍した伝説の狸は、千手観音の御用狸として善行を積み、土地の氏神になっている。

赤い鳥居が連なり、入口の両脇に狸の石像が二体、並んでいる。片方は子狸をだっこしていて、夫婦円満の象徴とされている。

ぼくは時々、周囲に人がいないことを確かめて、愛嬌のある石像のお腹を撫でたりした。

こうすれば悩みがすうっと溶けてなくなるような気がしたからだ。でもよく考えてみたら、ぼくには悩みなんてなかった。するとあの時に溶けたような感じがしたのは何だったんだろう。

屋島寺を出て、屋島水族館とは反対側の北嶺の端までは徒歩で一時間くらいかかる。そこには望鶴亭《ぼうかくてい》という見晴し台があり、視界が三百二十度の眺望で大小多数の瀬戸内海の島影に夕日が沈む絶景だ。そこから十分ほど下った屋島の北端の岬には長崎の鼻と呼ばれる幕末の砲台がある。

夕日が綺麗《きれい》で、地元の人たちにはデートスポットとして知られているらしい。

ぼくは時折、望鶴亭から雄大な景色を眺めた。古戦場の屏風ヶ浦を遠望していると、となりに平家の守護狸だった太三郎狸が、寄り添って海を見ているような気がした。

そんな時、ぼくは小声で平家物語の冒頭を暗誦《あんしょう》する。

祇《ぎ》園《おん》精舎《しょうじゃ》の鐘の声　　諸行無常の響きあり
沙羅《しゃら》双樹《そうじゅ》の花の色　　盛者必衰《じょうしゃひっすい》の理《ことわり》をあらはす
おごれる者久しからず　　ただ春の夜の夢のごとし
猛き者もつひには亡《ほろ》びぬ　　ひとへに風の前の塵《ちり》に同じ

ぼくの詠唱に応えるように、風がごう、と鳴った。間もなく日が沈む。

うっかりした。山頂と麓の駅を結ぶシャトルバスの最終便はもう出てしまっただろう。

やれやれ、また、遍路道を一時間掛けて歩いて降りなければならない。

沢村真魚《さわむらまお》は、東京の大学を卒業した半年後、地元讃岐に戻ってきた。大学の成績はよかったが、就職氷河期の真っ只中《ただ》で就職が決まらず、悪戦苦闘した半年後、実家の讃岐に戻った。

四年ぶりに帰ってきた娘を歓迎した実家の空気はすぐ変わった。年金生活の両親の出費が嵩み、反発が噴出したので、真魚は職を探し始めた。

同級生は、優等生は手堅く役場に勤め、あるいは大企業に就職し讃岐支社に納まっていた。でもハードルを下げても、働き口は見つからなかった。国文科という浮き世離れした学科で、平家物語をちょっと深く読み込んでも、就職の武器にはならなかったわけだ。

そんな真魚は、卒論を書いている時に流行った「ボンクラボヤの歌」をよく口ずさんだ。深海に根付く不穏な生物、ボンクラボヤになぜ脚光が当たり、そんな歌がヒットしたのかは謎だったが、その歌を口ずさんでいるうちに真魚はふと、屋島水族館のことを思い出した。

中学生の頃、深海魚の別館がお気に入りで、ひとりで通った。学割とはいえ、あまりにも頻繁に訪れたので、見かねた館長が別館にはタダで入れてくれるようになった。

あの頃、何をあんなに深刻ぶって悩んでいたのだろう。今となっては何も思い出せない。たぶん笑ってしまうくらいのささやかな悩みだったに違いない。

あれから十年近く経ったある日、あの頃と同じように鬱々《うつうつ》とした気持ちを抱いて、真魚は昔馴染みの屋島水族館別館の、クラゲの水槽の前に佇んでいた。

「あら、真魚ちゃんじゃないの」

聞き覚えのある声に振り返ると、顔なじみの売店のおばさんが笑っていた。

「東京の大学に行ったと聞いたけど戻ってきたの？　すっかり綺麗になっちゃって」

お久しぶりです、と頭を下げると、おばさんは真魚の右手を見た。

「相変わらずそのポーチを使っているんだね」

クラゲの形をした水色のポーチは、真魚をかわいがってくれた祖母の手作りだ。

「ええ、今となっては大切な形見ですから」

「おばあちゃんも天国で喜んでいるわよ。ところで真魚ちゃんは、今はどうしているの？」

曖昧な、だけど今の真魚には痛い質問だったけれど、昔なじみの気安さで、ついついバイトすら見つからない現状を愚痴っていた。そんな話を黙って聞いてくれるのもあの頃と同じだ。

真魚の話が一段落すると、おばさんは言った。

「真魚ちゃんも大変だね。でも今日は会えてよかった。実はおばさん、今月でここを辞めるんよ」

別館が開業してからここで働いてきた名物のおばさんだったので、真魚は驚いた。

「どうしてですか？　どこかお身体の具合が悪いんですか？」

「実は婆さまがボケちまってさ。ここが閉館と決まったからちょうどいいやと思ったんだけど、館長さんに今辞められたら困ると泣きつかれちゃってさあ。そんなこと言われても困るよね」

さりげないそのひと言は、真魚に更なる衝撃をもたらした。

ここがなくなっちゃう？　そうしたら、私はどこへ行けばいいの？

そこへ「おや、珍しい顔がいるな」とぽん、と肩を叩かれた。振り返ると館長が立っていた。

ギョロ目で赤ネクタイがお気に入りなのは、中学生の真魚が密かにキンメダイと渾名《あだな》をつけたあの頃と変わらない。でも髪に白いものが交じった今の姿は、十年の歳月を感じさせた。

想い出話に花を咲かせる真魚と館長を眺めていた売店のおばさんは、ぽん、と手を打つ。

「いいこと思いついた。真魚ちゃんにあたしの後釜になってもらえばいいのよ」

「そりゃあ、真魚ちゃんみたいな子が来てくれれば、こちらもありがたいが」

「それじゃあ真魚ちゃん、バイトは決まりね。時給はあまりよくないけど我慢してね」

「こらこら、あんたが勝手に決めるな。真魚ちゃんにも都合があるだろう」

目の前で自分を置き去りにして繰り広げられる会話に一瞬ためらった真魚だったが、気がついたら「私でよければ、働かせてください」と口にしていた。

人生、ものごとが決まる時はこんな風にあっけないものなのだろう。

だが、それで万事めでたし、というわけではない。何しろ別館は来年、閉館されてしまうのだから。それでもたとえ一年でも稼ぎ口がみつかったのはありがたかった。

こうして秋の終わり、沢村真魚は屋島水族館の別館の、売店の売り子になったのだった。

平日の午前中、客がいない時には、真魚は売店の店先から離れ、クラゲの水槽の前に佇んだ。

水槽の中を漂っているクラゲを眺めていると、何だかほっとする。

お気に入りだった深海魚コーナーは、真魚がバイトを始める前月に閉鎖されていた。

深海魚の飼育と展示は手が掛かる。深海は低温で水圧が高く、光が届かない。そんな状態を再現するには特殊な圧力装置が必要で、水槽は耐圧ガラスを使う必要がある。暗闇でも観客が見学できるように特殊な照明も必要になる。おまけに深海魚の主食は腐肉なので、腐臭が漏れないよう脱臭処置も施さなければならない。そんな特殊な状態を維持するには手間とコストが相当掛かるし、有名な水族館でも水温の上昇に気づかず深海魚が全滅したというニュースを耳にしたこともある。だから深海魚コーナーが真っ先に閉鎖されたのは仕方がなかった。

別館の人気コーナーは、今や大きな水槽が四隅に取り残された、殺風景な地下室になりはてている。海水の交換システムは別館全体で共通しているので、ここだけ止めるわけにもいかなくて、魚がいない水槽に新鮮な海水を供給する、低く単調な機械音が空しく響いている。

そんなある日、真魚はギョロ目の館長から、地下の小部屋をレンタルすることになった、と聞かされて驚いた。使い勝手がいいとはとても思えない場所だったからだ。

でも真魚は、諸行無常の響きあり、と呟いて、それ以上深く考えるのをやめた。


夕顔の君。

真魚は年が明けた頃から、その青年のことを、心の中でそう呼んでいた。

色白の瓜実顔で、平安朝の貴族みたいな面立ちなのと、平日の午後遅くから夕方にかけて、クラゲの水槽の前に佇んでいることが多かったからだ。もちろん、夕顔の君は源氏物語に登場する光源氏の想い人だということくらい、国文科出身の真魚は知っている。

でも青年は中性的で、一度その名が浮かんだら、もう変えられなくなってしまった。

細身で身長は真魚より少し高いくらい。野球帽を目深にかぶり、白いTシャツに洗いざらしのジーンズという地味な服装。年齢は真魚と同じか、あるいは少し上だろう。あまり仕事の苦労を知らなそうな、浮き世離れした雰囲気もあるので、ひょっとしたら大学生かもしれない。

真魚がその青年を気にするようになったのは年末のある日、ジーンズのポケットから覗いた文庫本を見た時からだ。今時、リルケの詩集を読んでいる人なんて、真魚の周りにはいなかった。

真魚はリルケが好きで独文を専攻したかったが、試験の結果で国文に鞍替《くらが》えしたのだ。

真魚は青年のすんなりした後ろ姿を眺めながらひそかに思う。

売店で何か買わないかな。そうすれば話しかけるキッカケになるのに。

真魚は青年の背中にこっそり話しかけてみる。

クラゲ消しゴムをお求めですか？　それならこのイルカ消しゴムもご一緒にいかがでしょう。

当館の一番の人気なんですよ。そういえばいつもクラゲの水槽を見ていますね……。

青年は真魚のささやかな妄想に気づく様子もなく、売店には目もくれずに出ていってしまう。

でもそれは仕方がない。閉館が決まった別館の売店は、商品が売れても補充せず、乏しい品揃えは一層やせ細り、今や目も当てられない低レベルに成り果てている。でも昔、力を入れていた頃の名残もあって、妙に尖った品もぽつん、ぽつんと残っている。だから、クラゲの水槽を二時間も眺めているようなフリークなら、絶対に気に入ってくれるはずだと思う。

実家の近くの鈴木《すずき》書店を思い出す。

地方都市に典型的な本屋兼文房具屋だが、三年前の雑誌が置きっ放しで文具もまばら、一番目立つのは上製箱入りの「大菩薩峠」だ。全何巻かは知らないけど、店頭にあるのは二巻、五巻から九巻、十一巻という歯抜けの七冊で、どれも埃をかぶっている。店《たな》ざらしされた期間を思えば、もはや古本といっても差し支えはないだろう。

小学生の頃、学習ノートを買いにいくと「よく勉強をする沢村さんちの真魚ちゃんにご褒美」と言って、いい匂いのする消しゴムをおまけにくれた女店主は今も店先に座っている。でも今ではすっかり耄碌《もうろく》して、久しぶりに挨拶した真魚のことが全然わからなくなっていた。

仕方なく、棚の隅で埃塗れになっていた「平家物語」を購入した。すると店主は昔と同じ口調で、「お嬢ちゃんはお勉強が好きなんだね。偉いね」と言った。

真魚はしみじみと店主を見た。店の棚と同様、彼女の時も止まっている。

こうして真魚は、卒論の課題だった「平家物語」を、時折読み返すようになった。するとあの頃とは別の物語に見えてくる。特に冒頭の有名な文章は諳んじていたけれど、購入した本を眺めていると、まったく違う情景が浮かんでくるのは何とも不思議だった。

こんな風に、地方は時が止まっている。その意味では別館もそうだ。そして真魚自身も。

真魚は、ひとへに風の前の塵に同じ、と呟いた。

季節は巡り、早春。


ぼくはいつものように屋島水族館別館の、クラゲ兼チンアナゴの水槽の前に佇んでいた。

でも今はいつもと景色の見え方が少し違う。ここがぼくの仕事場になるかもしれないのだ。

昔、桜宮の仕事場ではクリオネを飼っていたけれど、かなり手間が掛かった。でもここには、もっといろいろな種類の魚がいて、しかもその面倒は他の人が見てくれる。

ぼくにとっては、これ以上望むべくもないパラダイスだ。

そう思うと、こうやって普通に見学するのはばかばかしく思えてくる。夜中に仕事をすれば、その後は見学し放題。それなら日中は、屋島の散策路をぶらつくべきかもしれないと思い、いつもよりも早く水族館を後にした。

たぶんぼくは少し浮かれていたのだろう。

屋島北嶺の突端、望鶴亭で夕陽を眺めながら読もうと思っていたリルケの詩集を、うっかり水族館に忘れてきてしまったのに気がついたのは、周遊路の入口の屋島寺の近くで、団体の遍路客とすれ違った時だった。

早めに気がついてよかった、と思いつつ、別館に引き返す。入口で年間パスを呈示して入館すると、いつものクラゲの水槽の前のソファに詩集があるのが見えた。

たぶん座った時に、ジーンズのポケットから落ちたんだろう。ほっとしたぼくは足を止めた。売店の売り子の女性がクラゲの水槽の前に立ち、ゆらゆらと漂うクラゲを眺めていたからだ。ぼくはそろそろと歩み寄り、彼女に気づかれないように文庫本を取ろうとした。

その時突然、女性はか細い声で歌い出した。

ボンクラボヤは眠るよ　深い海の底、眠るよ
あなたは眠るよ　私の胸の中で眠るよ

そして「あーあ、つまんないの」とぽつんと呟いた。

文庫本を手にしたぼくは思わず、「クラゲって退屈なの?」と声を掛けていた。

ぎょっとして振り返った女性を見ずに、ぼくはクラゲの隣の水槽を見た。

「あの、それって私に言っているんですか?」

問い返されて思わず動揺する。フロアにはぼくと彼女しかいないんだから、彼女に話しかけたに決まっている。でも、そもそも女性に声を掛けるなんて自分らしくないことをしてしまったから、相手はびっくりしてしまったんだろう。すると女性は、あわてて言い訳をする。

「てっきり、退館されたと思っていました」

「忘れ物をしたんだ」

ぼくは手にしたリルケの詩集を見せた。

自分が読んでいる本を人に見せるというのは、愛の告白をするのと同じくらい恥ずかしいことだということを、その時に知った。

すると女性は、自然な動作でぼくの手から詩集を取り上げると、ぱらぱらとページをめくる。そしてあるところで手を止める。

目に包まれ　囲まれて
おまえはまんなかで
触れられないものになる

「わたしはこの詩が好きです。あなたは？」

その時、ぼくは結構びっくりしていた。ひとつは、いきなり人の本を取り上げて読み上げるその行動に。もうひとつは、彼女が選んだ詩が、ぼくのお気に入りでもあったことに。

でも、そんな風に女性を非難するのは本意ではなかったので、ぼくは別のページを開いて差し出した。

薔薇《ばら》よ、おお　純粋な矛盾、歓喜よ
数え切れない瞼の陰で　誰の眠りでもない
眠りであるという

「リルケの墓碑銘に刻まれた、三行詩ですね」

ぼくはあいまいにうなずく。そのエピソードは知らなかった。

女性はしばらく黙っていたが、ぽつんと言った。

「クラゲがお好きなんですか？」

ぼくは途方に暮れる。何と答えればいいのだろう。

ぼくがクラゲの水槽の前でよく見かけたのは、きゃぴきゃぴとはしゃぐ二人連れの女性客や、人目を忍んで手を繋《つな》ぐ初々しいカップル、どこかくたびれた表情のおじさんたちだった。どの属性からもはずれているぼくは仕方なく、正直に答えた。

「好きとか、そういう感情は、ぼくにはよくわからないんだ」

「じゃあどうして、いつもクラゲを見ているんですか？」

いよいよ回答不能な質問だ。しばらく黙っていたぼくは、ひとり言のように呟く。

「クラゲって世界に三千種いて、日本にも二百種いる。身体の九十七パーセントが水分だから、自分を海のかけらだと思っているんじゃないかな」

女性はつっけんどんな口調で言う。

「答えになっていません、それはクラゲの気持ちで、あなたの気持ちではないんですもの」

それはそうだ。ぼくは自分の対応の雑さを反省し、もう少しマシな回答をする。

「僕が見ていたのはクラゲじゃないんだ。その下の砂地にいるヤツさ」

水槽を眺めた女性が言う。

「クラゲの他には何もいないみたいですけど」

ぼくは唇に人差し指を当てて言う。

「静かに。連中は敏感で臆病だから、話し声がしただけで隠れてしまうんだ」

しばらくすると、砂地に開いている小さな穴から、そろりそろりと細長い魚が顔を出し、海藻のようにゆらゆらと揺れ始めた。

「なにこれ、かわいい」とぽろりと女性が言う。

「チンアナゴだよ。コイツを見ていると、自分の姿を見ているような気がするんだ」

なんでこんなことを、よく知らない女性に話しているのだろう、と思ったぼくは、混乱しつつも言葉を重ねた。

「桜宮に住んでいた頃はクリオネを飼ってたんだ。今はマンボウを飼ってるけど、チンアナゴを一緒に飼ったらどうなるのかなと思って、観察してたんだ」

女性は、大きな眼を見開いて、言った。

「ええ？　北海の天使クリオネも気紛れマンボウも、飼育が難しくて有名ですよ。ひょっとしてお客さんは漁師さんですか？」

一体、今のぼくのどこを見て、漁師だなんて思ったのだろう。

クラゲが漂う暗い水槽がハーフミラーのようになっている、その表面に映った自分の姿を眺めてみても、よくわからない。

「漁師は魚を捕るのが商売だから、クリオネやマンボウなんて飼ってるヒマはないと思うけど」

ぼくの突き放したような反論にめげる様子もなく、女性は追及を続行する。

「それじゃあお仕事は何をなさっているんですか？　あ、待って、当ててみせるわ。夕方になるとお休みが取れて、しかも不定期だから……気まぐれに店を開けるお店の店員さんとか？」

ぼくは「はずれ」と言って首を振る。

「わかった。夜勤の警備員さんだ」

「残念だけどそれもはずれ。たぶん当たらないと思うよ」

「大丈夫、今度こそ当ててみせます。あ、意表を突いて無職とか？」

何なんだ、この女。

面倒臭くなったぼくは、ちらりと腕時計を見て言う。

「当たりそうもないから答えを言うよ。ぼくは葬儀関係の仕事をしているんだ」

どうして正直にカミングアウトしてしまったんだろう、と思ったぼくは、「それじゃ」と言って場を離れようとした。

「お仕事、頑張ってください」

悪い娘ではないのだろう。そう、周りが見えていないだけなんだ。そう思ったぼくは、何だかぼくに似ているな、とふと思う。気がつくとぼくは思いもよらないことを口にしていた。

「さっきさ」

「え？」

「さっき、君が唄っていた歌にあったボンクラボヤは、桜宮水族館の人気者なんだ」

そう言ったぼくは急に恥ずかしくなって、足早に水族館を立ち去った。

あれから二週間。ぼくは相変わらず時々、夕方になるとクラゲの水槽の前に佇んでいる。

でも売店の売り子の女性は、ぼくに話しかけてこようとはしなかった。


屋島の桜がちらほら咲き始めたある日、ぼくはいつものようにチンアナゴを眺めていた。

でも今日はいつもとは、ちょっと様子が違う。隣に黒サングラスに黒服姿の男性がいるのだ。

「こんなところまで追いかけてこないでほしいんだけど」

「つれないことをおっしゃらないでくださいよ、栗田《くりた》さん。雌伏五年、ようやく本格的な再稼働の目途がついたんですから。これからまたよろしくお願いしますね」

ぼくはため息をつく。

「あれから五年か。あんたたちも気が長いよね。それにしても何としても諦めない商売熱心さにはつくづく頭が下がるよ。それにしてもよくこんな場所を仕事場にしようだなんて思いつくよ」

すると黒服は「仕事ですから」と呟くように言うと、更に続けた。

「今もご指名で十人ほど順番待ちしている栗田さんの腕を埋もれさせるのは惜しいので。そこに、あなたが足繁くここに通っているという風の噂を耳にしたので見に来てみたら、我々が望む条件にぴったりだったので驚きました。資材を搬入する地下車庫に直結した地下室は、我々の業務のために設計された施設みたいです。これまで四国では環境が整わず、年一例程度の試験運用でお茶を濁してきましたが、ようやく体制が整いました。これからはまた、以前のようにバリバリと働いてもらいますよ」

「ぼくは与えられた仕事をこなすだけさ。環境が整えば、ラクになるけどね。それなら、ひとつお願いがあるんだけど。ここが閉館しないようにしてくれないかな。あんたたちの力があれば、それくらいできるだろ?」

　黒服の男性は、黒サングラスの奥で思案顔をした。それから首を振る。

「やろうと思えばできるでしょうけど、やはり難しいですね。するとここに客が出入りを続け、リスクが増えますから。ここの最大の利点は一年後に閉館が決まっていることです。閉館後ここを買い取り、本格的な稼働も視野に入れていますが、今年一年、試験運用して致命的な欠点が見つかれば、いつでも撤退できるという、我々にとってまさに理想的な状況なのです」

「それならせめて、夜中に水槽を見学してもいいように、許可を取ってよ」

「それは検討してみます。というわけで、新年度に入る直前ですが、新しいオフィス・クリタの再開後第一例目をよろしくお願いしますね」と黒服は答える。

　ちらりと売店を見ると、売り子の女性は妙にいそいそと棚を片付けている。ふだんはクラゲみたいにふわふわしているだけなのに。ひょっとして、盗み聞きをしているのかな。

　ま、どうでもいいけど。

「もちろん契約だから振られた仕事はきちんとやるけど、外部の人間が施術を見学したいという、さっきの申し出は勘弁してもらえないかな」

ぼくが声を潜めて言うと、黒服は困ったように頭を下げる。

「今回はそこを曲げて何とかお願いします。上部組織〈ネスト〉は我々〈ホーネット・ジャム〉にかなり裁量権を認めてくれていて、普段はほぼフリーハンドで仕事をさせてくれています。その〈ネスト〉からの命令は珍しいので、ここは呑んでいただかないと困るのです」

「ぼくにはそんな義理はないんだけど。施術を見たいだなんて変わってるね。どんな人なの？」

「それはちょっと……」

言いよどむ黒服に、ぼくはすかさず言う。

「せめて手技を見学させる相手のことくらい、教えてもらわないとぼくも気味が悪いよ。こっちは契約外の無茶に対応させられるんだから。そっちがそういうつもりなら契約で認められている、拒否権とやらを使ってみようかな」

ぼくはこれまで使ったことがない伝家の宝刀を抜く素振りを見せた。黒服はあわてて言う。

「ええ？　それは困ります。……わかりました。ただし決して口外しないようお願いします」

「口外って、誰にさ。非合法の業務をしているぼくに話し相手なんて、いるはずないだろ」

「無駄口でした。では当日、ご紹介させていただくということでいかがでしょうか」

ぼくはうなずいた。黒服連中のこういう素直なところが、ぼくは結構気に入っている。

三月末のある日。

ここのところご無沙汰だった館長が、久しぶりに真魚のところに顔出しした。

「真魚ちゃん、前にも話した、地下室への機械搬入工事が始まるんだ。休館日の月曜中に終えるらしいけど、火曜にこぼれるかもしれんそうや。そしたらちょっとやかましいけど堪忍してな」

「私は構いませんけど、閉館するのになぜわざわざ新たに工事するんですか？」

早春でまだ大して暑くもないのに、流れる汗を赤ネクタイで拭きながら、ギョロ目の館長は肩をすくめる。

「特殊な機械を搬入するから水回りの工事をしたいと言い出してさ。水槽も使いたいんだそうだ。圧力装置は電源を切ってあるから今はただの水槽なんで、問題はないがね。詳しいことは私にもわからないし、根掘り葉掘り聞いてあちらの機嫌を損ねて契約を反古《ほご》にされても困るからねえ」

真魚の耳に、先日盗み聞きした栗田と黒服の会話が、ふと甦《よみがえ》った。

結局、工事は休館日の月曜で終わったらしく真魚には何の影響もなかった。

相変わらず真魚の周りには、静かな時が流れていた。

ただ、以前と変わったことがいくつかあった。

工事以来、栗田がぱったり姿を見せなくなったのだ。

真魚は、胸にぽっかり穴があいたような気持ちになった。

もうひとつ、変わったことがあった。

ある日、お弁当を一緒に食べていた、受付の内田《うちだ》嬢が真魚に言う。

「ねえ、なんだか最近、別館に妙にお遍路さんの入館者が増えたと思わない？」

「言われてみれば確かに……」と真魚はうなずいて、続ける。

「確か今年は遍路開創千二百年で、お遍路さんが増えているそうですから、ひょっとしたらその影響かもしれませんね」

「あたしも最初はそのせいかな、と思ったんだけど、ちょっと変なのよ。遍路弾丸ツアーが別館に立ち寄るようになったの。八十四番さんには当然寄っていたんだけど、最近は屋島水族館がセットで組み込まれて、別館の二階の食堂でランチ休憩を取るようになったらしいの」

「へえ、竜宮城もほくほくですね」

別館の二階の食堂の名は竜宮城だが、ウエイトレスは乙姫の格好をしていないし、客を歓迎して鯛《たい》やヒラメのダンスショーが開かれるわけでもない。

だがそう言えば先月、別館が白装束の遍路姿の人たちでいっぱいになり、竜宮城がてんてこ舞いした日があったことを思い出す。

「でも、それのどこが変なんですか？」

「ツアーのミニバスが水族館の地下駐車場に駐車するようになったのよ。それは納得できる。だけどこの間、残業して帰りが夜の九時過ぎになった時に、弾丸ツアーのミニバスが駐車場に停まっていたの。納経所は午後五時に終わるからお遍路さんはとっくに宿で寛《くつろ》いでいる時間よ。それにその日は確か弾丸ツアーは来ていなかったと思うの。ね、おかしな話でしょ？」

「弾丸ツアーは値下げ競争が激しいって聞きましたから、ウチに駐車して駐車場代を浮かそうとしているんじゃないんですか」と、内田嬢の指摘に真魚は言う。

「なるほどねえ、確かにそうかも。さすが東京の大学出のお嬢さまは考えることが違うわ」

内田嬢は納得したようだった。だがそれでは深夜にバスが駐車していたことは説明できていないということに真魚は気がついていたが突っ込まれることもなく、雑談はそこで終わった。


搬入されたリクライニング・シートを手で撫でる。真新しい革の匂いはいいものだ。

それから、その隣に設置された、歯科治療器具をひとつひとつ確認する。

別に新品を要請したつもりはなかった。でもぼくの仕事は中古で充分なのに、新品を購入してくれた〈ホーネット・ジャム〉の期待の大きさがわかる。

だからといって、ぼくにその意気に応えようという気概《きがい》が皆無なのがいささか気の毒だ。

でも新オフィス・クリタは満足いくものだった。オーディオも最高級品を揃えてくれたから、深夜ひとりで仕事をしていても気が紛れるだろう。

コイツさえいなければ最高なのに、とぼくはうんざりして隣のゲストを眺めた。

貧相な小男で、五十代くらい。全身から嫌な気を発しているような気がする。少なくとも一緒にいて愉快なタイプではない。いつもの黒服連中が妙に気を遣っている。

その招かれざるゲストが甲高い声で言う。

「いつまで待たせるんだ。さっさと仕事ぶりを見せてくれ」

黒服が平身低頭する。

「すみません、宮野さま。もう少しお待ちください。遺体の搬送が少々遅れておりまして」

「それならお茶くらい出せよ。まったく、気が利かない連中だな」

「生憎《あいにく》、今日オープンしたばかりでして、そうした周辺環境が整っておりませんでして」

「おいおい、働き手を何だと考えているんだ。これは〈ネスト〉の幹部に伝えないといかんな」

ぼくは甲高く耳障りな声に耐えかねて、つい口を開いてしまった。

「ぼくは仕事の最中、飲食はしないから気にしませんよ」

宮野と呼ばれた小男は顎を上げ、ぼくを睨んだ。

「なんだ、この若造は」

「この方が今回、宮野さまの〈輪廻〉に対応してくださる栗田さまです」

へえ、と言って、宮野はしげしげとぼくを見た。そして、ふん、と鼻で笑う。

「〈ホーネット・ジャム〉の連中はやたら褒めそやすが、お前の仕事は本当にそんなにすごいのか。俺は〈輪廻〉システムの厄介になるが、俺が自殺したと公安や警察庁の上層部に納得させられるんだろうな」

途中で黒服が「宮野さま、それはちょっと……」と制止しようとしたけれど、ぼくは言う。

「気にしないでもいいよ。この人が何を言おうと構いやしない。ぼくはぼくの仕事を完璧に仕上げるだけだから。でも、これ以上ぎゃあぎゃあ騒ぐなら、ご退場願いたい。騒音はぼくにとって仕事の邪魔なんだ」

「……ということだそうです。この現場でのボスは栗田さまですから、我々はボスに従います。そういう宮野さまも、お仕事の領域で口を挟まれるのはお嫌いだと伺っておりますが」

黒服に指摘され、宮野はけたたましく文句を喚き立てる。そこに携帯が鳴った。

「遺体が到着したようです」

この地下室にはふたつ出入り口がある。一方は地下ホールに、もう一方は地下駐車場につながっている。ぼくに鍵が渡された駐車場の方の扉が開いた。小型バスが横付けされていて、下部の荷物室から棺《ひつぎ》が手際よく運び出される。ぼくは小型バスのロゴを見て言う。

「ふうん、これまでは遺体が届いてから連絡があったから知らなかったけど、弾丸遍路ツアーのバスで遺体を運んでいたんだね」

「ええ、これなら四国中、どこをどう走っても疑われませんので。おかげさまでこの旅行業は今や〈ホーネット・ジャム〉の大きな収入源になっておりまして、その中でも特に人気の商品は、『ビジネスマンのための四日間弾丸遍路ツアー』と『セレブのためのゆったり十日間弾丸ツアー』の二本です。もしよろしければ栗田さまには格安でご案内させていただきます」

「いや、結構。遍路には興味ないから。でも無料招待じゃないなんて、しっかりしてるなあ」

さっきまでぎゃあぎゃあ騒いでいた宮野は、遺体がリクライニングシートに乗せられた途端、借りてきた猫のようにおとなしくなった。ぼくはCDを選んだ。ふだんはバッハが定番だけど、今日は気分がざわつくからワグナーにした。

それならたぶんこのおっさんも気に入ってくれるだろう。

気を遣うつもりはないけど、少しでも静かになるなら何でもやろう、と思っていた。

案の定、タンホイザー序曲が響くと、宮野と呼ばれたおっさんはうっとりした表情になる。

人差し指でリズムを取るおっさんを横目で見ながら、シャウカステンの灯りを点ける。

二枚の歯形写真が並べてある。遺体には何本か治療痕はあるが、すべて自前の歯だ。一方、〈輪廻〉システムで偽装する相手は不摂生の極みで自分の歯は奥歯一本だけで、あとは入れ歯だ。ぼくはちらりとおっさんを見た。年の頃は五十代か。それでほぼ総入れ歯とは不摂生にもほどがある。でもおかげで仕事は一本を除いたすべての歯を遺体から抜歯して、一本だけ残った歯をちょっと加工するだけで済むから楽チンだ。

超初心者用ケースで、こんなものを見学しても、ぼくの腕は判りっこないんだけど。

カルテにK59とナンバーを打つ。桜宮での最後の症例がK53だったから、讃岐に来て六例目。通しナンバーにしても、讃岐に来てからの順番にしても、何もひっかかりのないつまらない数字だ。こんな退屈な症例はさっさと済ませてしまうに限る。

ぼくはペンチを取り出すと、奥歯から抜歯を始める。

すると見学していたおっさんが、歯を一本抜くたびに、おおう、だの、ひい、だの小さく悲鳴を上げるのには閉口した。やがて気分が悪くなったのか、床にへたり込んでしまった。

まったく、このおっさんは……。でも、まあ、静かになったからいいか、と思いながら、ぼくはタンホイザー序曲に合わせて一本、また一本と抜歯していく。

やがて残った一本の歯にちょっと治療を加え、業務は完了した。

最後の治療だけは腕の見せ所だったのに、おっさんはうつむいて動かなかった。何のために、わざわざこんなところにやってきたのか、これではさっぱり意味がない。処置を終えて重りを巻き付けた遺体を黒服たちが持ち上げ、部屋の一番奥にある水槽にどぷん、と沈めた。

水槽に設置された大岩を動かし、陰に沈めるのでこちらからは見えない。ここには水族館の職員が覗きにこないようにしてあるが、万が一のため用心するに越したことはないだろう。

「これは一体どういうことだ？　俺の遺体をここに安置するのか？」

気分がようやく落ち着いたのか、おっさんが尊大な口調で訊ねる。黒服がうなずく。

「これは栗田さまの発案で、この水槽でほどよく腐敗させ、顔がわからなくなってから、どこぞの海に捨てるわけです。そうすれば身元確認は歯形だけが頼りになるし、遺体を発見されるのも確実になるので、一石二鳥の仕組みのわけです」

「なるほど、なかなか合理的だな」と宮野は初めて、感心したようなコメントを口にした。

それからぼくに向かって言う。

「お前の技術は立派だった。見学させてもらって安心したよ」

単純な抜歯しか見ていないくせによく言うよ、と思ったけれども、「はあ」と小さくうなずいておいた。

おっさんが、もう一人の付き添いの黒服と退出すると、ぼくは世話役の黒服に言った。

「一体、何なの、あのおっさんは」

「本当はこうしたことはお話しできないのですが、今回はお約束ですので、お話しします。宮野さまは次回の〈輪廻〉ケース一五六三です。全国指名手配されたテロリストで今回〈ネスト〉が業務拡大を図りテロ部門新設のため、ヘッドハンティングした方です。ですので〈ネスト〉の派生部門でご自分の〈輪廻〉に関わる〈ホーネット・ジャム〉の全貌を把握したいという要望を拒否できなかったのです。栗田さまにはご無理を申し上げました。ご協力感謝いたします」

「ふうん、だいたい事情はわかったよ。でもそれならちょっと注意した方がいいかもね。ああいう、空威張りするタイプって結構ドツボに嵌まるもんだからさ」

「その点はご心配ないかと存じます。ああ見えて宮野さまは二十年以上、広域指名手配から逃れ続けた、大変用心深い方ですから」

それで思いだした。どこかで見た顔だなと思ったら昔、交番で、黄色い指名手配犯のポスターに貼られていた顔だ。ただし当たり前だけど、写真はもっと若々しかった。

「それにしても抜歯ごときであんな悲鳴を上げるなんて、本当に歴戦のテロリストなの？」

「さっきの光景を見て、内ゲバの粛清を思い出したそうでして」

歯がほとんどなかったのは不摂生じゃなくて拷問の結果で、悲鳴を上げたのは深いトラウマがあったわけね、と合点したぼくは、おっさんを意気地なしと断定した評価を撤回した。

黒服はポケットから鍵を取り出すと、ぼくに手渡しながら言った。

「今回の件のお詫びというわけではありませんが、先般栗田さまからご依頼がありました、夜中に水族館を自由に見学するということについて、館長に許可をもらいました。これが地下ホール側の扉の合鍵です」

思わず口笛を吹いた。

「そりゃあ、ありがたい。ぼくにとって何よりのご褒美だよ」

黒服は珍しく頬を緩めて微笑した。

「栗田さまはこの後、どうされますか？　よろしければ私の車でアパートまでお送りしますが」

ぼくはちょっと考えて首を振る。

「ありがとう。でも後片付けも残っているから、今夜はここに泊まるよ。それとさっきはあんな啖呵《たんか》を切っちゃったけど、やっぱり冷蔵庫とポットくらいは欲しいかな」

「かしこまりました。早急に手配します。ソファかベッドはいかがいたしましょうか？」

「それはいらない。このリクライニングシートで充分だよ」とぼくは答えた。

黒服が姿を消すと、さっきまで治療していた遺体が寝ていたリクライニングシートに身体を沈める。タンホイザー序曲は終わりかかっていた。

目をつむり、あくびを噛み殺しながら、ワグナーも悪くないな、とふと思った。


「ねえ、真魚、せっかく戻って来たんだから、ひょうげ祭りで巫女《みこ》さん、やってみない？」

喫茶店の雑誌を読み耽《ふけ》っていた真魚に、三奈《みな》が唐突に言う。

中学校の同級生の永井《ながい》三奈は短大を卒業してすぐに結婚したが一年後に離婚、旧姓に戻って今は実家で仕事もせずにぶらぶらしている。似た境遇の彼女とは、時々一緒にお茶をしていた。

「ええ？　この年で？　今さらじゃない？」

「この年でって、まだ二十代前半よ、あたしたち」

「でも巫女さんは小学校の二年生がやることになっているでしょ」

小学校の頃、巫女役をやった記憶を呼び起こしながら、真魚は言う。

「新しい試みで大人巫女もやろうという企画があるのよ。ひょうげ祭りって男子の祭でしょ。子供ひょうげは女の子も参加するけど、大人の女子が出ればもっと盛り上がるんじゃないかって、今年の実行委員の人たちが大乗り気なの」

ひょうげ祭りは「おどける、滑稽」の意味の讃岐弁の「ひょうげる」からきている。江戸時代、水不足に悩んでいた讃岐で溜め池を作り、水利に尽力した下級武士、矢延平六《やのべへいろく》を偲んで始まった伝統の祭りだ。そうした起源は小学校の授業で教わるので、住民は皆よく知っている。

旧暦では八月三日、今の暦では九月の第二日曜に行なわれる神輿渡御《みこしとぎょ》行列はそこそこ有名だ。飼料袋やシュロなどの日用品で神具や神輿を作り、神官ははりぼての馬に乗って行進する。ヤッコが藁《わら》で作ったマトイを高く放り投げ渡すのが見せ場だ。供侍は色鮮やかな化粧を施し、刀身が里芋の茎で鍔《つば》がカボチャの輪切りの刀を差している。神輿も手作りで竹を組んだ担ぎ棒にヒバの葉の台座で屋根は段ボール、その上に手作りの鳳凰《ほうおう》を載せる。

新池《しんいけ》まで二キロを練り歩き、最後に神輿を担いだ若者が新池に飛び込んで祭りは終わる。

以前は高塚山《たかつかやま》の頂の新池神社からスタートしたそうだが、今は公民館が出発点になっている。神輿は神さまを運ぶ乗り物だから、神社から出発しなければ神さまは乗れないはずなのだが、時代に合わせて臨機応変に変えてしまう、いい加減な祭りだ。もともと地元の英雄の下級侍が不当に処分されたのに抗議したのが始まりだそうだから、警備の警察官に突っかかったりもする。

素朴ながらそれなりに派手な祭りなので、真魚は結構気に入っていた。

ただし参加するとなると話は別だ。祭りの準備で、結構時間が取られてしまう。

「蛯名《えびな》クンが、真魚を誘えばって、しつこいのよね」

三奈がぽろりと言う。蛯名は中学の同級生で三年の学級委員を一緒にやった時、ラブレターをくれたことがある。だが進学した高校が違ったので自然と顔も合わせなくなった。真魚が讃岐に戻り同級生が集まった時、十年ぶりに再会した。今は実家の酒屋を継いでいるという。

酒屋の若旦那の座に納まった蛯名は、胴回りに贅肉がつき、動きが重そうな感じが、顔見知りだった彼の父親に似てきていた。

蛯名はこの地で、父親と同じように毎日酒瓶を運び、売り掛けを回収して生きていくのだろう。

真魚は何となく気が重くなって、「悪いけど、やっぱり今年はやめとく」と首を振った。

「そうか、残念。でも、真魚ならそう答えるかな、と思ったんだよね」

三奈は、あまり残念そうでない口調で言った。

真魚は、メロンソーダの緑の泡が白いソフトクリームにまとわりついているのを、見るとはなしに何となくぼんやり眺めていた。

数日後の黄昏時《たそがれ》。真魚は、暗闇の山道を急ぎ足で引き返していた。

客がいないので別館が午後四時過ぎに早めに閉館したので、真魚は望鶴亭に行くことにした。

顔を見せなくなった栗田のこととか、ひょうげ祭りのこととか、いろいろぼんやり考えながら、夕陽が沈むのを眺めていたら、時計は午後六時を回っていた。北嶺の端の望鶴亭を十分ほど下ると、瀬戸内海に突き出した屋島の先端で長崎の鼻と呼ばれる、幕末の砲台があるスポットに出てそこから県道を走るバスに乗れる。真魚は夕日を見る時は北から山を下りた。途中から今日もそうすればいいやと長居をしたが、最初は水族館に戻るつもりだったので財布が入ったポーチを水族館に置きっぱなしだったことを思い出した。これは取りに戻るしかない。

七月ともなると日は長いが屋島の夜は早い。札所も午後五時に閉まり、山頂シャトルの最終も五時半だから、六時過ぎには人影がまったくなくなってしまう。

宵闇の帳《とばり》が降りてくる中、真魚は急ぎ足で歩く。クラゲの形をしたポーチは、真魚をかわいがってくれた祖母の手作りで、今では形見の大切な品だ。別館まではここから小一時間かかるし、その後は遍路道を降りなければならないので更に一時間以上掛かってしまう。

もう泣きたい。

気が急いていた真魚が職場の屋島水族館の別館に戻った時は、夜の八時前になっていた。

真魚は、別館の前の道でいきなりヘッドライトに照らされびっくりする。

通り過ぎた車を振り返る。ミニバスのようだ。受付の内田嬢が「夜中に遍路弾丸ツアーのバスが停まっていたのを見た」と言っていたのを思い出す。だがいきなり強い光で照らされ、視界が一瞬真っ白になったせいで、車が弾丸ツアーのバスかどうかは確認できなかった。

別館の非常口を合鍵で開け、中に駆け込む。売店の売り子は開店準備に時間が掛かるので朝が早いため、館長は真魚に別館の合い鍵を貸してくれていた。

夜の水族館は不気味に静まり返っている。非常灯の緑の灯りに照らし出された薄暗いフロアは、夜の海の底のようだ。急ぎ足で売店に行き、レジ横に置いたポーチを取り上げ館内を見回す。

すると、ぼう、と光る一画が目に入った。遠目に、クラゲが微光を放ちながら、ゆらゆら揺れている。その闇の中、黒い影が動いた。真魚は一気に緊張し、足がすくんだ。

真魚が目を凝らすと、人影が浮かび上がる。

「栗田、さん？　どうしてこんなところに？」

歩み寄ってきた真魚を見て、栗田は吐息をついた。

「まさか君が戻ってくるとは、思わなかったな」

栗田はキーホールダーを指でつまみ、ちゃりん、と鳴らした。

「許可はもらっている。合い鍵を館長からお借りしているんだ」

ちらりと見たが、それは真魚が預かっているのと同じ鍵のようだった。

「こんな時間にこんなところで、何をしてらっしゃるんですか？」

「チンアナゴを見ていたんだ。連中は夜は温和《おとな》しいみたいだね」

確かにチンアナゴは総出で砂穴から顔を出し、ゆらゆら揺れていた。真魚は昔見た、ムーミンというアニメに出てきたニョロニョロという得体の知れない生物を思い出す。

はっと我に返った真魚は苛立った声で問い直す。

「そういうことではなくて、こんな時間にどうしてこんなところにいるんですか?」

栗田は肩をすくめる。

「雇い主からは、あまり周りに言いふらすな、と釘を刺されているんだけど、仕方ないな。君にはぼくの仕事を説明した方がよさそうだ。お望みなら仕事場に案内するよ。タイミングがいいことに実はさっきひと仕事を終えて、キリがいいところなんだ」

栗田は、中央ロビーの螺旋《らせん》階段を降りていく。真魚の中でアラームが鳴る。こんな暗がりで、よく知らない男性と二人で地下室に行くなんて危険すぎる。

でも真魚は、それが無理に考えた結果だということに気づいていた。

この人は、危険な人ではない。

それは直感だ。だが理屈も直感もどうでもいい。何より好奇心が勝った。

真魚は螺旋階段を降りていく。地下ロビーには低い機械音に交じって聞き慣れない音が聞こえる。人の気配が尾を曳《ひ》くように残っている気がした。

地下室のコンクリートの扉の前に立った時は、さすがに一瞬躊躇した。

けれどもここまで来たら、今さら引き返せない。

栗田はなぜか、コンコン、と二つノックしてしばらく待ってから分厚い扉を押し開けた。

いきなりバイオリンの音が地下ホールに広がった。バッハの交響曲がコンクリートの壁に反響する。地下ホールは一瞬でコンサートホールに変わった。

部屋に足を踏み入れると、そこには予想外の光景が広がっていた。

リクライニング式の立派な椅子が中央に置かれ、その側に銀色に光る、厳《いか》めしい機械が並んでいる。そうした光景には見覚えがあった。

そこは真魚が昔、受診した歯科医院の治療室にそっくりだった。

「栗田さんって歯医者さんだったんですか」

栗田はうなずく。これで栗田の素性がはっきりした。でも謎は深まるばかりだ。

「どうしてこんな場所で、こんな時間に歯医者さんをしてるんですか？　こんな所に患者さんが来るんですか？　こんなやり方でやっていけるんですか？」

矢継ぎ早に質問する真魚に対し、栗田は、ぽつんとひと言応じる。

「僕の患者は、少し変わっているんだよ」

夜の、しかも閉館寸前の水族館で治療を受けたがる患者なんて想像がつかない。

「それって変わり者過ぎます。どんな人が治療しにくるんですか？」

「こういう環境を気にしない人だよ」

真魚はむっとする。それでは答えになっていない。それから、くん、と鼻を鳴らす。

「何だか魚が腐ったみたいな匂いがしますね。患者さんは気にならないんですか？」

栗田はくん、くんと鼻を鳴らして匂いを嗅いだ。

「そんなに生臭いかな？　ここにずっといると匂いには鈍感になるからね」

「昔、ここに深海魚がいた頃は、エサが腐肉で匂うので、強力な脱臭装置を稼働していました。機械は撤去していないはずですから、それを動かせば大丈夫ですよ」

「教えてくれてありがとう。雇い主に伝えておくよ。地下室を借りた雇い主が館長と交渉してくれて、夜間に水槽を見ていいという許可をもらったんだ。とにかくこれで僕が怪しい者ではなく、単なる歯科医だということは理解してもらえたかな」

真魚はうなずく。たとえどんなに奇妙に思えても、この機械が歯の治療用の工具だということは真魚にもわかる。でも、単なる歯医者だ、なんて説明にはとうてい納得できない。

それに真魚には、栗田に聞きたいことが山のようにあった。いや、あったはずだった。

けれどもいざとなると、そんな質問は綿菓子のように溶けてしまっていた。

もともと真魚は、他人に興味を持つという感覚が薄かった。

大学の時、男友達から「真魚って深海魚みたいだね」と言われたことがある。その男友達は、自分への関心が低いことが不満だったようで、付き合いは二カ月で自然消滅した。

でも今、目の前にいる栗田は妙に気になって仕方がない。それで真魚は気がついた。

この人は、夜になると穴からおそるおそる顔を出す、チンアナゴみたいだ。

私は、この人のそんな臆病さに惹かれたのかもしれない。

真魚はぽつりと言う。

「栗田さんと私は、気が合うんですよ。どこだか、わかりますか?」

栗田は首をひねる。真魚は勢い込んで言う。

「答えは、好きなリルケの詩です。私が選んだ詩と、栗田さんが選んだ詩は、どっちも薔薇のことを歌ったものなんです」

ふうん、という、栗田の関心の薄そうな返事に、真魚は少しがっかりする。

だが栗田は、そんな真魚の気持ちに気づかないように言う。

「そのポーチ、クラゲの形をしているんだね」

「ええ、祖母の手作りで、小学校の頃からずっと使っているんです」

そうなんだ、と栗田は気のない返事をした。それから時計を見て言う。

「もう遅いから帰った方がいいよ。夜の山道は危ないから駅まで送っていこうか?　と言っても車を持っていないから歩きになるけど」

「いえ、大丈夫です。通い慣れた道ですから」

言った後でしまった、と思う。送ってもらえばもう少し話ができたのに。だが後の祭りだ。

真魚の悪いクセで相手に迷惑を掛けることを恐れ一歩引いてしまう。もう一度、栗田が強引に送っていくと言ってくれたら、今度はお願いします、と言おうと思った。

けれども、栗田はあっさり「それじゃあ気をつけて」と真魚を放流してしまった。真魚は後ろ髪を引かれつつ夜の水族館を後にした。

水族館を去る真魚の耳に、バイオリンの高く、か細い音が嫋々と響いていた。

栗田との会話を反芻《はんすう》しながら暗い山道を駆け下りた真魚が琴電《ことでん》の最終に飛び乗った時、初めて栗田と話をした時のことを思い出した。あの時は葬儀関係の仕事をしていると言っていたのに、本当は歯医者さんだったなんて、大嘘つきもいいところじゃない。

そうは思ったけれど、真魚はなぜか怒る気持ちにはなれなかった。


予期せぬ来客が立ち去るとぼくは、部屋の奥に向かって「もういいよ」と声を掛けた。

水槽の陰から姿を現したのは黒サングラスの黒服だ。

「というわけで、脱臭装置についてては手配をよろしくね」と言うと、黒服はうなずいた。

「あのお嬢さんをここにお連れした時はひやひやしましたが、結果的には最良の対応でした」

「そりゃあそうさ。自分の身の安全は自分が一番考えているからね」

「できれば宮野さまにも、栗田さまを見倣《みなら》っていただきたいものです」と黒服がため息をつく。

「例のおっさんが、どうかしたの?」

黒服は、しまった、という顔をしたが、左右を見回して言う。

「〈ネスト〉から宮野さまに、この秋に第一回の仕事に掛かるように、との指令が出たんですが、時期と場所は自分が選ぶとおっしゃいまして。持ち出したのがここ、讃岐のお祭りでして」

あのワガママなおっさんは片田舎の小さな祭りでテロをするという。日本では人を殺傷するよりも、爆発をプロデュースして現体制に揺さぶりを掛けるのが最良だという主張らしい。

「それはそれで、ご立派な考え方なんじゃないの?」とぼくが言うと、黒服は首を振る。

「人を殺傷しない爆破、という部分は組織も容認しているんですが、讃岐で旗揚げというのは、あまりに地味すぎて波及性に欠けるというのが、組織上層部の見解です」

「うん、それもわかる。でも、あのおっさんはなんでそんなに讃岐にこだわっているの？」

「あの方は讃岐生まれで、故郷に錦を飾りたいのだそうです」

ふうん、とぼくは気のない相づちを打つ。そういう感情はぼくにはかけらもない。

「で、今のことを申し上げましたのも、栗田さまがこの辺りにお住まいだからです。九月の讃岐の祭りには注意し、できるだけ出歩かないようにお勧めします」

わかった、と生返事をしたけれど、人を殺傷しない脅しだけの爆破なら打ち上げ花火みたいなものだから、むしろ見てみたいと思った。もちろんそんな本音は黒服には言わなかったけど。


季節は巡り、八月。ひょうげ祭りが一カ月後に近づいていた。

暑い盛りの町角を、そわそわと落ち着かない雰囲気が覆っていた。町中が祭りの準備で大わらわだ。巫女役を引き受けていたら、今頃は毎晩公民館に出掛けて夜遅くまで作業を手伝っていたはずだ。だがそうしたことは過疎化が進むこの地方では住民のコミュニケーションの場になるので、若者も結構参加して楽しくやっているようだ。

その頃の真魚はやたら残業し、帰宅がよく終電になった。栗田に会いたかったのだ。

でも残業をしたところで仕事は大してなく、クラゲの水槽を眺めて時間を潰すことも多かった。帰る前に地下ホールに降りていき、昔、深海魚コーナーだった分厚い扉に耳を当ててみる。だがバイオリンの旋律の代わりに、海水循環装置の低く単調な機械音が聞こえるばかりだった。


水槽の前に佇む栗田の姿を久しぶりに見たのは八月末のある日、閉館間際のことだった。

「ここしばらく、夜もお見えにならなかったみたいですね」

真魚が思い切って近づいて声を掛けると、栗田は真魚の方を見ずに言う。

「二ヵ月前、君に仕事場を見せた時に納品を済ませてから仕事が途切れちゃってね。仕事がない時に夜中に水槽を見学するのは反則かな、と思って」

「そんなことはないと思いますけど」と答えながら、生真面目な人だな、と思う。

でも患者さんの治療を、納品と言うなんてやっぱり変な人、とも思う。

別館は今日も客はいない。真魚は黙って、青年と並んでクラゲの水槽の前に佇んでいた。

やがて真魚は、思い切って口を開く。

「お仕事がお暇なら、一緒に映画でも見に行きませんか？」

はずみで口にした真魚の鼓動が突然速まる。栗田は驚いたように目を見開いて、真魚を見た。

何てことを言ってしまったのかしら、と瞬間、真魚は後悔した。

だが、栗田はぽつんと呟いた。

「実は近々仕事が入るんで久々に来たんだけど。まあ、たまにはそういうのもいいかな」

その言葉に勇気づけられた真魚は、急き込んで言う。

「それじゃあ何を見ましょうか。映画を見るなら高松になるけど……」

すると栗田は思いがけない言葉を口にした。

「映画もいいけど、せっかくなら地元のお祭りを見てみたいね。何かやってない？」

「再来週の日曜にあたしの地元で、ひょうげ祭りというのをやりますけど……」

言ってから、真魚はしまった、と思い、あわててつけ加える。

「でも地元の超マイナーなお祭りですよ。歴史は長いらしいですけど」

「それは面白そうだ。それじゃあその祭りに一緒に行こうよ。君が案内してくれるんだよね」

「ええ、もちろん、案内はしますけど」

真魚は口ごもる。よりによってひょうげ祭りとは……。

カップルが親交を深めるのに、あれほど不適切な祭りはないだろう。確かにこの辺りでは有名で、県外からも見物人が大勢きて、賑やかなことは確かなのだが。

それに巫女になるのを断っておいて、今さら顔出しするのもどうかと思う。

「他に予定でもあるの？」と栗田に尋ねられ、真魚はあわてて首を振る。

「いえ、大丈夫です。その日はバイトですけど、お休みをもらえますから。では、二週間後の日曜十一時に仏生山《ぶっしょうざん》駅の改札で待ち合わせましょう」

勢い込んで言った真魚は、自分の声が弾んでいるのを感じた。

緊張しながら返事を待っていると、栗田はかすかにうなずいた。

「タマは本当にちっとも進歩しないヤツだな。どうしてこういう機会に有給休暇を消化して結願まで持っていこうとしないんだ？　高松出張をしたら、三日有休を取れば結願できることくらい、思いついてもよさそうなものだが」

　白装束に着替えながら、加納警視正が玉村警部補に言う。

「仕方ないじゃないですか。今回もいきなりのお誘いなんですから。私みたいな宮仕えは、警視正のようにスケジュールを自由自在にできるわけ、ありませんよ」

「論理的に破綻している発言だな。俺だって同じ宮仕えの身だ」

「確かに今の発言は正確ではありませんでした。私の真意は宮仕えの下々の者、という意味です。加納警視正は殿上人ですから。それと珍しく警視正は私の遍路状況を失念しています。私はまだ土佐の足摺方面の三十六番青龍寺から三十九番延光寺までの四寺と伊予最初の観自在寺を打っていないので、今回は結願できません。そんな単純な事実を見落とすなんて、ひょっとして警視正は今回、珍しく業務にプレッシャーを感じていらっしゃるのではありませんか？」

　加納はむう、という顔で黙り込む。けれどもすぐに反撃に転じた。

「今回のミッションは讃岐の伝統祭礼、ひょうげ祭りでのテロ爆破行為の可能性に対応するという、曖昧かつ危険かつ重要なものだ。国際社会が流動化する中、テロの恐怖は日に日に増大している。テロ行為を未然に防ぐことで、日本をテロの標的にするのは徒労だということを国際テロ組織に思い知らせる必要がある。その意味でこれは広い意味での国防業務だ。実は先日、浪速駅の新幹線ホームでゴミ箱が小爆発するという事件があった。幸い大事に至らずに火は消し止められ、報道はホーム上のゴミ箱のボヤということにしてある。だが残留物から小型爆弾が見つかり、公安が仰天した。爆弾の構造を分析してみたら、浮かび上がった実行犯は何と亡霊だったんだ」

「どういうことですか？」

「覚えているか、タマ。俺たちがこの遍路を始めた頃、阿波港で上がった水死体を」

一瞬遠い目をして考え込んだ玉村は、すぐに思い出す。

「ああ、二十五年前の企業爆破事件の主犯の宮野浩史ですね。まさかヤツの手口だったとか？」

加納がうなずくと、玉村はぼそりと言う。

「死んだ宮野が事件を起こすはずがないでしょう。宮野が育成した弟子がやったという可能性もありますし」

途端に加納が金剛杖で玉村を打ち据え、喝、と叱咤する。

「タマはバカなのか？　どうしてそんな珍妙な結論が出てくるんだろう。弘法の湯を休みにした安楽寺でビールを飲みながら、俺が切々と説明した裏事情をもう忘れたのか」

その瞬間、玉村は思い出す。だがあれは切々と、というよりも、滔々と、の方が合っていたし、さらに言えば、轟々と、と言いたくなるような説明の仕方だった。

玉村は杖ではたかれた頭を撫でながら言う。

「つまり宮野は例の〈人生ロンダリング〉システムで新しい人生を得て、再びテロリストとして活動を開始した、とでもいうんですか」

「その通り。ヤツの人生から爆破を取ったら何も残らない。だが全国手配が厳しくさすがのヤツも二十年潜伏せざるを得なかった。そんなヤツが新しい人生を手に入れたら、またぞろ爆破を手がけようとするに決まっている。人間、無趣味だとろくでもないことばかり考えるものだが、ヤツもその類いだ。その点タマは、過激な労働と薄給で妻と娘の生活を支えながらも趣味を思う存分楽しんでいるから立派だよ。遍路しかり、秘湯巡りしかり。そう言えばネトゲにものめり込んでいたよな。『ダモレスクの剣』だっけ？　あのチームでは確かヘンロと名乗っていたんだよな。あのゲームはクリアできたのか？」

「いえ、あのミッションはギブアップしました」

なんでそんな些末《さまつ》なことまで覚えているんだ、この人は、と思いながら玉村はしぶしぶ答える。だいたい、これでは褒めているんだか貶《けな》しているんだか、わからないではないか。

「多趣味だが中途半端だな、タマは。せめて現実の遍路はきちんと結願しろよ」

「そんなこと、警視正に言われなくてもそうしますよ。そう言えば、伊予を遍路していた時、岩屋寺の院号がないという話題で出た讃岐の二寺の話がありましたよね」

「ああ、讃岐のハンパ寺のことか。俺が画期的な新説を出したのに、確かタマの感想は六十八番と六十九番は同じ敷地内にあって札所間の距離が一番短いことで有名なんです、なんていう、生ぬるいものだったよな」

どうしてこの人はいつも、覚えていてほしくない小さなミスを忘れず、しかも何かにつけてはタイミングよく思い出して指摘するのだろう、と玉村はげんなりする。

だが今回は加納の未熟さを指摘する絶好の機会なので、気を取り直して続ける。

「実は真相が判明したんです。昔は六十九番は七宝山神恵院・観音寺で、六十八番は近くの琴弾《ことひき》山《やま》にある琴弾八幡だったんです。ところが明治維新の神仏分離で琴弾八幡が神社になり、八幡の本尊だった阿弥陀如来を別当寺《べっとうじ》が引き受け、別当寺の本地堂《ほんちどう》が六十八番を名乗ることになったんだそうです。六十八番の神恵院は七宝山ではなく、琴弾山とする成書もあるんですよ」

得々と説明する玉村を見て、加納は吐息をつく。

「だから何だというんだ？　明治政府の神仏分離政策が引き起こした廃仏毀釈は、近代日本が恥ずべき文化破壊活動だ。そんな尋常ならざる時には、何が起こっても不思議はなかろう」

玉村は唖然とした。先日の伊予遍路の道中で、思いつきの新説を滔々と語っていたから、それが打ち砕かれたら怒りの反論をするか、自分の未熟さを恥じて不貞腐《ふてくさ》れるかのどちらかだと予想していたが、加納の反応は玉村の予測の斜め上を行くものだった。

まさか、当然のように受け入れた挙げ句、こっちの未熟さを指摘してくるとは……。

一体どうすればこの人をやりこめることができるのだろう、と圧倒的な情報優位の立場に立ちながら、相手にかすり傷ひとつ負わせることができなかった満身創痍《そうい》の玉村は吐息をつく。

仕方なく、その前に話題になった浪速駅の新幹線ホームでの小爆発の件に話を戻した。

「でも浪速駅新幹線ホームでの小爆発が、なぜ讃岐の〝ひょうげ祭り〟につながるんですか？」

「いい質問だ。警察庁のお偉いさんも同じことを訊ねたよ。実は浪速の小爆発の後、公安に脅迫状が送られてきた。次は弘法大師のお膝元でテロを起こすという内容だ。だが警察庁テロ対策室は、その予告はブラフと判断した。やるなら地方より厳戒警備をかいくぐって首都のど真ん中でどかんと打ち上げ花火を上げたいと思うのがテロリストの虚栄心だ、というのがお偉いさんや公安の、凝り固まった古臭い発想だ。だが実際に爆破騒ぎになったら、予兆を知りながら何もせず手をこまねいていた警察庁に非難が集中する。だから形だけでも防衛要員を派遣するべきだ、と俺が強硬に主張したら、それならお前が行け、ということで今回の出張になったわけだ」

「予告は四国全体にされたものだとしたら、なぜ、ひょうげ祭りが標的と考えたんですか」

「ほほう、そんなこともわからんのか。その程度でよく俺が、ミッションにプレッシャーを感じている、などと言えたものだ」と加納は片頰を歪めて笑う。

どうやら加納は、プレッシャーを感じている、と言ったさっきの玉村のひと言を根に持っているらしい。玉村が黙ってしまったのを見て多少溜飲が下がったのか、加納は続けた。

「まあいい。せっかくだから教えてやろう。企業連続爆弾事件の犯人、宮野浩史は讃岐出身で、グループ内のコードネームは『讃岐の牙《きば》』だ。テロリストは大都会で花火を上げたがるが、次にやりたがるのは故郷に錦を飾ることだ。だから讃岐で効果的にテロを喧伝するのにぴったりの行事はないか探してみた。阿波には阿波踊り、土佐にはよさこい祭り、伊予にはどてかぼちゃカーニバルという、世界的に有名な祭りがあるが、讃岐にはそういったものが見当たらない。かろうじてヒットしたのがこのひょうげ祭りだったわけだ」

「ちょっと待ってください。よさこい祭りや阿波踊りはわかりますが、どてかぼちゃカーニバルなんて聞いたことがありませんけど」

「それはタマの勉強不足だ。俺の中では、どてかぼちゃカーニバルは四国三大祭のひとつとして認知されているんだぞ」と言って、加納は口を尖《とが》らせる。

何を言っているのか、さっぱりワケがわからない。だいたい四国なのに三大祭だなんて、無神経すぎる。

だが加納は、玉村の反応を気にする様子もなく金剛杖を手に立ち上がる。

いつの間にか年季が入った杖の鈴が、しゃりん、と鳴る。

「とにかく今日は朝から忙しかった。讃岐県警と警備の相談をして、祭礼の行列コースを下調べしたからな。テロの可能性があるということを市民に隠さなければならないのが厄介だ。しかし、出発地点が神社ではなくて公民館というのは呆れたよ。あれでは警備なんてしていないに等しいからな。後は明朝、出発地点を調べれば終わりだ。今から夕方までいくつか札所を打てるぞ」

一瞬、わくわくした口調でそう言った加納は、すぐに陰鬱な表情になった。

「しかし、それにしてもタマの鈍くささときたら、災害レベルだな。讃岐で半日しか自由時間がないから札所を四カ所しか打てないとは、実にばかばかしい話だ。あと二日、休みを取れば涅槃遍路は終えられたというのに」

どうせ伊予のハイヤー遍路を讃岐でもやるつもりだったんでしょう、と言いかけたが、寸前で止めた。この状況だと反撃が十倍になって返ってくるのが目に見えていたからだ。

だが玉村の気弱なチョイスのせいで、加納の非難はあらぬ方向に飛び火してしまった。

「讃岐結願が遠ざかっただけじゃない。たった二日では、うどん県と呼ばれる讃岐うどんの店も一軒しか寄れないではないか。どうしてくれるんだ、タマ。一見、職務に忠実に見える行動は、実は人生の無駄遣いになってしまうんだぞ」

「そりゃあ確かにうどん屋めぐりは、讃岐では欠かせないイベントでしょうけど……」

中途半端に口ごもった玉村に加納がきっぱり言い放つ。

「とにかく、ぐずぐずしているヒマはない。県警本部長が予約してくれた観光ハイヤーは半日限定だ。だが讃岐の難所、瀬戸内海に面した丘陵地帯にある八十一番白峯《しろみね》寺、八十二番の根香《ねごろ》寺、八十四番の屋島寺、八十五番の八栗《やくり》寺の四寺をハイヤー遍路でやっつければ後はチョロいぞ」

これで四国の南半分の二県、伊予と讃岐の難所はすべてハイヤー遍路になってしまった。また堕落遍路道に落ちてしまったと嘆く玉村だが、実は玉村なりに抵抗した結果でもあった。今回は厳然たる公務だからパトカー遍路にしようという加納の主張を、何とか退けたのだから。


八十四番札所、屋島寺に二人を乗せたハイヤーが到着したのは、札所が閉まる一時間前の午後四時だった。加納は八十五番札所、八栗寺まで回る気満々だったが、玉村が絶対に宝物館を見学したいと珍しく強硬に主張し、加納もしぶしぶ屋島寺をゆっくり参拝することにしたのだった。

「遍路で何より大切なのは、ご本尊をお参りすることだ。宝物館見学に意味はない」

あくびをしながら断言する加納を、玉村は必死に説得する。

「そんなことありませんよ、警視正。ほら、重要文化財の十一面千手観音像があるじゃないですか。それに二階には源平合戦絵巻のオリジナルが……」

「あのなあ、タマ、源平合戦は空海坊主の時代のずっと後だ。遍路と関係がなさすぎる」

玉村は吐息をつく。だが伊予遍路までは、遍路開創千二百年記念のスタンプを集めるラリーだと考えていた加納の口から、遍路の本道はご本尊のお参りだ、などという真っ当で殊勝な言葉が出たことに、しみじみと感動を覚えた。

鋼鉄の如き現世至上主義者の加納にもわずかながら、変化の兆しがみられたように思えた。

それこそが大師の功徳に違いない。

参拝を終え、宝物殿も見学できて気をよくした玉村はダメモトで、鑑真和尚が建立したものの、今は草地になっている千間堂《せんげんどう》を見に行こうと誘ってみた。加納は立て看板を見て言う。

「千間堂までは歩いて一時間か。体力的には問題ないが、今から草っ原を見に行くと、丸二日でハンコ一個しかもらえなかった室戸のトラウマを思い出すな。だいたい、渡航に五度も失敗し、最後は盲目になり六度目に来日を果たし仏道を広めてくれた碩学《せきがく》の先達・鑑真和尚が、弟子・慧雲に継がせた古刹をあっさり反古にして自分の寺を建立するとは、空海坊主はアバンギャルドすぎる。まあ、それくらいでなければ新しい宗派を立ちあげるなんてできないんだろうが。僻地《へきち》の四国に八十八カ所も寺を作り客を呼び込もうだなんて、相当強気なイベント・プロデューサーだ。ひとつ間違えば詐欺師だが、千二百年経った今となってはすべてが正当化されてしまう。一人殺せば人殺し、百人殺せば戦場の英雄という、あれと同じだな」

「大師の生誕の地、讃岐で大師を詐欺師呼ばわりしていたら、いつかバチがあたりますよ。大師の慧眼のおかげで、今日まで千二百年間もの長きに亘り観光資源に恵まれてきた讃岐、いや四国の人々の大師に対する尊敬の念は計り知れないんですから」

「それなら空海坊主が唐から帰国した最初の一年で九州を放浪したんだから、九州に煩悩百八寺でも作れば九州の連中も大喜びしただろうに」

「そこはやはり生まれ故郷に愛着があったんですよ。特に讃岐は大師生誕の地ですから、逸話は格別多いんです。たとえば七十三番札所の我拝師《がはいし》山《ざん》求《ぐ》聞持《もんじ》院《いん》・出釈迦寺《しゅっしゃかじ》の奥の院、捨身ヶ嶽禅定の話は何度聞いても鳥肌ものです」と感動に震える声で玉村が言うと、加納が混ぜ返す。

「ほう、どんなエピソードを持ち出してきたんだ、詐欺師・空海坊主は？」

玉村はむっとしたが、冷静になろうと努めつつ、説明する。

「大師が七歳の頃、山の頂上に立ち『釈迦如来よ、仏門に入って多くの衆生を救うという、我の願いを叶えるなら姿を現し我を助けよ。叶わぬなら一命を捨ててこの身を捧げる』と言って断崖絶壁から身を投げたんです。すると羽衣をたなびかせた天女が現れ大師の身体を抱きとめ、蓮華の花に座した釈迦如来が、一生成仏というご託宣を大師に告げて以後、大師は釈迦如来像を彫って奉り、この山を我拝師山と名付け、出釈迦寺として開基なさったのです」

感動の色を隠そうとしない玉村を見て、加納は吐息をつく。

「ほれみろ、それは詐欺師の常套《じょうとう》手段ではないか。七歳で衆生を救う請願を立て、崖から身投げするだと？　マセすぎだし、やっていることは支離滅裂だし、釈迦如来に対する脅迫行為だぞ。

断言するが、これは空海坊主が名声を確立した後で勢いで語ったホラ話で間違いない」

玉村は啞然として加納を見た。だが考えてみれば、加納は現世にどっぷり浸りきった現実主義者だ。現代に話を置き替えれば、加納の言うことにも一理ある。でもそのまま加納の屁理屈を呑み込まされるのも癪《しゃく》なので、別の方面からクレームをつけてみる。

「遍路寺は、十六世紀の戦国時代、土佐の長宗我部元親《ちょうそかべもとちか》が四国統一した際に多くが焼かれ、明治時代には政府の神仏分離政策により廃仏毀釈の憂き目に遭うという、二度の大法難で滅茶苦茶にされましたが、その都度不死鳥のように復活しました。それらを乗り越えられたのも、大師の大徳のおかげです」

「空海坊主に本当に大徳があるなら、そもそもそんな酷い目に遭わないのではないか」

加納のひと言に、玉村は、ぐうの音も出ずに黙り込む。すると加納は晴れやかな声で言う。

「だが今回のお参りをここで打ち止めにするのも悪くはなさそうだな。結願の時は八十五番から八十八番まで八栗、志度《しど》、長尾《ながお》、大窪《おおくぼ》という四寺を一気にお参りすれば気分が高まりそうだ。その時はタマの主義を尊重して、歩き遍路で付き合ってやるよ」

その言葉を聞いて、この人は本当に他人の話を聞いていないんだな、と玉村はしみじみ思う。ついさっき、自分は足摺で結願すると言ったのに、そのことを全然覚えていないのだから。

がっかりしながら同時に、加納が自分を思い遣ってくれていることもわかり、不覚にも目頭が熱くなる。こんなことで感情が動くのは、遍路をしているせいかもしれない。日没まで小一時間。こんな風に沈みゆく夕陽を眺めているのも悪くないと思った時に、いきなり加納が言う。

「タマ、看板によると近くに水族館があるらしいぞ。確かお前は水族館マニアだったよな?」

加納が、自分の趣味を覚えていてくれたことが嬉しくて、玉村は大きくうなずいた。

行き当たりばったりという点では、お似合いのコンビであった。


「ここも閉館は五時か。なぜ四国の連中は勤務時間を厳守したがるんだ? 厚生労働省から表彰状を貰えるかもしれんが、困ったもんだ。とにかくギリだから駆け足で見学するぞ」

止める暇もあればこそ、加納は手近の別館に足を踏み入れた。水族館マニアとしては本館から回るのが筋なのだが、加納の決定に刃向かわなかった。そこに深海館と表示されていたからだ。

玉村は、水族館の中でも深海魚コーナーが特にお気に入りだったのだ。

入館しようとした二人は、入口でひとりの青年とすれ違った。Tシャツにジーンズというラフな格好をした青年は、遍路姿の二人をちらりと見て足早に通り過ぎる。加納は菅笠を持ち上げ、その後ろ姿を目で追った。受付で入場料を払い入館すると、早速加納の長広舌が始まった。

「やる気なさ全開の水族館だな。昔流行った時期もあるが今は落ちぶれた水族館、という感じか。ちんまりした地味な魚ばかりではないか。お、あそこにクラゲがいるぞ」

加納がクラゲの水槽の前に歩み寄り眺めている脇で、玉村の視線は深海魚という文字を探す。するとホール中央から地下に降りる螺旋階段の入口に矢印で深海魚コーナーとあった。

玉村は勇んで中央ホールの真ん中を貫く螺旋階段を降りていく。だが地下ホールはがらんとしていて人の気配がまったくない。戸惑っていると、頭上から声がした。

「あの、申し訳ありませんが、深海魚コーナーは閉鎖されたんです」

見上げると、売店の売り子が、螺旋階段の上から玉村を見下ろしていた。

「そうだったんですか、それは残念」と答え、玉村は一階に戻る。

時間つぶしに売店の棚を覗いた玉村は裏返った声を上げた。

「あ、チョウチンアンコウ消しゴムがある。この深海シリーズ、今は生産中止なのに。こっちはマリアナスネイルフィッシュ消しゴムだ。マリアナ海溝八千メートルで見つかった奇跡の深海魚をシリーズ化していたなんて知らなかった。ここの棚は深海魚消しゴムの聖地です。水族館友好クラブに紹介したいんですが、ネットに写真をアップしてもいいですか？」

売店の売り子の若い女性は嬉しそうに微笑したが、首を振る。

「せっかくお褒めいただいたんですが、ここは来年閉館するので売店の品は売り尽くしで新たな仕入れはしません。写真を見てお越しになるお客さんに申し訳ないのでアップは遠慮します」

「わかりました。残念ですが仕方ありませんね」

そう言って、玉村は深海魚シリーズの消しゴム五個セットを購入した。

売り子の女性がレジをチン、と鳴らしながら言う。

「ありがとうございます。ここのレジを打つの、二週間ぶりです」

どう受け答えすればいいのか、玉村は一瞬、悩む。

この売り子は、顔立ちはそこそこ可愛いけれど、何だか少しピントがズレているようだ。

そんな風に思われているともつゆ知らず、レジ係の女性は玉村の金剛杖を見て微笑する。

「弾丸ツアーに乗り遅れたんですか。よろしければツアーに連絡を取りましょうか？」

「いえ、私たちはツアー客ではなく、単独のハイヤー遍路の者です」

「私はこの辺で生まれ育ったんですけど、ハイヤー遍路なんて言葉、初めて聞きました」

そうだろうな、と玉村は思う。やはり自分は、地元の人が認識すらしていない邪道遍路に落ちてしまったんだ、とがっかりしていると、いつの間にか玉村の側にいた加納が口を挟んだ。

「どうして俺たちが、弾丸ツアーの客だと思ったんだ？」

売店の売り子は、玉村の金剛杖を指さした。

「金剛杖に貼られているシールを見たからです。最近、ここに立ち寄るようになった弾丸ツアーのお客さんが貼っていて見覚えがあったので、てっきりそうなのかな、と思って……」

玉村の杖にはべたべたと神社札が貼られていた。玉村は、そうか、と呟く。

「これは遍路を始めたばかりの頃、行き合った弾丸ツアーのお客さんの連れの子どもが勝手に貼りつけたんです」

「それなら間違えて当然ですね。よく考えたら今日のツアーは三時間前に出発していますから、遅刻にしては酷すぎます」

「俺たちは弾丸ツアーを凌駕《りょうが》する速度で遍路しているから、間違っても仕方がないかもしれん。コイツは困ったことにいろんなところをゆっくり見たがるんだ。俺は参拝至上主義者だから、ご本尊を参拝し、納経所で納経すればいいと考えるんだが、コイツが屋島寺では宝物館を見たいと言い出したせいで、次の八栗寺は次回になってしまった」

加納の言葉に、売り子の女性は微笑する。

「それはよかったです。屋島寺のご本尊は宝物館に安置された十一面千手観音さまですから」

ほれ見たことか、と珍しくふんぞり返った玉村を横目で見ながら、加納が激怒する。

「なんだと、つまり俺たち遍路は、レプリカの本尊を参拝させられていたのか」

「まあ、遍路の本質論から言うと、そういうことになりますね」と得意げに玉村が言う。

加納はその言葉にむっとしながらも、玉村の金剛杖に貼られたシールを凝視した。


翌朝。玉村が宿で朝食を食べていると、白装束の加納が外から戻ってきた。

「どうしたんですか、こんな朝早くから」

「朝一番で、ひょうげ祭りの出発地点の公民館を調べてきた」

加納の答えに、玉村は、げえっ、と驚きの声を上げる。

「出発地点の公民館はここから五キロで、そこまでの公共交通機関は何もないんですよね」

「ああ、だが五キロなんぞ俺にとっては朝飯前のひと走りだ。テロで怪我人や死人が出るとまずいから、人が集まる出発点とゴール地点は徹底して調べてある。それ以外の場所で爆発が起これば徹底的に情報を抑え込む。爆発情報が広がるのは実害だからな。幸い、こぢんまりした祭りで出発点は公民館だし、終着点のため池の新池まで行列する二キロの沿道も田舎道で、爆弾を隠す場所などなさそうだ。その上、青年団の団長が朝早くから公民館の調査につきあってくれたおかげで仕事は済んだ。そんなわけでタマ、今すぐ出発するぞ」

「え？　どこに行くんですか？」

「この近くにある八十三番札所の一宮寺《いちのみやじ》を打ちに行く。神仏習合でかつては隣の田村《たむら》神社の別当寺だったが、その田村神社で日曜市が立っていて、特製うどんが何とたったの百五十円だ」

いつの間にそんなアングラ情報を入手したのだろう、と玉村は唖然とする。五分以内に支度してこいと言われた玉村は、食べかけの膳を放り出し部屋に戻った。

いつもより入念に化粧し、思い切って派手なヒマワリ柄のスカートを着た真魚の足取りは軽い。待ち合わせ時間に五分遅れて琴電の仏生山駅に着く。野球帽、洗いざらしのTシャツに色落ちしたジーンズ姿はいつもと同じだ。

栗田は眩《まぶ》しそうに目を細める。

「制服姿じゃないから別人かと思った」

「それって褒めてます？」

真魚が問いかけると、栗田はうつむいて、「もちろんだよ」と小声で言う。

そして「でも、クラゲのポーチで、すぐわかったけど」と付け加えた。

真魚の頬がかすかに赤らむ。

「それじゃあ時間まで喫茶店でご飯でも食べましょうか」

ひょうげ祭りは交通の便が悪い。出発地点の公民館は田んぼの真ん中にぽつんとあるだけで、近くに鉄道はおろか、バスの停留所すらない。最寄り駅は仏生寺駅だが、そこから五キロもある。だから真魚は、喫茶店でランチした後、タクシーで行こうと考えていると栗田に伝えた。するとカレーを食べ終えた栗田が「五キロなら歩いて一時間か」と言う。

「このあたりを歩く機会なんて二度とないだろうから、どうせなら歩いてみたいな」

真魚は驚いて目を丸くする。初秋とはいえ陽射しは強い。だが栗田と一緒なら、歩くのも楽しいかもしれない。真魚は急いでサンドイッチの最後のひとつを呑み込んだ。

「わかりました。それじゃあ歩いていきましょう」

弾んだ声で言い、自然と栗田の腕を取ったことに、真魚は自分でもびっくりした。

栗田は一瞬身を固くしたが、二人はぎこちなく寄り添いながら歩き始めた。

一時間近く、ふたりは田舎道を歩いた。どこにでもある田舎町で、通りには田んぼ以外には何もなかった。栗田はぽつりぽつりと自分の身の上話をした。

「ここに来る前は、桜宮ってところにいたんだ。本州の真ん中あたりの太平洋岸だよ」

「前もお聞きしました。確か讃岐市と姉妹都市らしいんですけど、よく知りません」

「僕も、ひょうげ祭なんて聞いたことなかったから、おあいこかな」

何がおあいこなのか、よくわからないけれど、真魚はなんだか嬉しくなる。

ふたりがスタート地点に着いた時には、祭礼行列はすでに始まっていた。

「今年はいつもより人が多いみたいです」と真魚は言うと、栗田は無言でうなずく。

赤や黄色の染料で顔を塗った供侍が、踊りながら行進している。その後から藁のマトイを担いだヤッコがついて行き、時々止まってはマトイを宙に放り、隣のヤッコに投げ渡す。

それを見て、一本歯の高下駄を履いた天狗《てんぐ》が、呵々《かか》大笑する。

人混みの中、知り合いらしき人の視線がちらちらと煩わしいが、真魚は気にならない。

陽射しは強く、一時間ほど行列について練り歩いた。祭り行列は二時間くらい続くはずだから、ここが中間地点になる。汗ばんだ真魚は、休憩所になっている神社のお手洗いに行った。

振り返ると、栗田はぼんやり行列を眺めている。何だか輪郭が薄い。

この人は本当に今、ここにいるのかしら、と真魚は妙な疑念に捉われた。

休憩所の洗面台で鏡に向かって化粧直しをしていたら、後ろから肩を叩かれた。

「見たわよ。巫女役を断ったのはそういうことだったのね」

中学校時代の同級生、三奈だ。真魚は頬を赤らめる。

「全然関係ないわ。二人きりで会ったのは今日が初めてよ」

「ふうん、初デートをひょうげ祭りにしたの？　真魚って相変わらず、何かズレてるわねえ。でも、なかなかカッコいい彼じゃない。どこで知り合ったの？」

「水族館によく来る人。ちょっと変わってるけど、歯医者さんなの」

「へえ、いい人を捕まえたものね。でもどこで開業しているのかしら。この辺では見かけない顔だし、最近この辺りで歯医者が開業したって話は聞かないんだけど」

真魚は口ごもる。水族館の地下で開業しているなんて言ったら好奇心全開の三奈に、根掘り葉掘りの質問攻めにされてしまいそうだ。なので真魚は「ちょっとね」と言って誤魔化した。

「そっか、ワケありなのね。でも蛯名君は戦う前から討ち死にかあ。お気の毒に」

ぼそりと呟いた三奈は、いたずらっぽい微笑を浮かべ真魚の肩を、ぽん、と叩いた。

「詳しい話はまた今度ゆっくり聞かせてもらいますわ、奥さま。おほほ」

すっかり動揺した真魚は大急ぎで化粧を直すと栗田の元に駆け戻る。時間が掛かったことを詫びようとして、ポーチを洗面所に置き忘れてきたことに気づいた。

「いっけない、忘れ物しちゃった」

急いで引き返す真魚の後を栗田がついてくる。悪い予感は当たり、ポーチはなくなっていた。

「どうしよう」と動揺する真魚に、栗田は冷静に言う。

「そこに警備所があったから、とりあえず届けを出しに行こう」

真魚はうなずいて、「ごめんなさい」と小声で言う。そしてこんな人混みの中でも警備所の場所をしっかりチェックしていた栗田を頼もしく思った。

警備所の若い警察官は真魚の話を親身に聞いてくれたけれども、動こうとはしなかった。

「置き引きでしょうけど、なにしろこの人出ですからね。一応、調べますが、お祭りの最中なので、すぐに捜査するのは難しいですね」

「仕方ないですね」と真魚は肩を落とす。

警備所を離れると、栗田はぽつりと言う。

「いくらお祭りだからって、何もしようとしてくれないなんて、ちょっと酷いね」

栗田の言葉を聞いて、真魚は首を振る。

「お金は諦めがつくけど、ポーチは祖母の手作りの形見なので、ちょっとヘコみます」

栗田はしばらく考え込んでいたが、やがて顔を上げた。

「そんなに大切なものなら、少しジタバタしてみようよ」

そう言って人混みの中、二人連れの男性に歩み寄ると、立ち話を始めた。

相手は精悍《せいかん》な顔をした背の高い男性と、穏やかな表情の小柄な男性だ。どこかで見覚えがある気がして二人を眺めていると、栗田に連れられて二人の男性が歩み寄ってきた。

「この人たちは私服警官なんだって。詳しく状況を聞きたいそうだよ」

どうして栗田は彼らが私服警官とわかったのだろう、という真魚の疑問は、小柄な男性の言葉に中断させられた。

「これは驚いた。奇遇ですね」

その声を聞いて、遍路の白装束姿が浮かぶ。真魚は目を瞬かせながら言う。

「昨日水族館で、深海魚消しゴムシリーズを買ったお遍路さんですか？」

小柄な男性はぺこりと会釈して言う。

「昨日はどうも。私は玉村、と申します。こちらは上司の加納警視正です」

「警視正って、ものすごく偉いんですよね？」

真魚の質問に加納警視正はぶっきらぼうに言う。

「そんなことはどうでもいい。それよりポーチを置き忘れた場所にさっさと案内しろ」

加納と玉村、真魚と栗田の四人連れは神社の境内にある休憩所に向かう。一通り真魚から状況を聴取して周囲を見回すと、加納は携帯電話を取り出した。加納が顎で指図すると、玉村は鞄から地図を取り出し、平たい石の上に広げた。それを見ながら加納が携帯電話で命令する。

「休憩所の神社で盗難事件が発生した。行列の状況を知らせよ。了解、最後尾の神輿の現在位置は理解した。直ちに行列の最後尾から神社までを完全に封鎖し、現在その警備網の内側にいる人々をひとり残らず全員、休憩所の神社の境内に集めろ。こちらはすでにそこに待機している」

「な、何を始めるつもりなんですか」

加納は真魚の質問を無視した。しばらくすると警察官が、羊の群れを追うシェパードのように、行列の後ろからだらだらついて行った人たちを境内に押し込んでいく。

呼び戻され、神社の境内に集められた人々は、状況を深く考える様子もなく、小さな神社の境内でのどかに雑談を交わしている。

「讃岐の人たちが温厚で助かったな。これが、気が荒くて有名な浪速のだんじり祭りだったら、今頃は大混乱で大騒ぎ、収拾がつかなくなっていただろうよ」

加納は警察官網で包囲した人々の群れを眺めて呟いた。やおら警察官が持ってきたスピーカーを手にすると、声を張り上げる。

「祭りの行列をお楽しみのところ、申し訳ありません。先ほど置き引きの盗難事件が発生しました。今からみなさんの所持品検査をさせていただきます」

そう言って囲いの中の人々を、警察官のチェックポイントに誘導する。所持品検査を終えた人たちは、境内から次々に解放され、神輿の行列を追った。中には文句も言う者もいたが概ねみんな素直に検査に応じた。指定された地域は限局していたが、総勢は二百人ほどだろう。

どうしてこの中に置き引きの犯人がいると考えたのかな、と真魚は不思議に思いつつ、自分の不注意のせいで、由緒正しい祭を混乱させてしまったことを申し訳なく思った。

警備中の警察官は手際よく所持品を検査し、解放された人は次々に行列を追いかけていく。

これなら十分くらいで終わりそうだから祭り見学の支障にならなくて済みそうだわ、と真魚は胸をなで下ろす。やきもきしている真魚の側に、染料で顔を染めた供侍が近寄ってきた。

「何かあったの、沢村さん？」

声で蛯名とわかった。真魚はほっとして、手短に事情を説明する。

「それは災難だったね。僕も手伝おうか。あ、でも素人が手出ししたら却って邪魔かな」

そう言いながら検査の様子を眺めていると、「あ、逃げた」という声がした。人垣の一画に警察官が駆け寄り、たちまち人だかりになる。その中から「確保しました」という声が聞こえた。

警察官が取り押さえた男の手には、黒いコントローラーのようなものが握られていた。

捕まった中年男を見て栗田は、あ、と小さな声を上げたが、それきり何も言わなかった。

加納は手渡された物体を引っ繰り返したりしていたが、「鑑識に回せ」と言い警官に返す。

「ソイツはおそらくテロ準備犯だから、署に連行して取り調べてみろ。残り二十名ほどだから、所持品検査は最後まできっちりやるように」

五分後、仮拘束された人々の検査を終えた。だが真魚のポーチは見つからなかった。

「みなさんご協力、ありがとうございました。窃盗犯捜査は以後も継続します」と加納がスピーカーを通して言うと、人々はぞろぞろと祭の行列に合流していく。

「やっぱり、見つからなかったみたい」と真魚はがっかりして栗田と蛯名のどちらに言うともなしにそう言った。するとそこに戻って来た加納が言った。

「ひとついいことを教えてやろう。この神社の境内のどこかにポーチが捨てられている可能性が高い。警察は協力できないが、青年団にでも頼んでこの辺の草むらとか探してみるといい」

「ポーチって沢村さんが大事にしていた、あのクラゲのヤツかい？　それならみんな知っているから、仲間を呼んでくる」

そう言った蛯名は、止めるヒマがあればこそ、あっという間に仲間を呼び集めた。

集まったのは毒々しい染料で顔を塗りたくった異形の連中だが、どぎつい化粧の下に昔の幼い面影が見え隠れしている。彼らに蛯名は手早く事情を説明する。

「みんな、この境内の中のどこかに、盗まれたポーチがある可能性が高いそうだ。みんなで一斉に捜索しよう。沢村さんが昔から大事にしていたクラゲのポーチだ」

ああ、あれか、という声と共に若者たちは一斉に辺りに散った。五分ほどして蛯名が、クラゲのポーチを手にして戻ってきた。

「うわ、あったんだ。見つけてくれて本当にありがとう、蛯名君」

真魚は思わず蛯名に抱きついた。

それから栗田の視線に気づいて、あわてて蛯名から離れた。

「ごめん。中身は空っぽだった」

顔を赤らめた蛯名が呟くように言う。

「ポーチが見つかればいいの。おばあちゃんが作ってくれた、大切な形見なんだもの」

その様子を眺めていた加納が言った。

「おかげでこちらの捜査も終了した。諸君のご協力を感謝する」

小柄な玉村と大柄な加納が真魚と蛯名に敬礼し、その場を立ち去った。蛯名の仲間の供侍たちは大声を上げながら行進に戻ろうと駆け出した。後には蛯名と真魚、栗田の三人が残った。

蛯名は真魚と栗田を交互に見ながら言う。

「よかったね、沢村さん。それじゃあ僕は行列に戻るわ」

身を翻した蛯名は、人混みの中に姿を消した。


新池に到着した行列を前に、神官が魔除けの矢を池に向かって放つのを合図に手作りの神輿を抱えた若者が池に飛び込み、祭りは終わる。神官が放った矢が水面に落ちるのを見ながら、加納は貴賓席で隣の県警本部長に、捜査の事情を説明していた。

「テロが効果的なのは祭りのクライマックス、オープニングとフィナーレだ。だがこの祭りは公民館で始まるからオープニングはテロの標的にならない。するとフィナーレだがここは溜池の岸辺で、爆発物を隠す場所がない。あとはその時にここにある物体に仕掛けることだ。それで調べてみたら案の定、超小型爆弾が手作りの神輿に仕掛けられていた。爆弾は事前に除去できたが、爆弾犯は逮捕したい。爆弾を解析したところ、起爆装置はリモート式で信号が届く範囲は半径二百メートル以内だ。犯人は自分が起こしたパニックを見る気満々だとわかったので、ひそかに警戒網を敷いたが、所持品検査の口実が思いつかない。テロリストの捜索なんていったら祭りが混乱するのは必定だからな。そこに置き引き事件が起こった。それでうまい具合に所持品検査をする口実になったわけだ」

「あそこまで範囲を限定できたのはなぜですか？」と玉村が訊ねる。

「今回の置き引きは、置き忘れた財布を見て魔が差したという偶発的なものだ。だから犯人は置き引きした後も祭りの行列を追うだろうと考えた。そこから逆算して範囲を決めたんだが、うまい具合に爆弾魔がいるであろう地域とぴったり一致したんだ」

「でも、犯人が最初からこの池で待ち構えていたら、アウトでしたね」

「その通りだが爆弾は既に除去してあるので危険はない。とにかくカモフラージュが必要だった。置き引きのポーチを探していると言えば、爆弾犯も油断する。結果は思った通りで犯人逮捕につながり、めでたしめでたし、というわけだ」

流れるような加納の説明に呆然としていた讃岐県警本部長は、少しむっとした様子で言う。

「でも爆弾魔を逮捕しながら、公表しないのはなぜです？　これでは納得できません」

「それは既定路線なんだ。テロは、画策されたという情報が流れるだけで効果的だから、未然に防いだテロは黙殺するのが正しい」

讃岐県警本部長は、納得していないようだが反論は難しそうだと悟り、矛先を変える。

「それならなぜ置き引き犯の盗品を回収したことは大々的に報じるんですか？　そんなささいな一件で多くの警察官を動員したら、批判されかねません」

「ニューヨーク市のジュリアーニ市長のブロークン・ウィンドウ（破れ窓）理論を知らんのか。暗黒の街と評判が最悪だったニューヨーク市を安全な都市に生まれ変わらせるため、市長だった彼が何をやったと思う？　壁の落書きを消し、ビルや建物の割れた窓ガラスの修繕を徹底させたんだ。それはささいなことだったが、犯罪はそうした日常のだらしない隙に忍び込む。そんな問題点を減らすことでニューヨークをアメリカ一安全な街に生まれ変わらせたんだ」

「ニューヨークのエピソードと今回の捜査とは、どう関係しているんですか？」

「讃岐県警は、置き引きというささいな犯罪にも徹底して対応するという姿勢をアピールできる。そうした情報は犯罪者の足を遠ざけ、潜在的犯罪者が犯罪に走るのを抑止するであろう」

加納の滔々とした論理展開に、一介の地方警察の県警本部長如きが太刀打ちできるはずもない。

仕方なく、「素晴らしいです」と小声で賛美の感想を口にするしかなかった。

すごすごと立ち去ろうとした讃岐県警本部長の背に加納が言う。

「ひとつ言い忘れた。今回逮捕した爆弾魔をCT検査に掛けてみるといい」

「CTというと、あの病気を見つける診断機ですか？」

「他にどんなCTがあるんだ？」と加納が小声で混ぜ返す。

「なぜそんなことをするんですか？」と訊ねられ、加納は片頰を歪めて笑う。

「ともかくCTを撮影し、人物同定を公安に依頼してみるんだな。ひょっとしたら貴様が望む大手柄になるかもしれんぞ」

讃岐県警本部長は首を捻りながらも「そうします」と従順に答えて、その場を立ち去った。

加納は隣の玉村に小声で言う。

「さて、タマ、一件落着したところで、有給休暇を一日延長しろ」

玉村は啞然として加納を見た。そして即座に言い返す。

「ええ？　そんなの無理です。昨日、今回は結願できない、とはっきり言いましたよね」

加納は呆れ顔で深々と吐息をついた。

「これまで俺がタマが遍路を続けるため何か無理強いしたことがあったか？」

いつもじゃないか、という反論を玉村は吞み込む。加納が真面目な顔をしていたからだ。

「今回の有給休暇の延長要請は、これまで追ってきた案件のカタをつけるためだ。二日前、壇ノ浦《だんのうら》海岸に腐乱した水死体があがった。裏社会マフィアの元締めで最後の大物と呼ばれる堀尾義一《ほりおぎいち》だ。なので俺は昨日、桜宮Aiセンターの島津センター長に鑑定を依頼した。明日ヤツが讃岐大にきて、Aiで遺体鑑定をする。そこで何らかの確証が得られれば一気にカタをつける」

「ということは、警視正はあのシステムの尻尾を摑んだんですか？」

「尻尾というより、首根っこを摑んだ、と言う方が正確だな」

「一体、いつの間にそんなことを……」

玉村は絶句する。ここ二日ほど、観光三昧とテロ捜査に専念していたはずなのに。

すると加納は呆れ声で言う。

「なんだ、タマは気づいていなかったのか？　俺たちの目の前を、ホンボシがウロチョロしていたのに」

玉村は加納の言葉を理解できずに、首を捻った。

だが、加納があの案件を気に掛け続けている執念には頭が下がる。加納との四国巡礼の珍道中を思い返せば思い当たる節は多々あった。

玉村は、大師の生まれ変わりと誤解されたこともある加納を惚れ惚れと眺めた。

そんな玉村の熱い視線に気づかない様子の加納はぼそりと言う。

「だがそれは明日のＡｉの結果に懸かっている。そこで何も出なければ、こっちもお手上げだ。だが俺の勘は、そこで必ず何かが出る、と叫んでいるんだよ」

加納の視線は、びしょ濡れで岸から上がってきた、神輿の担ぎ手の若者に注がれていた。


翌日。

讃岐大学医学部付属病院の画像診断室で行なわれる予定だった通常検査は急遽《きゅうきょ》、全例が延期された。人払いがされ、厳重な警備の中、制服姿の警察官が棺を運び込む。脱臭剤を入れてあるが、棺からは腐敗臭と磯の香りが入り交じった匂いが漂ってきた。

桜宮Ai センターの島津センター長は、棺が運び込まれる間、USBで渡された画像データの三次元再構成を行なっていた。モニタに白い歯形の像が浮かび上がり、投げ出された入れ歯みたいに、くるくると四方八方に回転している。

「準備ができました、島津先生」

讃岐大学の放射線技師が声を掛けると、島津はうなずいて、言う。

「よし、それでは3Dマルチプル CTの撮影を開始してくれ」

数十秒後、撮像が終わると、島津は遺体の頭蓋骨部分の三次元再構成を始めた。たちまちモニタ上に白い骸骨の画像が浮かび上がる。そこに、先ほど再構成した歯形を当てはめていく。

肩越しにその様子を眺めていた加納警視正が問いかける。

「どうだ？　歯形同定は一致するか？」

島津は振り返らずにうなずく。

「ええ、歯形は寸分の狂いもなく、完全に一致しています」

そうか、と肩を落とした加納に、回転椅子を回して振り返った島津が言う。

「でもこの遺体は、堀尾本人ではありません」

「何だと？　歯形が完全に一致したのに、なぜそう言い切れるんだ？」

加納が急き込むように尋ねると、島津は「それはですね……」とおもむろに説明をはじめた。

数分後、説明を聞き終えた加納と玉村は、あまりにも単純すぎる島津の説明に愕然としながら、島津が指し示しているモニタ上の画像を呆然と眺めていた。

その夜、ぼくは久しぶりに屋島水族館別館の地下室を合鍵で開け、部屋に入った。

扉を開けながら、三日前に一緒にお祭りに行った女の子のことを思い出す。

大切なポーチを取り戻して嬉しそうに振り回し、新池に落っことしそうになった時の様子を思い出すと、何だか微笑ましくなる。

ここがオープンしたら、黒服連中の人使いの荒さがすっかり以前と同じになったな、と思いながら、作業室の灯りをつける。

すると部屋の真ん中の椅子に、白装束姿の大柄な遍路が寝そべって寛いでいた。隣に寄り添う小柄な遍路が、ぼくにぺこりと頭を下げた。ぼくは会釈を返しながら、ステレオのスイッチを入れる。バイオリンが奏でる哀切な旋律が流れ出す。サラサーテのツィゴイネルワイゼンだ。

小柄な方の遍路が、興味深げに周囲を見回す。

「ここはすごいシステムですね。加圧装置と海水循環ポンプ、間接照明と、まさに深海魚の展示のお手本です。でもそこに歯科治療装置があると、さすがに違和感がありますね」

ぼくは肩をすくめた。

「ひょっとしてバレたかな、とは思っていたんだよね」

大柄な方の遍路が身体を起こした。

「なぜあの時、俺たちに声を掛けた？　そうしなければお前には気づかなかったろうに」

「さあ、どうしてかなあ。彼女が窃盗の被害にあってもあっさり諦めようとしているのを見て、胸が痛んだのかもしれない。ぼくらしくないと言えばそれまでだけど……」

そこまで言って、ぼくは左右を見回した。

「そういえば黒服の連中は来ていないの？」

「まだわからんのか。組織を一網打尽にして、連中にお前を呼び出させたんだ」

大柄な遍路が種明かしをする。ぼくは深々と吐息をついた。

「そうだったんだ。それならひと安心だ。連中に人質を取られていたからね。それにしても連中がドジを踏むなんて驚いたな。それともぼくがミスしたのかな」

「そうとも言えるし、そうでもないとも言える。そもそも桜宮の事件では、竜宮組幹部の自殺者の半分は〈ネクロ・デンティスト〉の細工で死者を身代わりにしたのに、残りの半分は本当に自殺していたという事実にずっと違和感を覚えていたんだ。だがそんなある日、気がついた。桜宮に〈ネクロ・デンティスト〉が二人いれば総ての辻褄《つじつま》が合う。逮捕した高岡《たかおか》の仕事は簡単に見抜けたがもう一人いるとなるとソイツの腕はべらぼうにいいから厄介だ。そのうち、四国で例のシステムが稼働している気配に感づいて、四国を調査していた。そこで昨日、祭りの最中に声を掛けてきたお前の顔を見て思い出したんだ。高岡を逮捕した時、家具屋のアルバイトのふりをしてすれ違いで部屋を出て行った野郎だ。四国で例のシステムの再稼働の気配があって、そこにあの事件の時に偶然すれ違ったヤツがいた。そんな偶然は滅多に起こるものではない」

大柄な遍路はそう言うと、ぼくの顔を凝視した。ぼくは肩をすくめた。

「参ったな。こっちがあんたを覚えているのは当然だけど、まさかそっちも覚えていたとはね」

「こっちも商売だからな」と大柄な遍路は答えた。そして続ける。

「それにしてもうまいやり方を考えたもんだな。遍路弾丸ツアーと閉館寸前の水族館を連動させ、遺体が出たら弾丸遍路ツアーを募り、小型バスの荷物室に搭載して遺体を加工現場の水族館に運ぶ。歯の加工を終えた遺体は水族館の水槽に沈め、ほどよく腐敗させたら弾丸ツアーのバスで、途中の適当な海に投棄する。このケースでは遺体が発見されることが肝要だが、適切な捨て場所を選べば確実だ。この土左衛門・作製工程は、実に合理的で優秀なシステムだ」

ぼくは肩をすくめる。

「この仕組みは僕が思いついて、我ながら傑作だと思って〈水死体熟成セラー〉と名付けたのに、土左衛門作製工程だなんてあんまりだよ。でもなぜバレたんだろ。ひょっとしてＡｉとか言う、解剖に代わる新たな遺体検索システムが落ち度を発見したのかな？」

「ご明答。お前の技術は完璧だった。ただあの技術が通用する時代は終わったということだ。それに気づいたのは屋島寺の参拝だった。今のお前は、本尊のお参りに気を取られるあまり、宝物館に本尊が安置されているということに気づかなかった、あの時の俺のようなものだ」

「何を言っているのか、さっぱりわからないんだけど」

小柄な方の遍路が補足説明をする。

「歯の加工部分は厳密に鑑定しても他人と同定できなかったんですが、他の部分で他人と証明されたんです。裏社会マフィアの元締め、堀尾義一は心臓に毛が生えているような破格の悪党です。でも身代わりのホトケは心臓が悪かったようで、ペースメーカーが入っていることがA・iでわかったんです。堀尾は病気知らずの健康体なので、遺体は別人と判別できたわけです」

「な、笑っちまうくらい、単純な話だろう？」

なぜか大柄な遍路が得意げに言う。ぼくは微笑した。

「僕の技術ミスでないなら、ほっとしたよ。でもあんたが言うように、このシステムは使い物にならなくなってしまったんだね」

「その通り。逮捕した宮野が組織の内実をゲロして、あとは芋づるだ。もうビジネスは手仕舞いだと宣告したら責任者はペラペラ唄い、お前をおびき寄せる協力もした。司法取引というヤツだ」

大柄な遍路がしゃあしゃあと言う。

「まさか組織が先に完落ちするなんてびっくりしたよ。で、ぼくを逮捕するつもり？　でもあんたの顔を見ると、僕を逮捕するのは難しいということはわかっているみたいだけど」

その途端、大柄な遍路の顔に苦悩の色が浮かんだのを、ぼくは見逃していなかった。

「ああ、その通りだよ。お前が遺体損壊したという確たる証拠はない。すべては状況証拠だ。連中がお前を差し出したのは、このシステムの店仕舞いを決めたからだ。自白したのは下っ端だが証拠不十分で不起訴になるだろう。お前も同じことになる。俺はムダな努力というヤツが大嫌いだから、本件はシステムをぶっ潰して終わりにしようと思っている」

「それならどうして、わざわざぼくに会いにきたのさ？」

「このシステムが終わりだと引導を渡すためだ。確かにお前は犯罪幇助をしたが、極悪非道な犯罪者ではない。だがこのシステムが生き存らえると極悪人がのさばる。だから警察の一員として、この仕組みは徹底的にぶっ潰す。発注先が潰れ、お前は今後、警察の厳重な監視下に置かれるから、もう二度とこの仕事はできない」

「ぼくに転職を勧めているの？　警察もお節介になったもんだね」

「組織が壊滅した今、お前を司法で裁くのは時間と労力の無駄遣いだ。お前が更正すればそれでいい。せっかく可愛いガールフレンドもできたようだから、これからは真っ当に生きるんだな」

言いたいことを勝手に言いまくった大柄な遍路は最後にひと言、つけ加えた。

「明日、ここの歯科治療機械は押収し、水槽も撤去するから、今お前が持っている合鍵を返せ。警察から館長に返しておく」

ぼくはポケットから合鍵を取り出し渡そうとして、ふと手を止めた。

「最後の夜くらい、ここで過ごしたいんだけど」

大柄な遍路は腕組みをして考えていたが、やがてうなずいた。

「いいだろう。合鍵は、ここを退去する時に机の上に置いていけ」

大小二人の遍路が出て行くのを見送ったぼくは、コンクリートの壁に囲まれた部屋で治療椅子に座る。リクライニングシートを倒し、見上げた天井に向かって呟く。

「今さらどこへ行けって言うんだよ、なあ？」

ぼくの問いは、天井の上でゆらゆら漂っているクラゲには届いていないのだろう。

真魚はずっと、栗田にひょうげ祭りの時のお礼とお詫びをどう言おうか、考えていた。

でも本当はそれは口実で、次に遊びに行く場所の候補を三つほど検討していたのだった。

あの人はどれを選ぶかな、その時どんな顔をするだろう、と思うと、真魚は胸が弾んだ。

ひとつだけ問題があった。真魚は栗田の連絡先を聞いていなかったから真魚から栗田に連絡が取れなかった。ほんと、お間抜けなんだから、と真魚は過去の自分の粗忽《そこつ》さを咎《とが》める。

でもそれは仕方がなかった。初めてのデート。うっかり忘れたポーチ。非常線を敷いてくれた私服警官。総出でポーチを探してくれた同級生。仲間を仕切った幼なじみの青年の、頼りがいのある背中。あんな派手なことなど、これまで経験したことがなかった。

あの日、真魚が生まれて初めて、人生という祭りの主役になったのだった。

地下室の作業場を見張ってみようか、と思ったが、不定期な仕事らしいから幾晩も空振りしそうだ。何かいい方法はないかしら、と考えていたところに、ギョロ目の館長がやってきた。

「真魚ちゃん、今日は報告があるんだ。地下室を貸していた相手が契約を打ち切ってきたんだよ。でね、机の上に合鍵と真魚ちゃん宛ての手紙が置いてあったんだ。真魚ちゃんはあそこで働いていた人と知り合いだったのかい？」

真魚の心臓がとくん、と鳴る。

「ええ、まあ」と曖昧に答えて、受け取った封筒を眺めた。

封筒の表に几帳面な文字で、沢村真魚さま、と書かれていた。その字は栗田の印象とぴったり重なっていて、目を離すと今にもすうっと消えてしまいそうな感じがした。

館長が赤いネクタイをひらめかせ、岩陰に隠れるキンメダイのようにして姿を消すと、真魚は広いホールにひとり取り残された。

クラゲの水槽の前に歩み寄る。相変わらずクラゲはゆらゆらと漂い、下の砂地の巣穴からはひょろ長いチンアナゴが顔を出し、水藻のようにゆらりゆらりと揺れていた。

深呼吸して封を開けると、中からは一葉の写真が出てきた。クリオネの絵葉書だ。裏に走り書きがあった。

「この街を離れることにしました。祭は楽しかった。じゃあ、またいつか。栗田」

真魚は絵葉書を引っ繰り返し、他にメッセージがないか、何度も探した。

五度、見直して結局、ここに書かれていることがすべてだ、と納得した。

あの人はどこかへ行ってしまったんだ。真魚はようやくそのことを理解した。

でも、どこへ？　そして、なぜ？

真魚の問いに、答えはなかった。

十月。

警察庁は、テロ組織と付随する組織の徹底捜査により、〈ホーネット・ジャム〉なる犯罪サポートを主とする地下組織を壊滅させたと発表した。

四国に根付きかけていた犯罪シンジケート組織は芽吹くことなく根絶やしにされ、もはや類似の組織は日本では成立しないと高らかに宣言した。

第三者の遺体の歯を加工し、別人に見せかけ新たな戸籍を得るという、犯罪者が警察の追及から逃れるために有効な〈人生ロンダリング〉システムに対する対策はシンプルだった。

これまで歯形で行なっていた人物同定をAｉ（オートプシー・イメージング＝死亡時画像診断）主体に変更し、警察の出先機関である法医学教室に任せきりだった死体検案の主体を、医療団体代表の日本医師会に委託し直すというものだ。

警察内部には強い反発もあったようだが、そうした雑音を封じて改革を断行したのは、警察庁の切れ者の警視正だとのウワサだった。

正式発表があった日、東京の霞が関ではその警視正が一室で、椅子にもたれて足を組み、今にも椅子から転げ落ちそうになるのをかろうじてバランスを取りながら、居眠りしていた。

傍らにはきちんと畳まれた白装束、その上に一柄の金剛杖が置かれていた。

もうひとり、この一件の影の殊勲者である警部補は、秋風が吹き抜ける地方の小都市の街角で、地道な地取り捜査に励んでいた。

立ち止まって秋空を見上げたその姿に、どこからともなく巡礼の鈴の音が響いた。

ひょうげ祭りが終わって一ヵ月後。

新聞の社会面の片隅に載っていた記事が、真魚の目に留まった。

「人生再生ビジネス、撲滅」という記事の内容は専門的すぎて理解できなかったが、ひょうげ祭の直前に壇ノ浦で上がった水死体が事件発覚のきっかけになったらしい。

壇ノ浦だなんて、身近で起こった事件だったんだ、と真魚は思った。

でも新聞を畳んだ時、真魚は事件のことはきれいさっぱり忘れた。そしていつものように水族館の別館に出勤した。


真魚は相変わらずひとりで、黙々と棚を磨いていた。

そんな真魚に数日前、朗報が伝えられていた。

屋島水族館の経営母体の企業の方針が大転換し、規模縮小から逆に規模充実へと舵《かじ》を切ることになった。何でも、遍路弾丸ツアーを仕切っていた旅行会社が解散するにあたり、なぜか水族館にかなりの額の寄付をしてくれたのだそうだ。

その第一弾として深海魚コーナーの再開が決まり、目玉としてマリアナ海溝深度八千メートルで採取された幻の深海魚・マリアナスネイルフィッシュが展示されることになったのだ。

更に加えて姉妹都市の桜宮からはボンクラボヤが寄贈されることも決まった。

今はまだ閑散としている別館も来年、桜が咲く頃には大勢の人出で賑わうことだろう。でも今の真魚にとっては、半年先のことなど遠い未来の夢物語に思えた。売店の商品棚を掃除して補充品をチェックしながら、ひとり口ずさむ。

ボンクラボヤは眠るよ　　深い海の底、眠るよ
あなたは眠るよ　　　　　私の胸の中で眠るよ

そんな真魚は明日、幼なじみの青年に初めて映画に誘われたという、ささやかな行事にどの服を着ていこうか、ということで頭がいっぱいだった。

ふいに、クラゲの水槽の前に座っていた白装束の遍路が立ち上がる。

金剛杖の涼やかな鈴の音が、館内に響く。その音につられるようにして、白い砂地の巣穴からおそるおそる顔を出したチンアナゴが、水の流れに身を任せるようにゆらゆらと揺れた。

それは秋の盛り、ある平和な午後のひとときの風景だった。

高野　結願は遠く果てしなく

金剛杖の鈴を鳴らしながら、白装束の遍路二人が雪深い山道を歩いている。

四月だというのに、高野山は雪深かった。

空海が開基した壇上伽藍《がらん》と金剛峯寺を通り過ぎた加納と玉村の白装束コンビは、奥の院にある燈籠堂《とうろうどう》に向かっていた。

加納が白い息を吐きながら言う。

「いいか、タマ。俺が大切にしている人生訓がふたつある。ひとつは、最初が肝心、ということ。もうひとつは、終わりよければすべてよし、だ。だが振り返ると、タマが企画した遍路ツアーは、最初が肝心、という教訓を見事なまでにぶっ潰してくれたよな」

玉村はむっとした表情で「どういう意味ですか？」と問い返す。

「遍路とは空海坊主と道行き二人で寺を回り、自身を発見する巡礼だ。そうであるなら空海坊主がおわします総本山、高野山の金剛峯寺と奥の院を最初にお参りしなければ意味がない。それは神輿が神社で神さまを乗せずに出発する、あのひょうげ祭りのようなものだ」

言うにこと欠いて玉村の遍路をひょうげ祭りに喩《たと》えるとは。

一瞬怒りに我を忘れそうになるが、それはひょうげ祭りに失礼だと気づき、気を鎮める。雪道で巡礼の鈴を鳴らしながら、ひとり物思いに耽る。

自分は一度も、加納を遍路に誘ったことなどない。勝手についてきただけじゃないか。だがそんな玉村にも、加納の人生訓はしみじみと胸に染みた。

そう、ものごとは最初が肝心。最初に加納の同行を許したばかりに自分の遍路人生は……。

加納はそんな玉村の気持ちを忖度する様子もなく続けた。

「だからもうひとつの俺の人生訓は、きちんと達成したいと考えて当然だろ？」

「まあ、それはそうでしょうけど……」

玉村ははずみでうっかり、相づちを打ってしまう。ここまでの遍路旅を振り返り、深く反省したことを綺麗さっぱり忘れ果てた行為だった。加納は晴れ晴れとした顔で言う。

「というわけで遍路の締め、高野山のお礼参りツアーはこうして俺が仕切っているわけだ。因みにタマの有給休暇申請も、警察庁を通じてこの俺がやっておいたんだぞ」

確かに加納は以前から、高野山をお参りして初めて真に結願する、と口にしていた。だから玉村はしぶしぶ今回も加納との二人旅を受け入れたわけだ。

だが玉村は本心から納得しているわけではなかった。なので思わず愚痴が口をついて出た。

「人の有給休暇を勝手に申請したことも問題ですけど、もともと私は高野山にお参りするつもりなんてなかったんです。そんなことをしているヒマがあるなら、すぐ二周目の遍路に取りかかり、今度こそ歩き遍路を達成したかったんです」

玉村は深々と吐息をついた。そしてなおも愚痴り続ける。

「大体、讃岐の事件が解決した後にはパトカー遍路で残った讃岐遍路寺を一日で打ち終えるわ、一ヵ月前の浪速の捜査会議の会合に私を誘っておいて、浪速からレンタカーをぶっ飛ばして一泊二日の強行軍で土佐の足摺周辺を打ち終えるわと騙し討ちの連続です。おかげさまで四国遍路は無事結願しましたが、百歩譲って今回、高野山をお礼参りするなら、せめて麓の慈尊院《じそんいん》から正式な参道を歩きたかったです。参道には一町（約百十メートル）ごとに町石が一本立てられ全部で百八十本、その一本一本がすべて仏さまだと言われているんですから」

加納はしみじみと玉村を見た。

「バカか、タマは。百八十町とは約二十キロ、歩いて六時間だぞ。スピード第一のこのご時世、たったふたつの寺印のためそこまで時間を掛けるなんていう自己満足遍路は室戸で懲りたよ」

今回の高野山行きは加納主導で桜宮から新大阪まで新幹線、地下鉄を乗り継ぎなんばまで、なんばから極楽橋までは南海《なんかい》鉄道で一直線、終点からケーブルカーで高野山駅、以後は南海バスに乗車するという、歩きがほぼない一般交通による駆け足参拝と相成ってしまった。

高野山の納経所は、空海が修行した物質的な胎蔵界《たいぞうかい》の象徴である壇上伽藍の金剛峯寺と、精神世界を象徴する金剛界の表出、奥の院の空海御廟《くうかいごびょう》にあり、その二カ所の間はかなり距離がある。

ここでも加納は合理的に、遠い方の奥の院から参拝しようと言い出した。だが玉村は現世での弘法大師の修行の場である金剛峯寺を最初にお参りしたいと主張した。

「大師が唐の浜辺で三鈷を投げて、それが引っかかったという三鈷の松も、金剛峯寺の側の壇上伽藍にあるんです。その大樹には三葉の松葉があり、見つけたら縁起がいいんです」

もちろんそんな玉村の主張は、あっけなく却下された。

「本当にタマは騙されやすいな。忘れたのか。詐欺師・空海坊主は、俺たちの四国遍路の結願寺の土佐・青龍寺で、まったく同じエピソードで建立を決めたんだぞ。高野山を気に入った空海坊主が例の調子ででっち上げたエピソードに違いない。大体、中国の海岸から投げた法具が高野山まで届くはずがないし、そもそもどうして二カ所で見つかるんだ？　大方、空海野郎は人が見ていない時に、こっそり仕込んだに決まっている」

もはや玉村は、加納の不遜な発言を封じることは諦めていた。弘法大師の足跡を追いかけることを至尊とする遍路原理主義者としての玉村の面子は丸潰れだ。

「高野山に来てまで、歩き遍路の真髄を具現しようとは、歩き遍路至上主義ここに極まれり、そこまで徹底すれば天晴れだ。だが考えてみろ。歩き遍路とは一筆書きの連環巡礼を完成させることに他ならない。ならば途中で何度も打ち切るブチ切れ遍路だって、一筆書きに変わりはない」

「どう考えればそんな屁理屈が成立するんですか」

玉村は呆れ顔で言う。またいつもの屁理屈が始まった。今度ばかりは絶対に承服しないぞ。

玉村が警戒心を丸出しで、追加説明を待っていると、加納は厳かな声で言う。

「人生はただ一度、歩ける道は一筋のみ。それはすべて一本につながっている。人生とは壮大な一筆書きで、遍路はそのほんの一部にすぎないのだぞ、タマ」

玉村に衝撃が走る。それはまさしく弘法大師の教え、そのものに思われた。

気がつくと玉村は、雪塗れになりながら、白装束姿の加納に三跪九拝《さんききゅうはい》していた。

そんな加納は、大名やら有名人の墓地が集まり、およそ三十万基もの墓石がある奥の院への参道をひた歩く。やがて納経所が見えてくると、急にそわそわし始めた。

加納が強引にこの時期に高野山参りをねじ込んだ理由を、玉村は充分に理解していた。

――高野山で、遍路開創千二百年記念のスタンプをコンプリートしたいんだな。

二週間前に強引に足摺三寺の押印を済ませたから、四国霊場の記念スタンプはコンプリートできた。今や納経帳に残る白紙ページは最初の二ページ、奥の院と本殿・金剛峯寺のみ。

加納は奥の院の納経所にいそいそと納経帳を差し出す。しばらくして返された納経帳を見て、しばし呆然とした加納は、我に返って怒鳴り声をあげた。

「おい、記念スタンプを押し忘れているぞ。それに梵字赤札もないじゃないか」

納経所の僧侶は、次から次へと差し出される納経帳にすらすら筆を走らせながら、怒り心頭に発した加納の鬼の形相を見もせずに、平然と言い返す。

「はあ、巷《ちまた》ではそんなことも行なわれているようでっけど、それは下界のお寺はんの話であって、大師開基の本山、金剛峯寺ではさような下世話な企画はやっておりまへん」

「な、何だと」

加納は絶句した。顔面は真っ赤な怒りを通り越し、今や蒼白になっていた。

あまりにあっさり言われたため、さすがの加納もどう言い返せばいいかわからないようだ。

おのれ真言密教の総本山め、お高くとまりおって、という罵声が口をついて出かかったその時、携帯電話が鳴った。憤怒の念を抑えつつ受話器に耳を当てた加納の顔色が変わる。

加納は、携帯電話に相づちを打ちながら、玉村に言う。

「とんでもない事件が起こったようだ。今から佐渡《さど》に飛ぶぞ」

「え？　佐渡、ですか？」

玉村はその跳躍ぶりについていけず、佐渡って何番札所だろう、と一瞬考え込む。

加納は背後に控える高野山の本殿・金剛峯寺と壇上伽藍には見向きもせず、ずんずんと闊歩しバス停に向かう。その後から玉村が大声を上げながら追いかける。

「待ってください、警視正。せっかくだから金剛峯寺の納経所に寄って行きましょうよ。それが無理なら六角経蔵の基壇を回し、五千回お経を唱えた功徳をいただきましょう。それすらダメだというのなら、せめて三鈷の松の枝振りをほんの一目だけでも……」

玉村の哀願をかき消すように、到着したバスのエンジン音が響いた。

こうして二人の遍路旅の、真の結願は遠くに飛び去ってしまった。

その時、奥の院、杉の大樹のてっぺんでは、五十六億七千万年後に出現する弥勒菩薩を待ち続けている弘法大師が、新たに始まる加納と玉村の流浪《るろう》の旅を寿ぐように、二人を見送っていた。

梢《こずえ》の上で呵々大笑した大師の大音声が、高野山の深き森に木霊《こだま》する。

凡夫よ、人生とは所詮、壮大な遍路旅であるぞ。

四国霊場八十八カ所

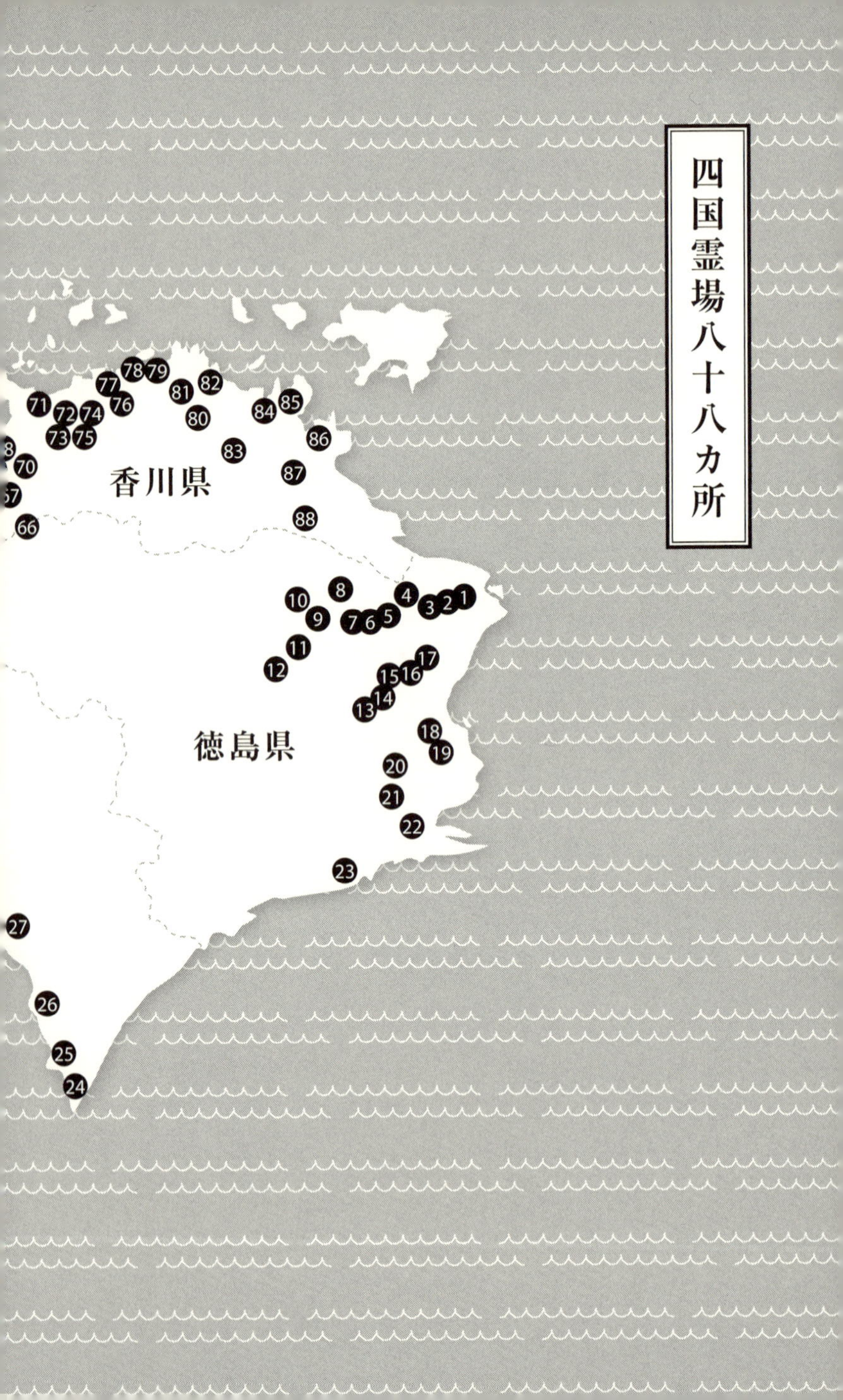
香川県
徳島県
1 2 3 4 5 6 7 8 9 10 11 12 13 14 15 16 17 18 19 20 21 22 23 24 25 26 27
66 70 71 72 73 74 75 76 77 78 79 80 81 82 83 84 85 86 87 88

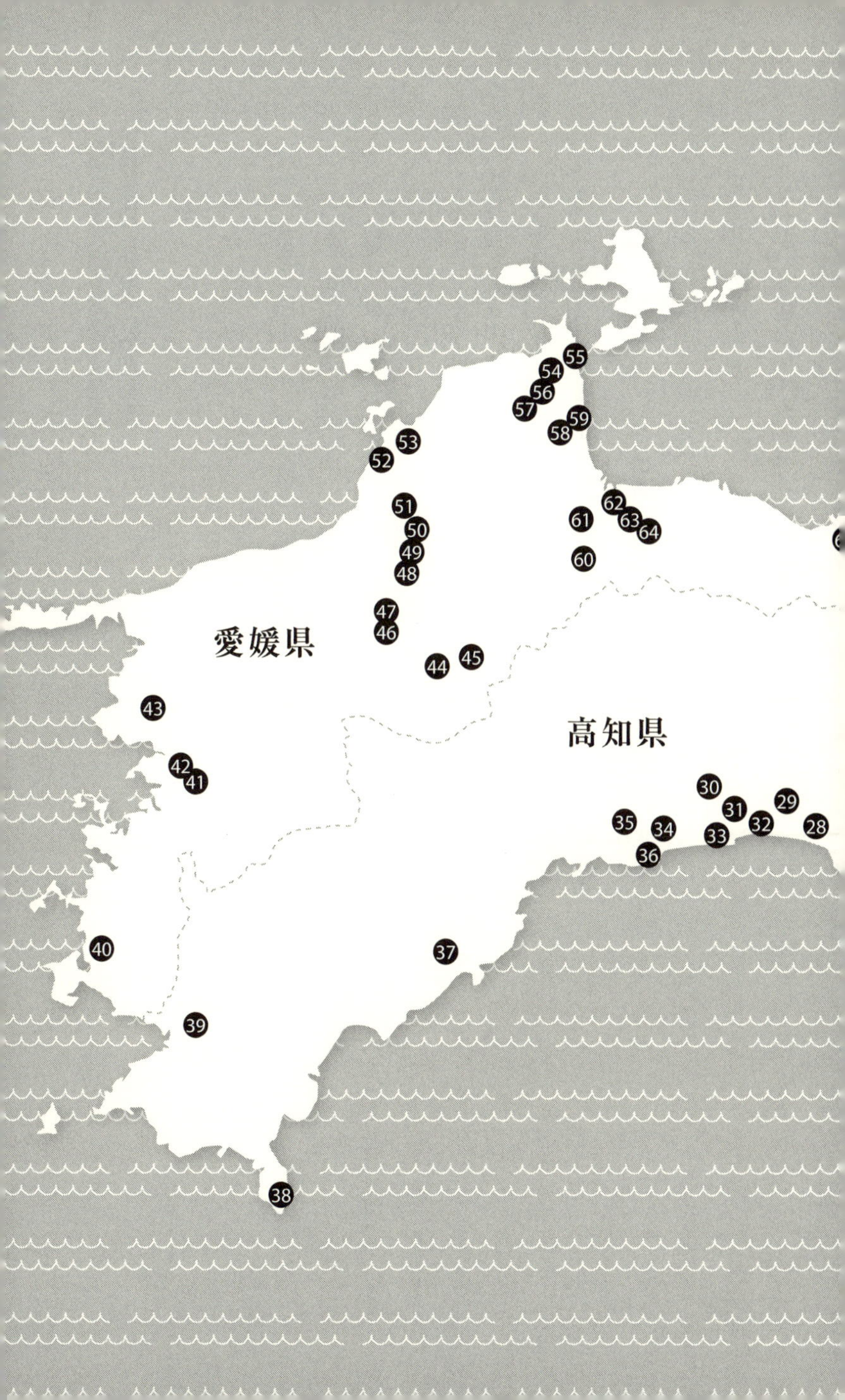
愛媛県
高知県
28
29
30
31
32
33
34
35
36
37
38
39
40
41
42
43
44
45
46
47
48
49
50
51
52
53
54
55
56
57
58
59
60
61
62
63
64

発心の道場◎阿波

札所	山院	寺	本尊	開基	年号
一番	竺和山　一乗院	霊山寺	釈迦如来	行基	天平年間★1
二番	日照山　無量寿院	極楽寺	阿弥陀如来	行基	奈良時代★2
三番	亀光山　釈迦院	金泉寺	釈迦如来	行基	天平年間
四番	黒巌山　遍照院	大日寺	大日如来	空海	弘仁六年（八一五）
五番	無尽山　荘厳院	地蔵寺	勝軍地蔵菩薩	空海	弘仁十二年（八二一）
六番	温泉山　瑠璃光院	安楽寺	薬師如来	空海	弘仁六年（八一五）
七番	光明山　蓮華院	十楽寺	阿弥陀如来	空海	大同年間★3
八番	普明山　真光院	熊谷寺	千手観世音菩薩	空海	弘仁六年（八一五）
九番	正覚山★2　菩提院	法輪寺★4	涅槃釈迦如来	空海	弘仁六年（八一五）
十番	得度山　灌頂院	切幡寺	千手観世音菩薩	空海	弘仁年間★5
十一番	金剛山	藤井寺	薬師如来	空海	弘仁六年（八一五）
十二番	摩廬山　性寿院	焼山寺	虚空蔵菩薩	役行者小角	弘仁六年（八一五）

十三番	大栗山　花蔵院	大日寺	十一面観世音菩薩	空海	弘仁六年（八一五）
十四番	盛寿山　延命院	常楽寺	弥勒菩薩	空海	弘仁六年（八一五）
十五番	薬王山　金色院	国分寺	薬師如来	行基	天平十三年（七四一）
十六番	光耀山　千手院	観音寺	千手観世音菩薩	空海	天平十三年（七四一）
十七番	瑠璃山　真福院	井戸寺	七仏薬師如来	天武天皇	白鳳二年（六七三）
十八番	母養山　宝樹院	恩山寺	薬師如来	行基	天平年間
十九番	橋池山　摩尼院	立江寺	延命地蔵菩薩	行基	天平十九年（七四七）
二十番	霊鷲山　宝珠院	鶴林寺	地蔵菩薩	空海	延暦十七年（七九八）
二十一番	舎心山　常住院	太龍寺	虚空蔵菩薩	空海	延暦十二年（七九三）
二十二番	白水山　医王院	平等寺	薬師如来	空海	弘仁五年（八一四）
二十三番	医王山　無量寿院	薬王寺	厄除薬師如来	行基	神亀三年（七二六）

★1　七二九〜七四九年
★2　七一〇〜七九三年
★3　八〇六〜八一〇年
★4　白蛇山・法淋寺として開基。
★5　八一〇〜八二四年

修行の道場◎土佐

札所	山院	寺	本尊	開基	年号
二十四番	室戸山　明星院	最御崎寺	虚空蔵菩薩	空海	大同二年（八〇七）
二十五番	宝珠山　真言院	津照寺	楫取地蔵菩薩	空海	大同二年（八〇七）
二十六番	龍頭山　光明院	金剛頂寺	薬師如来	空海	大同二年（八〇七）
二十七番	竹林山　地蔵院	神峯寺	十一面観世音菩薩	行基	天平二年（七三〇）
二十八番	法界山　高照院	大日寺	大日如来	行基	天平年間
二十九番	摩尼山　宝蔵院	国分寺	千手観世音菩薩	行基	天平十三年（七四一）
三十番	百々山　東明院	善楽寺	阿弥陀如来	空海	大同年間
三十一番	五台山　金色院	竹林寺	文殊菩薩	行基	神亀元年（七二四）
三十二番	八葉山　求聞持院	禅師峰寺	十一面観世音菩薩	行基	大同二年（八〇七）
三十三番	高福山★6	雪蹊寺★6	薬師如来	空海	弘仁六年（八一五）
三十四番	本尾山　朱雀院	種間寺	薬師如来	空海	弘仁年間
三十五番	醫王山　鏡池院	清瀧寺	厄除薬師如来	行基	養老七年（七二三）

三十六番	独鈷山	伊舎那院	青龍寺	波切不動明王	空海	弘仁六年（八一五）
三十七番	藤井山	五智院	岩本寺	不動明王、観世音菩薩、阿弥陀如来、薬師如来、地蔵菩薩	行基	天平年間
三十八番	蹉跎山	補陀落院	金剛福寺	三面千手観世音菩薩	空海	弘仁十三年（八二二）
三十九番	赤亀山	寺山院	延光寺	薬師如来	行基	神亀元年（七二四）

★6　少林山　高福寺と称す。

菩提の道場◎伊予

札所	山院	寺	本尊	開基	年号
四十番	平城山 薬師院	観自在寺	薬師如来	空海	大同二年（八〇七）
四十一番	稲荷山 護国院	龍光寺	十一面観世音菩薩	空海	大同二年（八〇七）
四十二番	一力山 毘盧遮那院	仏木寺	大日如来	空海	大同二年（八〇七）
四十三番	源光山 円手院	明石寺	千手観世音菩薩	円手院正澄	六世紀前半
四十四番	菅生山 大覚院	大寶寺★7	十一面観世音菩薩	明神右京・隼人	大宝元年（七〇一）
四十五番	海岸山	岩屋寺	不動明王	空海	弘仁六年（八一五）
四十六番	医王山 養珠院	浄瑠璃寺	薬師如来	行基	和銅元年（七〇八）
四十七番	熊野山 妙見院	八坂寺	阿弥陀如来	役行者小角	大宝元年（七〇一）★8
四十八番	清滝山 安養院	西林寺	十一面観世音菩薩	行基	天平十三年（七四一）
四十九番	西林山 三蔵院	浄土寺	釈迦如来	恵明上人	天平勝宝年間★9
五十番	東山 瑠璃光院	繁多寺	薬師如来	行基	天平勝宝年間
五十一番	熊野山 虚空蔵院	石手寺	薬師如来	行基	天平元年（七二九）
五十二番	瀧雲山 護持院	太山寺	十一面観世音菩薩	真野長者	六世紀後半

五十三番	須賀山	正智院	円明寺	阿弥陀如来	行基	天平勝宝元年（七四九）
五十四番	近見山	宝鐘院	延命寺	不動明王	行基	養老四年（七二〇）
五十五番	別宮山	金剛院光明寺	南光坊	大通智勝如来	行基	大宝三年（七〇三）
五十六番	金輪山	勅王院	泰山寺	地蔵菩薩	空海	弘仁六年（八一五）
五十七番	府頭山	無量寿院	栄福寺	阿弥陀如来	空海	弘仁年間
五十八番	作礼山	千光院	仙遊寺	千手観世音菩薩	越智守興	七世紀後半
五十九番	金光山	最勝院	国分寺	薬師瑠璃光如来	行基	天平十三年（七四一）
六十番	石鈇山	福智院	横峰寺	大日如来	役行者小角	白雉二年（六五一）
六十一番	栴檀山	教王院	香園寺	大日如来	聖徳太子	六世紀後半
六十二番	天養山	観音院	宝寿寺	十一面観世音菩薩	聖武天皇	天平年間
六十三番	密教山	胎蔵院	吉祥寺	毘沙門天	空海	弘仁年間
六十四番	石鈇山	金色院	前神寺	阿弥陀如来	役行者小角	七世紀後半
六十五番	由霊山	慈尊院	三角寺	十一面観世音菩薩	行基	天平年間

★7　文武天皇の勅願寺。

★8　弘仁六年（八一五年）大師再興。

★9　七四九～七五七年

涅槃の道場◎讃岐

札所	山院	寺	本尊	開基	年号
六十六番	巨鼇山　千手院	雲辺寺	千手観世音菩薩	空海	延暦八年（七八九）
六十七番	小松尾山　不動光院	大興寺	薬師如来	空海	天平十四年（七四二）
六十八番	七宝山	神恵院	阿弥陀如来	日証上人	大宝三年（七〇三）
六十九番	七宝山	観音寺	聖観世音菩薩	日証上人	大宝三年（七〇三）
七十番	七宝山　持宝院	本山寺	馬頭観世音菩薩	空海	大同二年（八〇七）
七十一番	剣五山　千手院	弥谷寺	千手観世音菩薩	行基	天平年間
七十二番	我拝師山　延命院	曼荼羅寺	大日如来	空海	大同二年（八〇七）
七十三番	我拝師山　求聞持院	出釈迦寺	釈迦如来	空海	奈良時代後期
七十四番	医王山　多宝院	甲山寺	薬師如来	空海	平安時代初期
七十五番	五岳山　誕生院	善通寺	薬師如来	空海	大同二年（八〇七）
七十六番	鶏足山　宝幢院	金倉寺	薬師如来	和気道善	宝亀五年（七七四）
七十七番	桑多山　明王院	道隆寺	薬師如来	和気道隆	和銅五年（七一二）

七十八番	仏光山　広徳院	郷照寺	阿弥陀如来	行基	神亀二年（七二五）
七十九番	金華山　高照院	天皇寺	十一面観世音菩薩	行基	天平年間
八十番	白牛山　千手院	國分寺	十一面千手観世音菩薩	行基	天平十三年（七四一）
八十一番	綾松山　洞林院	白峯寺	千手観世音菩薩	空海、円珍	弘仁六年（八一五）
八十二番	青峰山　千手院	根香寺	千手観世音菩薩	空海、円珍	弘仁年間
八十三番	神毫山　大宝院	一宮寺	聖観世音菩薩	義淵僧正	大宝年間★10
八十四番	南面山　千光院	屋島寺	十一面千手観世音菩薩	鑑真和上	天平勝宝六年（七五四）
八十五番	五剣山　観自在院	八栗寺	聖観世音菩薩	空海	天長六年（八二九）
八十六番	補陀洛山　清浄光院	志度寺	十一面観世音菩薩	藤原不比等	推古三十三年（六二五）
八十七番	補陀洛山　観音院	長尾寺	聖観世音菩薩	行基	天平十一年（七三九）
八十八番	医王山　遍照光院	大窪寺	薬師如来	行基	養老元年（七一七）

★10　七〇一～七〇四年

参考文献・参考資料

『書道藝術　第十二巻　空海』中田勇次郎編　空海訳　中央公論社　一九七〇年
『空海　生涯とその周辺』高木訷元　吉川弘文館　一九九七年
『空海の本　密教最大の聖者の実像と伝説を探る』藤巻一保　学研プラス　二〇〇六年
『弘法大師講聖典』四国六番安楽寺　弘法大師講本部
『歴史の旅　四国八十八札所』瀬戸内海放送株式会社編　秋田書店　一九七二年
『四国遍路1　発心　阿波 徳島編』横山良一　角川書店　二〇〇二年
『四国遍路2　修行　土佐 高知編』横山良一　角川書店　二〇〇二年
『四国遍路3　菩提　伊予 愛媛編』横山良一　角川書店　二〇〇二年
『四国遍路4　涅槃　讃岐 香川編』横山良一　角川書店　二〇〇二年
「お遍路手帳」お遍路手帳製作所　二〇一四年
『四国八十八ヶ所 札所めぐり　遍路歩きルートガイド』小林祐一　メイツ出版　二〇一四年
『四国八十八ヶ所詳細地図帖』西村益一編　雑誌四国　二〇一三年
『リルケ詩集』リルケ　星野慎一訳　岩波文庫　一九五五年

〈初出〉

発心のアリバイ　『「このミステリーがすごい！」大賞作家書き下ろしBOOK vol.8』二〇一五年二月

修行のハーフ・ムーン　『「このミステリーがすごい！」大賞作家書き下ろしBOOK vol.9』二〇一五年五月（「修行のタイムリミット」を改題）

菩提のヘレシー　『「このミステリーがすごい！」大賞作家書き下ろしBOOK vol.19』二〇一七年十二月

涅槃のアクアリウム　『「このミステリーがすごい！」大賞作家書き下ろしBOOK vol.20』二〇一八年三月

結願は遠く果てしなく　書き下ろし

海堂 尊（かいどう たける）
1961年、千葉県生まれ。医師、作家。2006年、『チーム・バチスタの栄光』（宝島社）で第4回『このミステリーがすごい！』大賞を受賞しデビュー。同シリーズは累計発行1000万部を超える。著書多数。

玉村《たまむら》警部補《けいぶほ》の巡礼《じゅんれい》

2018年4月20日　第1刷発行

著　者：海堂 尊
発行人：蓮見清一
発行所：株式会社宝島社
〒102-8388 東京都千代田区一番町25番地
電話：営業 03(3234)4621／編集 03(3239)0599
http://tkj.jp
組版：株式会社明昌堂
印刷・製本：中央精版印刷株式会社

ISBN 978-4-8002-8113-5

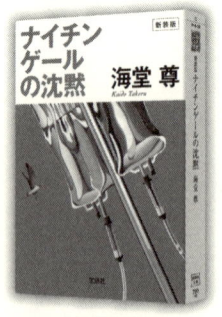

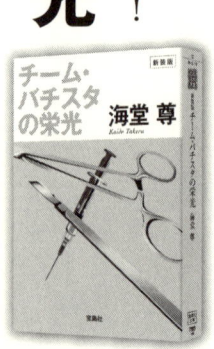

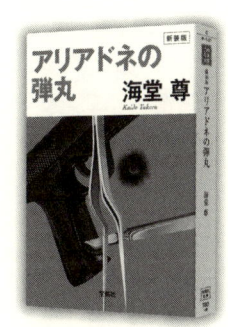

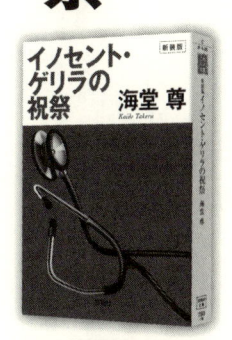

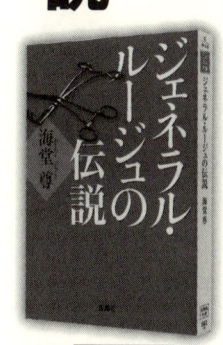

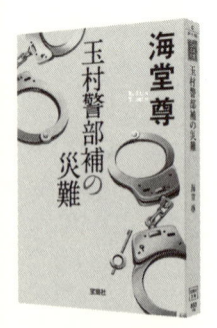

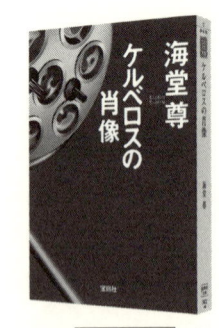

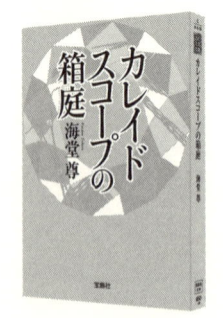